名家小写文集

吴海中————

父亲的悬崖

著

U0782431

北京联合出版公司
Beijing United Publishing Co.,Ltd.

**图书在版编目（CIP）数据**

父亲的悬崖 / 吴海中著 . -- 北京 : 北京联合出版
公司 , 2024. 8. -- ( 名家小写文集 ). -- ISBN 978-7
-5596-7908-6

Ⅰ . I247.7

中国国家版本馆 CIP 数据核字第 2024SR1002 号

父亲的悬崖

作　　者：吴海中
主　　编：张海君
出 品 人：赵红仕
出版监制：张晓冬
责任编辑：龚　将
特约编辑：和庚方　张　颖
封面设计：立丰天

北京联合出版公司出版
（北京市西城区德外大街 83 号楼 9 层　100088）
三河市同力彩印有限公司印刷　新华书店经销
字数 260 千字　710 毫米 × 1000 毫米　1/16　12 印张
2024 年 8 月第 1 版　2024 年 8 月第 1 次印刷
ISBN 978-7-5596-7908-6
定价：65.00 元

# 目　录

# 镰　刀

## 一

30年前的那个雨季，我们李桥被连绵的阴雨梳洗得水清木华。

一个南方蛮子从雨雾里走来，到我们李桥卖刀。他的行囊里有菜刀、剪刀和镰刀，主要是镰刀。他走了很远的路，走到我们李桥对岸已是疲惫之身。透过雨雾，他看到了一个破败的村落和所有垂挂着雨丝的屋檐。在河对岸，他张望着我们李桥。他有些累了，疲惫之身倚在桥墩上歇脚，被路过的长山碰见了，长山把他领进了李桥的村街。长山赶着一群鸭子，那些鸭子上了桥，长山停在桥头打量着这个陌生人，他看到了捆在一起的镰刀，问人家："卖的？"陌生人点点头，用手掌撸了一把水唧唧的脸，撸下许多水珠。他看着长山，跟长山恳求，"大兄弟，能不能帮我找个歇脚的地方？"长山的眼睛还是看着那些镰刀，说："你跟我走吧。"

长山是个喜欢刀的人，喜欢什么就能跟什么碰见，这是宿缘。

鸭群进了村子，长山引着陌生人跟在后面走。一路上长山和这个陌生人说着话，知道他是南方来的。走到磨盘地，长山说："你在这儿卖刀，我去喊队长，队长会安排你吃住。"磨盘地有3

棵高大的榆树，如伞如盖，磨盘和地面都是干爽的，这个南方来的南蛮子就在磨盘地摆好了一个刀具摊子。

长山一边赶着鸭群，一边喊叫着。说来也怪，长山这么一喊，雨停了。家家的门轴吱扭吱扭地转动了，走出人来。磨盘地很快就聚拢了一些表情夸张的脸。

我们李桥人看热闹行，往外掏钱买东西，轻易不起这个意。大家围着南蛮子和他摆在地上的刀具看，那是个骤雨初霁的正午，很多个锋利的刀刃在阳光下闪耀着精光。

我们李桥人围成一圈，伸出粗糙的手指去摸弄那些刀刃，赞不绝口，都说这些刀是好刀，再好不过的刀，不是老君炉炼不出这样的刀。说归说，就是不买。直到南蛮子说："我不急着收钱，你们先拿去用。"我们李桥人没有见过这样卖东西的，脱嘴就问："那你什么时候来收钱？"南蛮子的眼睛转了几圈，说："什么时候玉米值一块钱一斤了，我再来收这个钱。"

天老爷，天下还能有这样的便宜事，那会儿，玉米才一角五分钱一斤，猴年马月能卖到一块钱一斤？我们李桥人不相信玉米会有一块钱一斤的那一天。

天上掉馅饼了，我们李桥人兴奋了，把所有的刀具都赊销了。我们李桥人平白吃了一块唐僧肉，家家都高兴，没让南蛮子走，由队长许三烂出面请南蛮子吃了一顿丰盛的晚餐，而且还留他在李桥住了一夜。

30 年说过就过去了，我们李桥死了一些人，也出生了一些人。

南蛮子留下的那些刀确实是好刀，钢性好，无论是菜刀、剪刀还是镰刀，虽然都严重磨损，只剩下刀刃了，但刀刃也还是那么锋利。我们李桥百十垧黑土地，统统都是南蛮子的镰刀收割的，我们李桥大人孩子身上的衣裳统统都是南蛮子的剪刀裁剪的，我们李桥女人切菜用的刀统统都是南蛮子的菜刀。

30 年后的今天，玉米真的卖到了一块钱，而且是一块三角钱一斤了。

我们李桥人恍惚中忘记了南蛮子，关于南蛮子的话题就像挥撒在我们李桥空气中的一把细沙。谁也没有想到，南蛮子真的来了，他就像个行脚僧那样，拎着一只大提包，一步步走进了李桥村街，他这是来收当年的刀钱的。村街像一条卷起的狗舌头，南蛮子肉头肉脑的，和在狗舌头上打滑的肉丸子没有两样。走近了，我们李桥人唏嘘，"你咋还这么年轻？"问了才知道，他是南蛮子的儿子。我们李桥人没话说，因为我们李桥人还是讲信义的人，按照当年约定的价格把钱给了南蛮子的儿子。南蛮子的儿子在我们李桥人的眼里照样是南蛮子。老南蛮子死了，他的儿子来收当年的钱是理所应当的。我们李桥人问这个南蛮子："你爹咋会那么厉害，他咋就知道 30 年之后玉米会涨到这个价钱呢？难不成你爹他长了前后眼？你爹他是个预言家？"南蛮子没有直接回答我们李桥人，从随身带着的大提包里拿出一种特制剃须刀来，他一边摆弄着一边跟我们李桥人说："这个剃须刀我现在也不收钱，等到玉米价格回落到三角钱一斤的时候我再来收这个钱。"我们李桥的年轻人一如当年那些长辈一样兴奋，也全部买下了南蛮子的剃须刀，当然，还是赊销。

南蛮子当夜没有走，因为还差一户人家没有把当年的刀钱给他。这个人是我们李桥的长山，长山姓侯，叫长山。他现在人没在李桥，8 年前他被判处了无期徒刑，他现在住在监狱里。当夜，南蛮子住在了许三烂家，许三烂跟南蛮子说："这柄刀钱你就别打算收了。"南蛮子是个倔强的人，说："不收可不行。"南蛮子还说："我就是找到天边，也得把这个钱收上来。"许三烂说："他杀了人，被判刑了，无期徒刑，估计得死在监狱里。"南蛮子问："他没有老婆？他没有闺女儿子？"许三烂说："他什么都有，前脚进了监狱，后脚老婆就跟他离婚了，改嫁了，闺女也嫁到别的村子了。"南蛮子说："父债子还，那我就找他儿子要，他儿子在哪儿？"许三烂叹息一声，说："他儿子月志是个可怜的孩子，外出打工，去了几年了。"南蛮子说："我就是找到天边也得把他找到，他得替他爹把刀钱给我。"

许三烂看着南蛮子，他忽然又笑了，许三烂笑起来像一只狡猾的猫。说："你朝他要不来这个钱，我劝你断了找他要钱的念想。"

"他必须给我，我们家的刀具收不上来钱，这是破天荒，是耻辱。"南蛮子非常执拗。

许三烂说："你不找他，他还想找你呢，长山当年杀人就是用那柄镰刀杀的，他儿子月志曾经说过，这镰刀太快了，要是这个镰刀没有这么锋利，可能就出不了人命，可能乡长只是受点儿轻伤。他爹被判刑之后，他念叨了好几次，说都怪那柄镰刀太锋利了。"

南蛮子摇晃着脑袋："这怪不得我爹，也怪不得我们家的刀。我爹卖他镰刀是让他收割庄稼用的，又没让他拿着它去杀人。"

许三烂说："你爹当年也没说过这个话，镰刀是收割庄稼用的不假，可镰刀也能杀人，而且一杀就是一个死。"

"天下没这个道理，他杀人不能怪卖刀的。"

到底因为什么？

说来话长，乡长下乡带着三件事，一是卖村里那几趟杨树，二是来承包村上的机动地，三是提拔妇女主任去乡里当团委书记。问题出在一、二、三上。一呢，村上的杨树是集体财产，生产队解散之前是集体的，生产队解散之后村上没把话说清楚，这是村干部跟老百姓摆的迷魂阵。其实，社员们心里都知道，这些树每个人都有份，可谁也不说。8 年前那个春天，乡长来卖那些树，是为了给乡上一个企业解决资金问题，这是乡长明确说的。但是，我们李桥这些种田的农民都知道，乡上的乡镇企业跟他们半分关系都没有，你乡长也不能拿我们老百姓的树办这事，所以，老百姓内心都不服气，可嘴上不说。二呢，机动地是村上预留的，村上不种，承包给了长山，用承包款支撑着村上的开销，这个我们李桥人能理解，可乡长要来结束村上跟长山的合同，把机动地的承包权收回去，而且小道消息来得也是及时，不知道是谁告诉长山的，说这地要转给乡长的小姨子承包。长山当然不干，在村上跟乡长拌了嘴，毕竟乡长嘴大长山嘴小，乡长一顿拍桌子吓耗子，把长山给吓住了。三呢，乡长提拔的这个妇女主任正是长山的兄弟媳妇，乡长的意思是，我收了你机动地的承包权，又提拔了你的兄弟媳妇去乡上当正式干部，也算给你长山个平衡了。其实，乡长的策略不能不说很周密，但是乡长的用心一下子就被李桥人看清楚了。长山的这个弟弟窝囊，不然也不能让媳妇去当什么妇女主任，更不能允许媳妇跟乡长眉来眼去。长山早就替弟弟抱不平了，他跟弟弟商量，早晚收拾乡长一顿。长山弟弟有些麻木，对这个事情总是不哼不哈的，所以长山计划收拾乡长这个打算一直没有实施。那年春天的那一天，乡长带着来的这个一、二、三彻底激怒了长山。

长山是个爱刀的人，那把镰刀是他的心爱宝贝，总是被他磨得非常锋利。平常出门的时候，也喜欢把它夹在胳肢窝里。在我们李桥，长山这样胳肢窝里夹着镰刀的人，也不止长山一个。这仅仅是个习惯，就好比许三烂习惯把手背在身后一样。

要说也是该着乡长的寿数到了，会场里那么多人，长山跟乡长隔着好几个人，长山朝乡长下手的时候，长山的姿势像是用那镰刀割一棵遥远的青麻，有点儿距离问题，还被人拉扯了一把，许三烂在中间还挡了长山胳膊一下，长山手上的力气经过刀柄、刀刃，力量基本就消失得差不多了，可还是杀了乡长。

南蛮子跟许三烂说："这个长山怎么是这样的脾气，我爹卖他的刀是让他收割庄稼的，他怎么能收割乡长的脑袋？"

许三烂说："也就他那么一个，李桥家家都有你爹当年卖的镰刀，要是大家都和长山一样，那不就乱套了?"

南蛮子说:"这话说得对，乡长又不是日本鬼子，要是日本鬼子进村，家家拿镰刀上阵，我爹九泉之下也会高兴。"南蛮子又说:"大叔，我跟您说，当年，我们家炉子上打造过军刀，中原大战的时候武装过八路军一个纵队，杀死过无数鬼子，那是爷爷一生的骄傲。到了我爹的年代，我们家就开始打造镰刀，到了眼下这个年月，我就只能改造剃须刀了。我爹临终的时候跟我说，你爷爷的骄傲是打造了无数的军刀，那些军刀杀死了无数的鬼子，我打造了无数的镰刀，那些镰刀收割了无数的田野，你说说，我爹怎么可能同意别人拿着他打造的镰刀去杀人，而且杀的还是干部，还是乡长?"

许三烂点着头说:"你爷爷咱没见识过，你爹当年来李桥卖刀的时候，还在我家住了一夜，我们老哥儿俩就唠扯到天放亮。你爹是个有见识的人，可我没想到你爹这么有见识，当年玉米才一角五分钱一斤，他就看到 30 年之后能卖到一块钱一斤。"

"我爹是个有见识的人，可他到底没有想到会有人拿着他的刀去杀人。"

"这个你爹真没想到，这个不好想，太平年月，谁会想杀人的事儿。"

"我得找长山儿子理论理论。"

"理论也无用，月志不是个讲理的人，自从他爹被判刑关进监狱之后，这小子就得了个魔怔，你跟他说不明白这个话，我劝你还是别找他，你又不差一柄刀钱，我一看你就不是差一柄刀钱的人。"

## 二

第二天早晨，许三烂在饭桌上又问:"你昨天说玉米价格将来能回落到三角钱一斤，是这个话吧?"

"是这个话，玉米不到这个价格，我们家就不来收剃须刀钱。"

"你爹当年说的话没人信，可这个话变成了眼前的现实。你又说将来玉米价格要回落到三角钱一斤，村里人都信了，当初买你爹的刀是因为不信，以为捡到了便宜，所以才留下了那些刀。昨天村里人买了你的剃须刀，是因为相信你，内心里佩服你们父子，因为佩服才买的。你跟大叔说说，你们家的人有神眼，能前后看个三五十年的世道？你能不能告诉我，你说的这个话也是真话？"

南蛮子笑了说："大叔，我们家祖上就有个规矩，说出的话日后验证，得到验证之前，不能说准不准。"

许三烂不再追问，又换了个话题。换也是车轱辘话，接的是昨天夜里的话茬。许三烂说："长山儿子，就是那个月志，我估摸你是找不到他的，村里人只知道他在外面打工，没人知道他在哪儿打工。"

南蛮子沉默了半晌，说他知道，他指定能找到他。

南蛮子走了，在我们李桥的村街上留下一道长长的影子。

我们李桥的男人开始用南蛮子留下的剃须刀剃胡须，真是锋利，刀刃在皮肤上走得轻便，刮起来一点儿力气也不费，下巴上的感觉也舒服，能听到每一根胡子被割断的声音。我们李桥人一边享受着南蛮子留下的锋利，一边议论着南蛮子的神奇。在这样的风闻里，玉米价格继续上涨，已经涨到一块七角多了。

这个季节我们李桥总是如此闲在，人们坐在磨盘地拉家常，拉家常是我们李桥生活里一部分。南蛮子走了之后，人们有了议论的话题，说南蛮子父子是不是神仙呀？要么就是预言家，不然怎么会那么神，几十年之后的事都能被他们知道……这个南蛮子能找到月志吗？月志疯疯癫癫的，谁也不知道他在哪个城市打工，全中国这么多城市，谁知道他藏在哪儿了呢？

南蛮子说他有办法找到，估计就能找到。

长山在监狱，听说监狱的伙食也不错，长山长胖了。

乡长脑袋搬家了，长山没被判死刑，长山便宜捡大了。

"乡长不死，李桥的树早就被卖了……"这个话，让所有人都抬头去看围绕着村子生长的那些高大的杨树。那些杨树又多活了8年，又粗壮又高大，高到了云彩里。因为树，乡长掉了脑袋，因为长山，那些树至今还活着。后来无论村上领导还是乡上领导，就都不谋划那些杨树了，他们就好像把那些杨树忘记了。那些杨树仿佛不存在了。于是，它们就可劲疯长，个个要变成树精的样子。这些茁壮的老杨树，把村子围得密不透风，把田野算进来，就是一幅水粉画。我们李桥人生活在画里，不知道画外的事，画外的事离我们李桥太遥远了。

"玉米价格还要回落，南蛮子说要回落到三角钱一斤，由不得不相信，南蛮子父子长了前后眼，人家说的话定然保准……""那是30年之后吧，谁知道30年之后是什么样子，活一天少一天，30年间李桥有多少人要归正（我们李桥人把死叫归正），有多少孩子来投胎……""人家没有说30年还是3年，眼下这个年月时景，演变得快，说不好，就咱们这眼睛，看不透，看不透的事情别瞎说……"玉米一块七，价格是飞涨了，可这个世界不单玉米涨价，什么都跟着涨，单是玉米涨价就好了，可惜不是。不出去打工赚些外快，单靠大田里这点儿收入，日子难以支应，要是价格回落到三角钱一斤，怕是连裤子都穿不上了……

## 三

就算是如今，我们李桥村还藏着几把日本人的军刺。日本人的军刺也是好钢，虽然平常用不上，因为是好钢，我们李桥人舍不得扔。一些没有实际用途的东西，我们李桥人也舍不得扔，我们李桥人就这个德行。有那么几家人有，也不拿出来显摆，可我们李桥毕竟只是一个东北平原上的小村落，老老少少在李桥住了世世代代，彼此都知道底细，谁家有什么都藏不住。磨盘地有时候也议论起日本人的军刺，长山在村子里借过军刺，长山打算用军刺攮乡长的前心，可没人借给他。长山就磨了一把斧头，长山把斧头磨好了预备下，可乡长来开会那天长山没带斧头，他还是按照习惯带了那柄锋利的镰刀……走进会场的时候，长山胳肢窝里夹着一柄镰刀，许三烂倒背着手走在前头。

忽然这么一天，月志回来了。

进村的大道直通磨盘地，人们老远就看见月志了，都站起身看着月志。月志到了近前，没跟任何人说话，也没抬头看一眼乡亲们，直接转弯回家了。

没有人敢去月志家问问月志，你这是从哪儿回来的？南蛮子说，他要找你收镰刀钱，他找到你了吗？听说监狱的伙食不错，你爹他长胖了，真的长胖了吗？

没有人敢去找月志问问这些话。

当天晚上，月志家的烟囱冒了浓浓的白烟，月志生火做饭呢。

人们找许三烂商量，说你这个队长去问问月志吧。许三烂把嘴一撇，说我是队长，这个年月队长就是个狗屁，管不了那么多闲事。

人们又说："月志这孩子挺可怜的，爹判了无期徒刑，妈又改嫁了，姐也照顾不上他，他一个人，到了该娶媳妇的年龄，没人给张罗，怪可怜的。"

"可怜有啥办法，他那个脾气，疯疯癫癫的，没人知道他是个啥心思，想帮都帮不了他，再说了，哪家人肯把闺女嫁给他这样的。"

已经是初秋了，一连好几个白天黑夜，月志在院子里磨着那柄镰刀，镰刀在粗石上刺啦刺啦来回走，这声音，听上去让人胆寒。那柄收割了乡长脑袋的镰刀，本应该被公安局当作凶器收了去，鬼才知道公安局怎么就把这么重要的行凶物证忘记收了，它的锋利和它的寒光仍然保留在李桥，在长山的老屋子里。月志把它找出来，磨得更加锋利。月志手里的镰刀，已经看不出是个镰刀的样子了，只剩下窄窄的一条刀刃，说它是镰刀，其实更像是光的影子。月志把它夹在胳肢窝里，罗圈腿在村街上一趟一趟来回走，样子跟他爹一样。没人敢靠上前去问问月志到底在想啥，到底是想出去打工，还是想回来娶个媳妇过日子，没有人敢问。

庄稼还没有成熟，离八月秋还有 20 多天光景，庄稼还在灌浆。月志到田里把庄稼提前收割了，我们李桥的老老少少远远地看，唏嘘着，月志这小子真是得了精神病，庄稼还没成熟就被他放倒了，种了庄稼，却收不到粮食，日子不想过了吗？

将近一垧大田，只两三日工夫就被月志割完了。月志收工了，那是一个金色的黄昏，高高的杨树林透进夕阳的残照，我们李桥村被一缕缕金色的丝线缠绕着，像一个特别大的粽子。人们在田头遥远地看着月志，月志开始舞弄起那一柄闪烁着金光的镰刀，样子像个武林高手，把他自己裹在一团刀光里，被他收割的田野，横竖躺着那么多庄稼。

两天以后，公安局来了 10 多台警车，无数个普通警察和无数个武装警察把我们李桥围得风雨不透、水泄不通。

警察来的时候许三烂正在家里搓麻将，有个孩子跑进来报告，说警察摸进了村子。许三烂这才把麻将推了，他着急忙慌跑出来，这次没背着手，他跑起来很像一只巨大的鸭子，样子好像要飞起来，就是"翅膀"有些硬。他很快就到了一辆警车跟前，他跟警察说话的样子很像电影里的汉奸，点头哈腰的。月志胳肢窝里夹着那柄光的影子，站在磨盘上，他朝许三烂的后头喊，"许三烂，你像个叛徒。"

许三烂其实不是个叛徒，他跟警察说，我是队长，问警察怎么这么多人把李桥围住了？警察告诉他说，侯月志在省城杀了一个南方人，这还不算，他还把几十柄镰刀钉在了大街小巷的门板上，省城里新近兴起个镰刀帮，我们怀疑他是镰刀帮的重要成员……

许三烂有些发傻，月志是个闷头闷脑的小青年，怎么会做下这么大的案子。李桥人胆子小，哪个有这样的胆量，自古以来，李桥就是个小得不能再小的地方，李桥这么个小地方，咋会出侯长山和侯月志这样的父子、这样的案子。警察让许三烂配合，警察说："既然你是队长，村里的情况你清楚，侯月志现在是个非常危险非常危险的人，他会不会劫持人质？他会不会在村里杀人行凶？他们家在村里有没有仇人？"许三烂脑袋有些发涨，他记不起长山父子跟李桥谁家有仇，也想不出月志会抓了谁家的孩子当人质。警察见许三烂笨头笨脑的，说不出个子丑寅卯来，就让他闪开。许三烂闪在一旁，看着警察们都举着枪瞄准磨盘上的月志，有一个警察用喇叭朝磨盘上喊："侯月志，你已经被包围了，赶快放下武器投降，抵抗只能是死路一条……"这样的喇叭村里的豆腐匠六仙家也有一个，每天早晨天一放亮，六仙的喇叭就叫喊着："豆——腐，热乎豆腐……"就这两句，往复循环。警察的喊话和六仙的喊话一样，也是反复这么两句话。月志站在磨盘上，胳肢窝里还是夹着那柄寒光闪闪的刀刃，他在给自己点一支烟，他吐出一串烟圈来。

"……侯月志，你已经被包围了，赶快放下武器投降，抵抗只能是死路一条……"

许三烂颤着嗓子跟磨盘上吸烟的月志喊着说："月志大侄子，听警察的吧，把镰刀放下。"许三烂说着的时候，看见磨盘上立了一把斧头，在月志的脚边。他继续说："你怎么还拿了一把斧头，大侄子，你可不能学你爸，你赶紧投降吧，把镰刀和斧头交给警察，抵抗只有死路一条……"

月志又吐出一串烟圈，把烟头弹出很远。

许三烂急得直跺脚，哭丧着脸说："大侄子，搞出这么大个案子，咋收场，听警察的话，把家什放下，跟警察走吧。"

"……侯月志，你已经被包围了，赶快放下武器投降，抵抗只能是死路一条……"

月志从磨盘上跳下来，脚落在地上，屁股坐在了磨盘上。

谁也没想到，月志把胳肢窝里的寒光拿过来，横在了脖子上。围观的李桥人一片唏嘘，月志这孩子是要抹脖子了。

喇叭变了腔调："侯月志，赶紧放下手里的刀，你这是和政府对抗……"

许三烂跳起脚来喊："月志，你这是和警察作对，赶紧停下，大侄子，李桥还没有抹脖子的，你不能……"

月志留在了李桥。许三烂颓然地坐在了地上，围观的李桥人飞奔过来，聚拢在磨盘地，把月志围在中间。警察们再次忘记了那柄细若寒光的镰刀，他们没有收走那柄割了两颗人头的镰刀，镰刀仿佛也疲惫了，躺在月志的手掌中休息。

# 四

埋葬了月志之后，秋天更深了，秋气更浓重了。满世界里涌动着秋风，凄然的愁绪横扫了李桥。

南蛮子的镰刀好虽然好，可它太不吉利了。家家都把镰刀交给了许三烂，跟他这个小队长商量，李桥不能留下一柄这样的镰刀，把它们集中给你，你随便处理吧。许三烂没说话，木鱼眼睛看着那一堆锋利的镰刀，他什么都不想说，也不知道怎么处理它们。人们又把菜刀和剃须刀都集中交给了许三烂，许三烂仍然用木鱼眼睛看着那些菜刀和剃须刀。

几天以后，许三烂想出个办法，在荞麦坡上挖了个坑，把所有那些锋利的刀刃葬在了这个坑里，想了想，他给这些刀刃做了一个坟头，坟头上也压了黄纸钱。许三烂起身往回走，回头看了一眼，坟头上的黄纸钱被寒冷的秋风吹散，飘得猎猎有声。

许三烂又转脚走过河畔林地的边际，到月志的坟前坐下来，他絮叨着跟月志说话，他说："大侄子呀，李桥对不住你，我这个小队长也对不住你，你爹割乡长的时候我没拦住，让他进了监狱，你爹是替李桥进的监狱；你爹进了监狱之后，我没看好你这个倔小子，想起来我就后悔，我后悔没把你领家来看着，我应该拿钱让你读书，让你学会做人的道理，我没负起这个责任，眼看着你走了绝路……我不称职，我这个小队长没当好，我这个叔辈的对不住你，眼睁睁地看着你抹了脖子；我也对不起你爹，你爹长山他是我的好兄弟，他还在监狱里，你这么一走，我怎么跟他交代呀，我没有脸去见他，我见了他都没个话说……"

几辆卡车进了村街，有人遥遥地喊许三烂："三叔，来收玉米的了，价钱又长了一角……"

坐久了，腿有些麻木，两只手支撑在地上，半天才站起来。许三烂看着卡车扬起的烟尘徐徐散开，他挪动着脚步，从荞麦坡上下来，沿着林地边际往村子里走，那些高大的杨树被秋风吹得像波涛一样汹涌，枝叶间挂满了愤怒。他走过了收割后的田野，走上了水泥桥面，回了村里。

乡亲们围拢过来，问许三烂卖不卖玉米。许三烂看着每个人的眼睛，跟乡亲们说不卖，说眼下这个价格不是最好的价格，到了冬底会再高一角，到了明年春三月，价格就能高到天上去。乡亲们散去了，收粮的贩子们并不失望，他们一边抽烟一边嘲笑许三烂，他们说："你这个老家伙就等着价格高到天上去吧，不过我们得跟你透露点儿消息，南方玉米价格已经往下降了，到了冬底，粮食干燥了，掉了斤两不算，价格也保不准下来，到了明年春三月，外国玉米会大批进口，你李桥的玉米就留着自己喂鸭子吧。"许三烂也从身上掏出一支烟来抽上,他眯起眼睛看着粮食贩子,口气生硬地说:"你们这些人,糊弄别人行,糊弄我,你们糊弄不住,老子知道玉米价格年前就能达到两块,到了明年春三月,两块五以里你们想都别想。"粮食贩子不信,说你这个老头是不是睡迷糊了,你怎么满嘴都是胡话呢?许三烂打了个喷嚏,说:"你们想捡便宜货,那你们等30年之后,30年之后玉米价格就会回落到三角钱一斤,到那时候你们再来收购吧。"

粮食贩子知道从李桥收不到玉米,就打起了李桥那些高大杨树的主意,问许三烂卖不卖那些树。许三烂更是气高了一截,跟粮食贩子们说:"那些树是我兄弟用命换来的,别说你们,就是玉皇大帝来收,我许三烂也不同意卖。"说完,他反剪起两只胳膊,把一双手倒背在身后,悠荡着脚步回了自家的院子。

汽车开走了,它们空着来空着走了,只在村街上蹚起了翻天的烟尘。

当天晚上,许三烂打发孙子把李桥人都喊来,坐了一屋子。许三烂说:"30年没喊大伙来开会了,今天咱开个会。"30年没开会这是确实,李桥人都不知道开会是个什么样子了。现在要开会了,都拔高了脖子等许三烂说话。许三烂在这个晚上给大伙说了一通心里话,他说:"咱乡里乡亲疏远了,早些年,李桥是个团结的李桥,一家有事,多家支援,自从联产承包到责任到户这些年,个人家过个人家的日子,他不惦记你你不惦记他,这样不行,这样的日子不是日子……长山是个多么仗义的汉子,他为了自家不假,可他也为李桥保住了那些树;月志是个多么好的孩子,他还是个孩子呀,我们这些乡里乡亲没照顾好他,眼看着他走上了绝路,我们这些人不仁义啊……李桥自古就是鱼帮水水帮鱼,如今这是咋了?"

乡亲们议论起来,都说三叔说得对,这些年李桥日子好过是好过了,可大家都离心离德,乡里乡亲也不亲了,往后要团结,要一家有难八方支援……

　　大家七嘴八舌说了很多很多话，许三烂咳嗽了一声，大家都住了嘴，等许三烂的下文。许三烂说："今天把大伙喊来开这个会，我是想跟大家说个打算，咱把长山的院子收拾收拾，杂草薅了，豁口的院墙垒上，屋子妇女们帮着打扫打扫，窗玻璃也擦得干干净净，长山不在，咱们就当他还在，他院子里没有玉米垛，家家出点儿，让长山的院子里也码起黄灿灿的玉米垛，像个正经过日子的人家那样……"大伙明白了许三烂的意思，打断了许三烂的话，说："三叔你咋说就咋弄，明天天一亮，咱就家家出工，帮长山把日子经管起来，等长山出来了，让他有个家。"

　　许三烂眼窝子有些热，说："既然大伙都同意，我也就没有别的话了，这个会就算开完了，散回去睡觉吧。"

　　大伙不想散去，都坐着不动。许三烂说："散回去睡觉吧，我也要睡了，明天我要去趟监狱，我要跟长山兄弟道个歉去。"

　　大伙散出来。这个夜晚的露水有些湿重，月亮也好像大了一圈似的。人们踢踢踏踏走在村街上，天边的露水闪一个接一个，远处有秋虫的嘶鸣。大伙的心里都装着一座监狱，监狱里坐着长山。又一个凌厉的露水闪，仿佛镰刀的影子，在每个人的心头割了一下，每个人的心头都疼了一下。

# 一群爷们儿

　　高永民在李二林家杀了年猪，喝了半斤辣臊子酒就想打麻将，在酒桌上和几个牌友商量好了，放下筷子就拉了人往家走。

　　路上黄四耗子说年货还没置办齐，鞭炮还不够，想去集上买200个二踢脚，崩崩穷神。高永民的脚正踩在一泡新鲜狗屎上，一边在路旁的雪壳子上蹭，一边说明天一起去买，说我要是赢了就买500。葛立新瞥了高永民一眼说："你想赢他也想赢，谁输啊？"黄四耗子就接茬儿说："高明输呗。"

　　听黄四耗子这么说，葛立新和李二林就忍不住笑了。

　　高明是个老光棍，人们说他妈生他的时候，力气使得不对劲，挤了他一下子，所以身体发育得不好，是个鸡胸，个子也矮，比头驴高不了多少。高明在村小学校里打更，虽然比一般人多一份收入，可过日子比较仔细，没乱花过一分钱，活了50多岁，从来没有打过麻将，连纸牌都不曾摸过一把。

　　有一次，高永民媳妇和三个妇女在家打麻将，高明看热闹，中间在旁边插了一句话，结果他这么一插话，插出事儿来了，被高永民媳妇和了把大的。输的那三家因为他在旁边瞎插话，就谁都不认账，万般地不掏钱。高永民媳妇已经输得眼珠子快冒出来了，好不容易和了一把大的，还要不上钱来，急得屁股都肥了一圈，跟那三个娘们儿骂了起来。那三个娘们儿也不是好惹的，掀了牌桌子，骂骂咧咧地走了。

高永民媳妇气得腿都直了，没有好声气地朝高明要钱。她说，这个钱老叔你得给我拿出来。高明平常一块豆腐都舍不得吃，好几十块钱的输赢账让他给拿，心就直往嗓子眼儿蹦，说我也没玩我凭啥掏这个冤枉钱？高永民媳妇说没玩不假，那你在旁边乱放啥闲屁呀？高明平常就有点儿怵这个死活不说理的侄媳妇，方才插那一句非常关键的话，也是为了让她和，其实是偏向着她，讨好她。这会儿，侄媳妇扯脖子和他喊，他只能闷头听着。

高永民媳妇眼仁都黑了，说："老叔这个钱你必须得给我掏出来，要不然你就去找那几个娘们儿给我要。"高明哪里能要得出来啊，只好自认倒霉，好说歹说，给侄媳妇包赔了一半。过了多少天，他还为那20多块钱后悔，说我再看这个热闹，我就是你生的。

黄四耗子说高明输，其实就是这么个笑话，从来没有玩过麻将的高明，就这么把钱活活地输了。


高永民家在村小学校东边，李二林家在西边，中间隔了一条咯吱咯吱叫唤的雪路，旁边有一个生产队时候废弃下来的沤粪坑。粪坑边上有散狗，粪坑里面有在雪壳子里峭拔的野草，所以，觅食的麻雀总是飞来飞去的。

还没到高永民家大门口，就听见高永民家那头小黑嘴咳咳叫唤了。高永民说："只顾着帮你二林子杀猪了，我那宝贝驴还没喂呢。"李二林说："现在是闲冬，驴少吃一顿多吃一顿能咋地。"高永民瞪了李二林一眼伸着脖子跟他说："知道什么是爹不？我这头驴，可比个活爹都重要，一垧多地，全指望它呢。"李二林嗤之以鼻，回了高永民一嘴："你拿驴跟爹比，这话让你爹听了，你爹今年又是个窝火年。"葛立新说："高永民说的话不好听，理却是那么个理，爹白吃白喝，头疼脑热还得吃药打针，脾气不好的，还骂骂吵吵，驴吃的是草，喝的是水，干的却是力气活，你要是生气了，还可以拿棒子打它出气，爹哪能跟驴比呀……"

院门和房门都被高永民媳妇落了锁头，高永民裤腰上没有挂钥匙。进不了门，眼见着小黑嘴在院子里饿得直兜圈子。高永民急得团团转，嘴里骂骂咧咧，说："这娘们儿拎着个胯子往哪儿走，回来非揍她满炕蹿尿。"黄四耗子说："你媳妇是不是找地方给你赚脚钱去了？"高永民一转身，照着黄四耗子的裤裆踹了一个冷不防，说："你媳妇活着的时候给你赚脚钱了？"

东北乡下说的脚钱，是母猪找公猪的授精费，黄四耗子说高永民媳妇赚脚钱去了，其实是把话说反了，母猪找公猪，得把授精费给公猪，女人和男人之间搞受精这套，女人得管男人要钱。逻辑错了没关系，反正意思都明白，不是一句好话，高永民当然得踹他了。

黄四耗子裤裆让高永民踹了，疼得直咧嘴（人是奇怪的动物，裤裆让人家踹了，咧的却是嘴），两只手捂着那儿，弯下腰骂高永民："你也太狠了，说句笑话你也踢人，你属驴的啊！"葛立新看了黄四耗子一眼，忍不住笑，说："你小子反正死了老婆，永民帮你结扎了，也省得你天天晚上睡不好觉，我看你得谢谢永民。"李二林刚在墙根尿了一泡，一边系裤子一边凑过来，嬉皮笑脸地说黄四耗子，"让人家踢化了吧？活该，谁让你嘴那么欠了，你那破嘴还不如好老娘们儿胯子，好老娘们儿胯子都比你那嘴干净，踢化了也活该。"

几个人跳墙进了院子，高永民去照顾小黑嘴，葛立新用二齿钩撬房门上的锁头，鼓弄了半天，等他把锁头撬开了，高永民媳妇也就回来了。葛立新坏笑着说："嫂子你要是早回来一步，就省下了这把锁头。"高永民媳妇开了院门，到葛立新跟前，擂了葛立新一拳头，骂他，死鬼你赔我锁头。葛立新说："刚才黄四耗子还夸你能赚钱呢，嫂子你能差这把锁头嘛。"高永民媳妇知道话指定不是个好话，又在葛立新的脖子上拧了一把，说："你媳妇娘家陪送的绿帽子你咋不戴出来？"

葛立新和她嬉闹着，她也人来疯，要掏葛立新的裤裆。缩脖李屯的女人跟爷们儿耍戏，要是嘴上占不到便宜，就动手抓爷们儿的命根子。葛立新不可能让她得逞，闪得灵巧，跟猴子闪狗熊似的，闪开了。

几个人进了屋，高永民媳妇给他们摆麻将桌子，他们就哗啦哗啦打上了麻将。

麻将一直打到晚上，弄不出输赢来，散不了摊子。高永民输了有两百多，急赤白脸的。三家都赢，黄四耗子赢得最多，一个劲地张罗走，说回家还得烧炕呢，说我不像你们家里有老婆的，我那儿凉，炕得我自己烧。葛立新结婚不到20天，太阳一落山就惦记着回家，可高永民骂骂咧咧，说今天谁先张罗不玩，谁就是他叔叔的。

晚饭是高永民媳妇侍弄的，冻豆腐炖白菜，加了一把地瓜粉，馏了一帘子黏豆包。端上桌的时候，高永民媳妇说你们几个塞完了还得玩，就别喝猫尿了。葛立新说他们不喝我喝。说着，他四外翻，把酒桶翻了出来，自己给自己倒上一壶，之后又跟高永民媳妇要大蒜。黄四耗子是个嘴臭的，说话比下化肥还有劲，张嘴就臭死人那种。午后因为一句话，让高永民踢了，现在气还不顺，用筷子在菜碗里扒拉，说永民媳妇够小心眼儿的，大过年的连块肉都不放就招待哥几个。高永民媳妇嬉皮笑脸地搪塞，说肉都在冰窖里冻着，他们几个着急吃，她就没去抠。

几个人边扯淡边吃，高永民因为着急翻本，就催促葛立新抓紧喝。葛立新因为反正回不了家了，就故意消耗时间，慢悠悠地，一小口一小口抿，抿了一口还故意嘶哈一下，很舒坦的样子。高永民心急，冷不防把酒壶抓过来，一扬脖子，把剩下的酒都灌肚子里了，然后就招呼媳妇撤了饭桌子。

重新坐下来打麻将，没过几圈牌，高明又背着手溜达来了。他一进屋，李二林就说："老叔不怕输钱了？"李二林的话逗得大家都笑了。高永民媳妇说："老叔吃没吃呢？我刚把饭桌子拿下去，菜是没有了，就剩点儿菜汤了，还有几个黏豆包，我给你放炕梢吃吧。"

高明说："吃了，在你爹家吃的膀蹄肉。"

葛立新和李二林一边打麻将，一边拿高明耍乐子，这个说老叔应该有个老伴了，那个说老叔一辈子老童男，不抓紧整个女的，绝后了不算，自己这辈子也白活了。高明最怕别人在他面前提绝后这话，每次碰到谁这么耍戏他，他就骂一通，他骂葛立新和李二林，"你们这些王八羔子，不怕烂嘴丫子你们就耍戏我吧。"他这种骂法，屯子里的人都习惯了，也不当是个骂，就是取个乐子。葛立新和李二林继续跟他说女人，还有女人的千般好处。高永民媳妇不好替叔公还嘴，葛立新和李二林的话，她不好意思听下去了，就撵高明走，"老叔你快回家睡觉吧。"高永民因为怕牌局散了，不敢得罪葛立新和李二林，也撵他老叔回家。高明哼了一声，临出门骂了一句，"都不是人，整个缩脖李屯没有一个是人的。"高明走了以后，高永民媳妇忍不住笑，小声说："就你一个是人，还长了个鸡胸脯。"

麻将一直玩了三天三夜，高永民越陷越深，输了 1300 多块。他这 1300 多块，李二林赢了 50 块，葛立新赢了不到 70 块，剩下的都是黄四耗子赢的。高永民还想抓着牌垫不撒手，可是，谁也玩不动了，困得眼珠子都凝了。本来，三家赢的都不想玩了，高永民说："不玩也行，你们先说不玩，别怪我赖账。"李二林说："不给拉倒，反正我也没赢多少。"葛立新也认同，不想玩了。可黄四耗子不干，黄四耗子过去总输钱，赢了一回大的，哪能给高永民耍赖的借口啊。黄四耗子跟李二林和葛立新说："你们俩给我挺着，回头我不让你们俩白替我受累，我有好处给你们。"黄四耗子还说，高永民要玩，咱就陪着。其实高永民也玩不动了，他想让他媳妇替他玩，可黄四耗子他们三个不干，说你们两口子整车轮战可不行，高永民就只能坚持。

快晌午的工夫，高明从外面跑了来，进屋就说："二林子你还不回去看看，大林把你爹打了。"

几个人都把手停下了，眼看着牌局要散了，高永民不舍，问高明，"真的假的？"高明一副着急的样子，"我能拿这事儿撒谎？李大林真牲口，打他爹跟打老牛一样，棒子都打折了。"

李二林下地穿鞋，鞋是五个扣眼的，鞋带系了半天。高永民媳妇就说："二林子你也不知道个紧慢，快跑回去看看呀。"李二林一边系鞋带，一边嘟哝："也该打，打他也活该。"高明忍不住骂李二林子，"你个王八羔子，你们哥儿俩都是石头缝儿里蹦出来的？一个用棒子打你爹，一个还在这里说该打，你们到底是不是人？我看你们就没有一个是人的。"李二林辩解，"我说这个年猪自家杀，他非得跟大林合伙杀，指定是分肉分出毛病了，大林天生小心眼，我爹又天生倔脾气，好较真……"葛立新也下了地，他的鞋没有鞋带，脚一伸进去就穿好了，他见李二林这么慢腾腾的，还抱怨他爹，就说李二林，"再怎么说，大林也不对，爹怎么能打，当爹的再不对，也不能用棍子打呀，快走吧，我们大伙都跟你去看看。"

几个人都出来，几步路就到了李二林的院门口。

李大林正拎着一挂猪下水出来，脸是锅底色。高明骂他，"大林你真出息了，眼看快过年了，你闲着没事儿打爹玩儿。"

李大林没搭话，拎着猪下水走了。

那个被打瘫的爹，横躺在一片没有完全冻成的冰上。因为前天晌午杀了猪，洗猪的脏水泼了一院子，本来应该一夜就冻了，可是，年前这段时间天气暖和，一直也没把冰冻结实。李二林他爹的棉袄棉裤上都滚了泥水。高永民媳妇去拉他，高永民媳妇说："大叔你快起来吧，这天寒地冻的，再躺出病来。"李二林到他爹跟前看了看，问他爹，"是不是因为那挂猪下水？"没等他爹回答，李二林又说："我就说这个猪咱自己杀，大林啥样你不知道？你自己的儿子啥样你不知道？"李二林他爹身上疼，脸上的肌肉抽来抽去。高永民媳妇拉不动他，就跟旁边的葛立新说："你看啥热闹，快搭把手把老爷子扶屋里去呀。"葛立新就伸手拉了李二林他爹，连同高明、高永民，还有黄四耗子，大伙七手八脚，把李二林他爹搀扶到了屋里，上了炕。

李二林他爹上了炕之后就放声大哭起来，他边哭边说："我怎么养了这个打爹骂娘的东西呀，知道他这样，还不如他小时候就掐死他，还不如把他甩墙上喂蝇子，这傍年靠近的，他把我打成这样啊，别说是儿子打爹，就是爹打儿子，这傍年靠近的也下不去手啊！"

李二林不愿意听他爹哭，没有好气地说："你别号丧了，你自己养的打了你，你跟谁说？往后别跟他来往就得了，你就当你没生过他得了。"

高明见李二林这么跟他爹说话，瞪了李二林一眼。高明颇有见解地跟李二林他爹说："老哥，你养了这样的，就认了吧，着急上火也没用，你生了俩儿子，我看你还不如我，我这辈子光棍一个，不挨儿子打，也不挨儿子呲。"高明这么说，还是不解气，对着李二林："大林把你爹打了，你又损掉了你爹，你们这俩孩子，看你们就没有老的那一天。"

李二林他爹看来是真疼，停了哭号，又起了呻吟。李二林不愿意听他爹哼哼，就没好气地让他媳妇给找两片镇痛片，递给他爹说："快吃了，别哼哼了，大过年的，谁愿意听你哼哼，愿意哼哼你去大林屋里哼哼去。"

接着，一帮人都评论了李大林打爹的事儿，都说李大林不对，再怎么说，爹也不能打，别说因为一挂猪下水，就算因为两挂猪下水，也不能打爹。可是，谁又能拿李大林怎么样呢？让李二林去打李大林一顿吗？就算李二林有那个心，可他根本打不过他哥李大林。让当爹的去村上告吗？高永民媳妇出了这个主意，可是，李二林他爹只顾哼哼，又不肯去村上丢那个脸，臭肉不能往外扔，家丑不能往外扬，疼也只能忍着。高明说："老哥你怕丢脸，不去告大林，那你就只能忍了，忍两天也就不疼了。"

高永民说："怕丢脸也不行，我看这回真得告他，你这回不告他，他下次还得打你。"听高永民这么说，李二林他爹又哭号起来。

半天没说话的黄四耗子拉了高永民一下说："你就别再火上浇油了，你说咱还玩不玩了？不玩得算账了，我困了，算了账我得回家烧炕去了。"高永民转了脸，看着黄四耗子，"还玩个屁，账先挂着吧。"黄四耗子说："挂着？挂着可不行，欠账不欠赌账，请客不请嫖客，这是规矩。"高永民说："我现在手头没钱，你说咋办吧？"黄四耗子说："你这么说话，成心耍赖是不是？"高永民说，"我不是成心耍赖，我是真没钱。"黄四耗子不相信，"这大过年的，你说没钱谁相信。"高永民让李二林媳妇倒了一杯白开水，一边吸溜着，一边看着黄四耗子，死牛皮抻上了的样子。黄四耗子也是个针尖对麦芒的人，高永民不给他钱，不肯善罢甘休。黄四耗子到外屋，从灶上把切菜刀拿了进来，跟高永民说："那就只好按照老规矩办了。"

高永民媳妇吓了一跳，她知道，老规矩就是要高永民一根手指头。她可不能眼看着自己的爷们儿残废了，就夺了黄四耗子手里的切菜刀，身子横在两人中间说："四哥你别这样行不行？"黄四耗子说："我这样怎么了？我去年输了，他高永民也是这么跟我说的。"黄四耗子一边说着，一边把右手举到高永民媳妇眼前，那只手上已经没有了无名指。

　　见黄四耗子跟高永民算账，而且还拿了他屋里的切菜刀，李二林他爹透着哭腔说："求求你们，别在我这儿算了，你们找地方算去吧。"

　　黄四耗子拉了高永民，高永民媳妇跟在后面，葛立新想想也跟了出来。高永民媳妇见高明没跟出来，就朝屋里喊高明，"老叔你快过来呀。"高明在屋里想了想，也就跟了过来。

　　晴朗的冬日正午一派光明，四野里都是银白的雪，日头照在雪上，天地间就白茫茫的，村子也白亮亮的。

　　到了当街上，黄四耗子问高永民，去你屋里还是去我屋里？

　　高永民想了想，跟黄四耗子商量说："四哥你看这么办行不行？"黄四耗子说："怎么办你说说看？"高永民说："我圈里那头驴前些日子有人出价，上赶着给我 800 块，我没卖，我牌桌上欠你 1300 块，你先把驴牵过去，剩下的先放着，等开犁了，我再给你几包化肥，怎么样？"黄四耗子犹豫，葛立新从后面朝黄四耗子屁股踢了一脚说："你还犹豫个屁呀，这事儿就这样，我看挺好了，驴你牵回去，化肥归我和二林子了。"黄四耗子想了想，脸上浮出了坏笑，跟高永民说："你倒是会算账，看在葛立新的面子上，看在老叔的面子上，也看在你媳妇的面子上，就这么办吧，不过你得让我踢你一脚，你前天是怎么踢的我，我今天也怎么踢你一脚。"高永民脸上立即痛苦起来，是个男人，就知道被踢的滋味。葛立新想不到黄四耗子能提出这么个附加条件，就笑了，说："四哥你要是看在高永民媳妇的面子上，你就免了这一脚吧，你这一脚又不值钱，踢不踢都行。"

　　黄四耗子没踢高永民，一起去了高永民屋里，在葛立新和高明这俩证人面前，写了手续，之后他就牵了高永民的小黑嘴，回家睡觉去了。

　　黄四耗子一觉醒来，驴没了。黄四耗子睡觉之前把驴拴在了窗前的杏树下，系的是拴马扣，这种扣马都挣不脱，驴能挣脱？黄四耗子满屯子找驴，碰到了在当街上闲溜达的李大林，他问李大林看没看见我的驴，李大林看都没看黄四耗子一眼，说："你到高永民家去看看吧，驴可能跑回去了。"

黄四耗子这才恍然，猜想是高永民把驴又牵回去了。

黄四耗子紧走几步，进了高永民的院子就看到了那头小黑嘴。黄四耗子没去理会驴，直接就进了高永民的屋子。

高永民两口子正吃晌午饭，高永民媳妇一抬头就看见小黑嘴回来了，她高兴地跟高永民说："咱的小黑嘴自个儿跑回来了。"高永民也看到了，他想下地把小黑嘴牵圈里去，往天这个时候，正是他给小黑嘴添料的时候。转念一想，黄四耗子一会儿就得找来，还是先别管了。高永民媳妇也知道黄四耗子会找来，不免感叹："驴通人性，知道回家，你活活把它输给了黄四耗子，他连老婆都养不住，能好好养咱的小黑嘴？"高永民不想说话，眼睛看着院子里走来走去的小黑嘴，高永民也心疼，可是，毕竟是输给了人家，这小黑嘴就是黄四耗子的了。想到这儿，高永民的心里突然一亮，暗说，你黄四耗子家的驴跑我家来祸害院子，怎么也不能让你白祸害。

黄四耗子进了屋，质问高永民："你要是不想用驴顶账你就明说，干啥又偷着牵回来？偷牲口可是大罪，你们两口子知道不知道？"

高永民媳妇说，四哥你这么说可不对，它是自己跑回来的，你怎么赖我们偷啊？

高永民把筷子放下说："四哥我正想吃完饭找你去，这小黑嘴现在是你的对不对？"黄四耗子说："对呀，是我的，不是我的难道还是你的？"高永民说："是你的就好，你的牲口你自己不看好，跑出来祸害我家院子，我还没找你说理去呢，你倒跑过来，赖我是小偷，天底下哪有这样的道理？"黄四耗子想不到高永民能说出这样的话，一时不知道怎么答对。高永民继续说："这么办吧，你的驴祸害了我的院子，也不能白祸害，那几包化肥的事儿就拉倒吧，你赶紧把驴牵回去，看好了，要是再跑我院子里来，别怪我把它杀了卖肉。"黄四耗子说："好好好，算你高永民厉害，我这就牵回去。"

别看缩脖李是个小屯子，什么事情都可能发生。

大年初一，小黑嘴自己又解了套，跑回了高永民的院子。

那会儿，高永民和葛立新、李二林他们正在打麻将。李二林忽然一抬头，就看见小黑嘴回来了。李二林说："小黑嘴回娘家串门子了，给你们两口子拜年来了。"

一屋子人都抬头看窗外，就都看到了小黑嘴。它进了院子，一直走到窗前，朝里面咳咳地叫了一嗓子，真是跟给高永民拜年似的。

葛立新就跟高永民说："这小黑嘴跟你有感情了，我看你还是把它赎回来算了，你今天是赢家，钱不够我和二林子给你凑几百。"高永民说不用，看我怎么收拾黄四耗子。

高永民下地，到小黑嘴跟前，摸了小黑嘴的脑袋。小黑嘴用脑袋往他怀里撞，跟他亲昵着。高永民把小黑嘴牵进了圈，拴上。高永民没给小黑嘴添草料，他知道黄四耗子一会儿就得找来，虽然有条件跟他谈，可毕竟黄四耗子还是得把小黑嘴牵回去，添了草料是浪费。黄四耗子把驴赢到家，几天也没想着喂喂它，现在，小黑嘴跑回来找高永民，高永民也不喂它，小黑嘴饿呀，被拴在圈里，咳咳地叫个不停。

高永民又回了屋子，上炕继续打麻将，心思却在等黄四耗子。

黄四耗子果真来了，不过，有了上回的警告，黄四耗子不敢再说硬气话，进了院子就撒目，没见小黑嘴。黄四耗子走到窗前，却听见了小黑嘴咳咳的叫声，显然是在圈里。见一屋子人打麻将，黄四耗子想偷着去驴圈看看。

正这工夫，高明也进了院子，高明问黄四耗子："你贼眉鼠眼的，想干啥？"黄四耗子吓了一跳，见是高明，就嘿嘿傻笑着说："我的驴又跑这儿来了，我是来牵驴的。"

高永民从屋里出来，跟黄四耗子说："四哥，上次我就跟你说了，要是再跑回来，我就杀了卖肉，现在跑回来了，我听你跟我老叔说，你是来牵驴的？"黄四耗子赔着笑说："永民你这驴总是往回跑，我一眼照不到它就跑回来了，你说我有啥办法？"高永民说："你有没有办法我不管，反正它又跑我院子里来了，又祸害了我的院子，葛立新和二林子都能给我作证，你不信你就屋里去问他们。"黄四耗子说："他们俩都跟你穿一条裤子，能向着我说话吗？"高永民说："你不信他们，你信我老叔吧，我老叔可是实惠人。"

高明突然说："没心思管你们这些破事儿，二林子在吧？二林子他爹喝农药了，得让他赶紧套车去镇上，去晚了怕是不行了。"

二林子爹喝农药，这可是个紧急事儿，一屋子人都"炸"了出来，跟着二林子往二林子家跑去。

缩脖李屯自杀的，从古到今有那么几号，前一个就是黄四耗子的老婆，喝的也是敌敌畏，当时灌了马尿，也找来狗屎灌了，到底还是没抢救过来，搞得一个死了的女人还喝了马尿吃了狗屎。现在二林子爹因为受不了儿子的气，学了黄四耗子老婆，把半瓶敌敌畏当小烧喝下了去，已经烂醉如泥了。高明张罗着，让年轻人赶紧套车往镇上医院赶。高明一边张罗着，一边骂这帮年轻的都不是人。葛立新说："老叔你就别这节骨眼上骂了，我们这些都不是人，碰到了麻烦，还是得指望我们这些不是人的。"葛立新又跟黄四耗子和高永民说："别愣着了，赶紧把你的驴，他的车，套上吧，送二林子爹去医院吧。"

小黑嘴就这么去了一趟镇上，小黑嘴似乎知道这是一趟啥差事，想扬起四只小白蹄子往镇上跑，可是，小黑嘴饿呀，跑不成一股风。

李二林着急，用棍子使劲打小黑嘴。小黑嘴因为饿，实在没有力气，也只能尽力而为地往镇上跑。

跑到镇上的时候，天已经完全黑了。

到了医院，高明让李二林背上他爹，李二林就弯下腰，高永民、葛立新、黄四耗子他们，七手八脚地把李二林他爹从车上搬到李二林的背上，然后，一帮人都进了医院大门。

李二林他爹送来晚了，医生说要是早送来半个小时，可能还有救。李二林他爹死了，李二林傻了，整个人都麻木了。葛立新、高永民、黄四耗子他们，按照医院的吩咐，把李二林他爹从急诊转到了太平间。高明在太平间里哭了，他跟李二林他爹说："老哥，你怎么就寻了短见，你怎么能寻短见啊，这年头哪家不是这样啊，你怎么不往开里想……你让儿子打了，又不是让别人打了，你怎么就学了黄四耗子媳妇了……"

葛立新问黄四耗子："你是不是好几天都没喂驴了？这小黑嘴在高永民家里的时候，是全屯子最壮的驴，是全屯子跑得最快的驴，怎么到了你手上就成了懒蛋子？"黄四耗子因为确实没给驴添过草料，不接葛立新的话。

高永民说："要是再快点儿，人可能就有救了。"

李二林突然醒悟了似的，他骂小黑嘴，这个死驴，看我不打死你。

李二林一边骂着，一边就从太平间跑出来，他这是要去打驴。可是，李二林跑到医院门口，驴和车都不见了。李二林在医院门口找，小镇没有路灯，小镇的夜晚和缩脖李屯一样黑，李二林四处找了半天都没找到。黄四耗子和高永民怕李二林把驴打坏了，也都跟了出来，也发现驴和车都不见了。

他们又四处找了半天，也没找到。小黑嘴能跑哪儿去呢？它从出生到现在还没来过镇上，镇上它也不熟悉，它能跑到哪儿去呢？黄四耗子说："能不能是跑回去了？可能又跑高永民家去了，它能从我那儿跑回高永民家去，就能从镇上跑高回永民家去。"李二林见驴不在了，气发不出来，回太平间哭他爹去了。高永民想了想，黄四耗子说的可能对，没准它就跑回去了。驴认识路，无论什么路，驴走一回就认得了，驴的心里不可能有别的，驴的心里只有路。

高永民跟黄四耗子商量，"先跟老叔他们说一声，咱顺路往家去找驴。"黄四耗子同意，他们俩回到太平间，跟高明说："驴可能跑回去了，我们俩回去找驴，你们先在这儿守着李二林他爹，我们俩找了驴，再跟屯子里的人说一声，明天把李二林他爹拉回屯子。"高明想了想说："你们先回去吧，明天早晨多来些人手。"

葛立新还没给死人守过夜，医院这个太平间阴森森的，他有些害怕，也要跟高永民和黄四耗子回去找驴。高明看出他胆子小，就同意他跟高永民和黄四耗子一起回去了。

高永民他们半夜到的家，可是，小黑嘴根本没在院子里。小黑嘴的身上套着车，要是回来了，指定得在院子里站着，它不可能拉着车进驴圈，因为驴圈没有那么宽的门。高永民他们房前屋后找遍了，也没找到小黑嘴。他们不死心，整个屯子都找遍了，屯子里的男人都出来帮着找，也没找到。就这样，整个缩脖李屯的男人，被小黑嘴"放牧"了一个晚上。

天亮了，人们都很疲惫，可是，疲惫也不能回家睡觉，二林子他爹还在镇上的太平间躺着，得抓紧把他拉回屯子。出殡是缩脖李屯的大事，老人们活着的时候是儿子的老人，你这个儿子怎么对待老人，是儿子的事，老人要是死了，老人就是全屯子的老人，全屯子人得给这个老人好好送葬。现在，二林子他爹死了，全屯子人再疲惫也不能歇息，得抓紧把他从镇上拉回屯子，得给他好好送葬。

屯子里开出了三台四轮车，人们去镇上拉二林子他爹。李大林没在车上，屯子里的人们没给李大林信，实际上也没有人特意说不给李大林信，没有人说给他信，也没有人说不给，反正李大林知不知道他爹死了，是他李大林的事。三台四轮车出了屯子，往镇上赶去。

到镇上医院门口的时候，已经是晌午了。

李大林不在，事情都得李二林做主操办，可是，李二林没操办过，不知道怎么操办，以前又没死过爹，谁能知道怎么操办爹呢，一切都依赖高明。李二林跟高明说："老叔，我爹这一死，又是这么死的，我都不知道怎么办了。"高明瞪了李二林一眼："你这个不是人的，比李大林那个不是人的强点儿，你出去跟大伙凑凑，把钱都集中起来，记个账目，回去还给人家。"李二林连连点头说："行、行，全听老叔的。"高明又说："你拿上钱，给你爹买一套衣裳，你们平常穿得溜光水滑的，看看你爹身上这套，像个要饭花子穿的，你爹好死歹死，也是死一回，不能让他穿这身走。"李二林答应着，出去张罗给他爹买衣裳，刚到门口，高明又喊住他，让他安排乡亲们在医院附近找个小吃铺，先垫补垫补肚子。

李二林从太平间出来，让高永民和黄四耗子带着乡亲们去找小吃铺，自己拉着葛立新去给他爹买装老衣裳了。

高永民和黄四耗子带着乡亲们在医院附近找小吃铺，走出去两百多米，也没看见小吃铺。乡亲们说："要不咱们忍忍肚子，给人家省一顿吧。"黄四耗子说："这可不能省，发送老人是白事情，不吃顿饭死了的老人不高兴，死不透。"乡亲们说："没听说过死不透，死不透更好，那就把李二林爹搬起来，让他继续活着不就得了。"高永民说："这事儿是我老叔安排的，咱们好歹吃一口，回去还得打墓子，还有好多事情要张罗，饿着肚子犯不上。"

大家边走边议论，就走到了一个深深的胡同里。胡同里有一个饺子馆，看着门面不算大，黄四耗子说："行了，就这儿吧，饺子上几盘，再要个炖大豆腐，发送老人不能不吃大豆腐。"

高永民看着饺子馆的招牌，心里突然一震。旁边的一个乡亲说："驴肉蒸饺，好啊，天上龙肉，地下驴肉，进去吧永民。"高永民神情正恍惚着，乡亲叫他，他才恍然，哦了一声说："进去吧。"于是，十几个乡亲一起进了这家驴肉蒸饺馆。高永民还在门口发愣，黄四耗子回身喊他，"永民你咋了？你不愿意吃蒸饺？"

高永民没理黄四耗子，在门口点了一支烟，抽了两口，感到嘴唇子干巴，嗓子也不舒服，吐了一口唾沫，就把烟扔掉了。

高永民还是进来了，见黄四耗子正跟老板娘安排吃喝，他让老板娘上20屉饺子，两盆炖大豆腐，说本地产的小烧不喝了，大正月的，得喝瓶装的，挑度数高的先来四瓶五瓶都行，又嘱咐上些咸菜，还赖皮赖脸地跟老板娘磨叽，说过年这些天，都是好嚼头，不填补点儿咸菜闹心。老板娘也是个嘴碎的，说她的蒸饺远近闻名，来的都是回头客。老板娘还说，你们吃了一回，下回还想来。乡亲们看着黄四耗子跟老板娘黏糊，就小声议论说："黄四耗子嘴变香了，饺子还没吃呢，嘴就变香了，这都是没女人没的呀。"

老板娘正跟黄四耗子眉飞色舞，高永民到了老板娘跟前，问老板娘这驴肉是不是新鲜的。老板娘斜瞪了高永民一眼说："瞧瞧你这个兄弟说的，驴肉当然是新鲜的，昨天后半夜刚杀的驴，起早刚包的饺子，你说新鲜不新鲜？"高永民问："真是后半夜杀的？"老板娘指天发誓说："天快亮的时候，驴皮才从驴身上扒下来，你说驴肉新鲜不新鲜？"高永民说："我能不能看看驴皮？"

老板娘从来没碰到过高永民这样心细的，不屑地看着高永民说："你这个人够挑拣的，镇长来我这儿吃蒸饺也没怀疑过我这肉馅，你居然要看驴皮，跟你说吧大兄弟，你放心吃，我跟毛主席保证，饺子馅绝对新鲜。"高永民穷追不舍，非要看驴皮。老板娘见高永民这么磨叽，不想理高永民了。高永民的脸都变色了，非看不可。老板娘的脸色也变了，跟高永民吵了起来。

厨房里出来一个扎了蓝围裙的爷们儿，他跟老板娘说："这兄弟要看驴皮就让这兄弟看。"说着，那爷们儿看着高永民，说："你跟我到后院来。"

高永民被那爷们儿带到后院，后院是个很宽敞的院子，院子里有许多木杆子搭起的架子，架子上挂满了驴皮。那爷们儿跟高永民说："兄弟，你看吧，最近两月杀的驴，皮都挂在这里了，你想找哪个，你自己去认吧。"

高永民很快就看到了小黑嘴的皮，可是，让高永民无话可说的是，他看到了五六十张跟小黑嘴一模一样的皮，有三张还都是新鲜的。这实在是让高永民无话可说，他不能说这些驴皮都是小黑嘴的。

那爷们儿在他身后笑了笑，说："兄弟看好了吧，看好了你就前头吃饺子去吧。"

高永民只能回到前屋，看见黄四耗子跟着乡亲们"轰轰烈烈"地吃着驴肉蒸饺，喝着瓶装酒。黄四耗子见高永民回来了，就喊高永民，"快过来吃呀，吃好了，咱们这些人还得把李二林爹拉回去，还得把李二林爹埋了呢。"

# 秋天的故事

## 1

人都有下不来台的时候，林方晓正下不来台。他这个台不是别的台，其实就是一铺炕，而且是许三烂家的一铺短炕。

林方晓想把衣裳裤子穿上，许三烂就是不让他穿。许三烂一只手拿着炉铲子，另外一只手拿着炉钩子。虽然衣裳裤子就在旁边放着，林方晓手往前伸，还没碰到衣裳裤子，许三烂就用钩子、铲子刨他，根本就不让他有这种妄想。苑桂兰也想穿衣裳裤子，许三烂同样不让她穿，跟林方晓享受同等待遇。林方晓光着膀子，苑桂兰也光着，一齐坐着，肚脐眼往下都用毯子盖着呢。虽然是初秋，天气还不是怎么凉，可两个人都感觉有点儿冷。林方晓俩胳膊抱起来，摩挲着肩头，从肉上搓下一些泥垢。苑桂兰把两只手捂在胸上，脸红到了脖子。

林方晓眼睛躲避着许三烂，又忍不住偷着去瞄许三烂手里的家伙。许三烂手里的家伙一点儿也不安静，比比画画的，随时都有招呼过来的可能。林方晓知道，许三烂也没了主意，有主意的话，不能让他跟苑桂兰就这么坐了半个多小时。林方晓想，就这么僵持着也不行啊，林方晓就跟许三烂眼光碰了眼光，他问许三烂，"你到底想咋办这个事儿？不能让我俩老这么坐着，要不你先让我俩把衣裳穿上再说。"许三烂在地下一跳脚，说："绝对不行，就这么让你俩把衣裳穿上不可能。"

许三烂是个性格古怪的人，在我们李桥，没人能搞明白他的心思。

林方晓拿许三烂没办法，苑桂兰拿他也没办法。开始的时候林方晓跟许三烂说："这种事……你管这种事干啥？"许三烂朝炕上摇头晃脑地说："家是我的家，炕是我的炕，你们俩在我这炕上搞这种事，我能不管吗？"林方晓和苑桂兰几次试着伸手抓衣裳裤子，许三烂几次都麻利地从炉子旁边跳过来，铲子和炉钩子像两道黑色的闪电，把他们俩的手刨开，许三烂眼睛瞪得像牛眼那样大，耍横说："你们动？你们敢动我就敢刨。"

僵持了半个多小时了，林方晓和苑桂兰就那么光着上身坐在炕上。

林方晓试图跟许三烂讨价还价，林方晓问许三烂："三叔，你是不是想要点儿钱？要多少你说个数，我指定给，指定达到你满意。"许三烂瞪了林方晓一眼，说："我才不要你那臭钱，你那钱有鸡屎味儿。"林方晓想缓和气氛，打算用话把许三烂逗乐，说："养鸡卖钱就鸡屎味儿，那养啥换的钱就是啥味儿了？"这个笑话一点儿都不好笑，许三烂对林方晓这个话没有兴趣，不接茬。苑桂兰也缓和下语气跟许三烂商量，苑桂兰说："你到底想让我们俩咋样你才能放我们俩这一马？"许三烂在炉子边的一张塑料凳子上坐下来，眼光斜到炕上，说："怎么收拾你们俩我现在还没想好，等我想好了再说。"林方晓说："那你倒是抓紧想，就这么让我们俩坐着多难受。"许三烂说："这会儿知道难受了？你俩舒服的时候跟谁说了？难受了倒跟我说，将就挺一会儿吧。"许三烂又说："不乐意这么坐着你俩干脆钻被窝里躺着，该咋办咋办，我知道，你俩没把事办完，我影响的，现在我决定，不影响你们，你们可以继续。"林方晓气得眼珠子骨碌骨碌地转了好几圈，这种情况下，哪能躺得下呀。林方晓知道拿这个蒸不熟煮不烂的许三烂没办法，心下这个气，怪自己倒霉，提高了语调问许三烂，"我抽根烟行不行呢?"许三烂这回倒是挺大方，允许林方晓抽烟。林方晓又得寸进尺问许三烂，能不能让我俩把衣裳披上? 我们不穿，我们就披上行不行? 许三烂想想也同意了。

炉子里烧的是玉米芯，燃得快，刚才火还挺旺，转眼火就熄下去了。许三烂用炉钩子把炉盖子钩开，往里面加玉米芯，加了，火轰的一下又旺了。

林方晓吸了吸清鼻涕说："一会儿冷一会儿热的，三叔你都把我整感冒了，跟你说实话，上乡里乡长也得高看我一眼，好歹我也是个老板，乡长都叫我企业家，你就不能给我个面子? 把我们俩当屁一样放了?"

许三烂不言声儿，心思仿佛都在炉子上。林方晓等他说话，等了半天他才说："企业家个屁，别人不知道你，我还不知道你，养鸡赚俩破钱把你烧的，家里有老婆还出来乱搞，我就看你这样的家伙不顺眼。"

苑桂兰也吸了一下鼻子，说："三叔啊，我苑桂兰咋得罪你了? 你不能这么让我下不来台呀。"

许三烂又钩开炉盖子往里面加玉米芯。

"怪我让你下不来台? 你不跟他乱搞我能让你下不来台?"

苑桂兰说："我跟谁搞跟你有什么关系，你想搞，谁跟你搞。"

许三烂瞥了苑桂兰一眼，居然笑了。他大起胆子看苑桂兰的前胸，说："别看你三叔我是个老光棍，可我不搞，我这辈子都不搞你们这些破女人。"

林方晓不想让苑桂兰在这种光景下得罪许三烂，用胳膊碰了苑桂兰一下，转移话题说："三叔你听我说，我刚买了一个新手机，白给你拿去使。"

许三烂又去捅炉子，鼓捣出一缕生烟。他咳嗽了几声，咳嗽着跟林方晓说："我不使那玩意，你什么时候看见我使那玩意了？"

苑桂兰口气软下来，换了声调做许三烂思想工作，说："三叔你咋不知道好赖呢，白捡一个手机你还拿架，你怕交费花钱，再让他给你交 100 块钱电话费，100 块你嫌少就让他交两百块。"

林方晓赶紧顺着苑桂兰的话说："我给你交 300 块，一年都打不完。"

许三烂忽然站起身，手里的炉钩子指着炕上说："你们俩就别废话了，好好待着，等我想好了怎么整治你们俩再说。"

林方晓和苑桂兰实在是没了办法，苑桂兰就在毯子下使劲踹了林方晓一脚，说："你就打不过他？这种死皮赖脸的人你就打不过他？"林方晓说："别说我了，全李桥谁能打得过他，长得跟头牛一样壮，我这小体格，搞搞你还行，搞他可不敢。"

许三烂又在塑料凳子上坐下，眼睛瞄着炕上，瞄了半天，忽然说："我想好了，我就这么整治你们俩吧。"

## 2

我们李桥人这个季节都在外头打工，许三烂当然也在外头打工。打工的地方是沈阳桃仙机场附近一个建筑工地，吃住不算，一天净赚 80 块人民币。上个星期，大仙回了一趟李桥，在李桥待了三天，从李桥回来跟许三烂说："三烂你应该回去看看，你那破房子快倒了。"今年雨水比往年大，整个李桥也就许三烂的房子是个老土屋，架不住这样的瓢泼大雨。许三烂心里有数，房子指定是漏了，可他想不到它能倒。每年都是春天出来打工，过了春天是伏天，过了伏天就是秋天，过了秋天就是隆冬，到了冬天，所有民工都要回家，要是房子倒塌了，哪儿去住呀！大仙还跟他说，他那院子里的蒿子，长了一人多高，房顶上也长了草，像个草原。许三烂说："你也没帮我薅薅?"大仙说："我想帮你薅了，可我怕你怪我乱薅，回头费劲不讨好，我图啥?"

许三烂跟工地算清了工钱，提前辞工了。

其实，没有大仙让他回去修房子这个茬，许三烂也想回去了。想回去另有原因。三天前，也就是他送大仙去火车站上火车，大仙上火车走了，他一个人在站前溜达了一会儿，因为是晚上，站前有一些拿着旅馆牌的拉这个住店拉那个住店的妇女。他被一个妇女拉着走出了20多米，到了一条黑暗的胡同，那个妇女才听清他说不是住店的。在一个昏黄的路灯下，那个妇女撒开了他，瞪了他一眼，骂他不住店还不早说。许三烂看着那个妇女，感觉那个妇女很可气，许三烂又看看这条光线昏暗的胡同里没有别人，他就抓住了那个妇女，把那个妇女抱住了。本来，许三烂当时也没想强奸她，当时什么都没想，就是把她抱住了，可那个妇女忽然就喊了起来，强奸了——许三烂情急之下照着她的太阳穴掴了一拳，她就不喊了，她的身子软了下来，跟许三烂说："大哥，你想咋样都行，你别要了我小命就行。"

许三烂也不知道怎么办了，他没想到，在站前溜达溜达就能溜达出这样的事来。他正发愣的工夫，那个妇女就把裤子脱了，说："大哥你给我留条小命就行。"

许三烂稀里糊涂把事情办完了，提了裤子往胡同口走，他刚到胡同口，身后那个妇女就大声喊叫了起来，"强奸犯——快抓强奸犯——"

许三烂往胡同出口跑去，慌乱间掉在了一个没有盖子的下水道里，牛一样的他，摔得咣当一声，掉到了黑暗的最下头。感觉脑袋有些迷糊，眼前有无数个小金星乱窜，他不敢动，慢慢地缓了半天，那些小金星才吃进黑暗里。剩下的就是黑暗。这个时候，他听见外头一阵慌乱，也听见了警车拉响的警笛声。他抬头向上头望去，看到了井口那么大一片夜空，夜空忽然高出了一大截，许三烂知道，是他自己下沉了一丈多，月亮也就离他远了一丈多。下水道里没有水，很干燥，就是有股子说不出来的臭味儿。许三烂在下水道里抚摩着脚踝骨，感觉骨头碎了。他调整了个姿势，坐了一会儿，外头慢慢平静了。许三烂顺着下水道往上爬了一段，四外黑乎乎的，他掏出打火机，擦亮了，四外看看，这是个早就废弃了的水泥涵洞，因为是废弃不用的，所以才没有屎屎尿尿的，不然的话，这一趟可就吃上屎了。

水泥涵洞里很安静，也很安全，他给自己点了一根烟，慢悠悠地抽了起来，回想着刚才发生的事，许三烂有点儿憋不住笑，怎么碰到这么一个傻娘们儿，白白让他捞了这么一回。

......

天快亮的时候，许三烂爬了出来，在大街上吃了一碗馄饨，然后坐公交车回了工地。

回到工地第二天中午吃饭的时候，王利民指着《沈阳晚报》说："昨天晚上火车站逃跑了一个强奸犯。"说着，王利民跟许三烂开玩笑："三叔，昨天晚上你送大仙去火车站了，你什么时候回来的？这个人是不是你？"

王利民这么一问，大伙都跟着起哄，许三烂当然不可能承认，大伙本也就当个笑话说的，笑了也就过去了。可许三烂心里就开始打鼓了，暗自琢磨，不能在这里待下去了，报纸上说警察正在找这个人呢，真让警察抓了去，可就......

第三天，大仙回来正好说雨水把房子涝了，他回去也就有了借口。

许三烂临走的时候，大仙逗王利民，说他也应该回去看看，苑桂兰可能生病了。王利民说不可能，前天还通了电话，电话里她还跟他撒欢呢，说让他放心家里，样样都不用他操心，过冬的棉衣、棉鞋都给他准备好了，就等着他拿钱回去过整个冬天呢。

大仙说："苑桂兰让你拿钱回去过冬天了？这娘们儿，拿你当嫖客了，你没问她，不拿钱回去就不让你回家过冬天了？"王利民讨厌大仙这个话，气呼呼地说："你这嘴里可真吐不出象牙。"大仙说："别管我嘴里吐啥，我还是劝你小子早点儿回去，你在这儿干不干的没啥劲，她没当你是爷们儿，当你是挣钱工具了，换我我可不干，早撂挑子了。"王利民说："哪家爷们儿不是娘们儿的挣钱工具？我看哪家都是，你不挣钱回家，照样也没好脸色看。"大仙和王利民唇枪舌战，旁边的乡亲也跟着起哄，说了一些离裤裆不远的笑话，许三烂是在乡亲们的笑声中离开工地的。

<h1 style="text-align:center">3</h1>

回来的路上许三烂盘算过，要是房子真塌了，就重新盖个三间砖瓦结构的，反正这几年打工也积攒了一些钱。

许三烂坐了 4 个小时火车，又坐了差不多两个小时汽车，在榆树坡下了车。许三烂下车第一眼就看到了整个李桥，整个李桥在河对面显得老气横秋，"懒散"得没法说，就像伏天里被雨水泡的趟数多了，让雨水涝蔫了。

谭家嫂子坐在桥头上绣门帘，其实她是来河里放鸭子的，绣门帘是放鸭子的副业。谭家嫂子抬头看见了许三烂，她主动跟许三烂搭话："三烂回来了呀，你抻着个脖子看啥呢？"许三烂这才看见谭家嫂子，走到桥的近处，在谭家嫂子对面的桥墩上坐下来，说："大仙说我的房子让雨水涝得要倒了，我看看房子到底倒了还是没倒。"谭家嫂子说："听大仙说话，死了都穿不上裤子。"许三烂说："我那房子破，他这么一说，我也就心里没底了，赶回来瞅瞅，要是真倒了也好，真倒了我就翻盖。"谭家嫂子说："你这个三烂，要是早把房子翻盖上，媳妇早说上了。"许三烂给自己点了一支烟抽上，然后站起身往家走。他从工地上回来，也没换一身衣裳，粘了无数个水泥点子的衣裳皱巴巴的，谭家嫂子看着他，感觉他像个花斑豹。谭家嫂子朝他后身影说："三烂，你要是赶秋天把房子盖好了，我冬天就给你保媒，让你把媳妇娶家来。"许三烂头都没回，脚步也没停，他回了谭家嫂子一句话，"谭江家的，你大哥我快50的人了，媳妇这事儿，下辈子再说吧。"

许三烂从桥头上走到了村街上，村街的路是土路，很暄的那种土路，踩上去，感觉身子陷了一下。陷了一下才是回到了家。外头的路都是硬的，只有李桥的土路才是这样松软。

初秋的李桥四外都是等待收割的庄稼，村里的树木也都扬着绿烟，每家的院子里都有瓜果蔬菜。远处看李桥老气横秋，走到李桥里头来，处处都是生机勃勃。一些人家把驴、马拴在当街上，驴、马围绕着木桩转出一个圆圈，圆圈里有主人给从外面割来的青草和苍黄的棵子，它们可以随便吃那些青草和苍黄的棵子，这样的季节里，李桥人可以随便挥霍绿色和苍黄。

许三烂家的土房子在村子当腰，木头杖子松松垮垮的，里头真是荒芜得很，就是大仙说的那样，蒿子一人多高了，把低矮的土平房也遮掩住。正是晌午，整个李桥都在午睡，整个李桥都静悄悄的。许三烂拉开木头杖子，脚步疲惫地走进了院子。院子里的小路上也长了细茸茸的草，走上去软软的。到了窗下，许三烂往房顶看去，房顶也长了草，大仙说像草原，许三烂感觉也有点儿像草原。

屋里有细碎的响动，许三烂以为是闹耗子了，实际上是林方晓和苑桂兰利用这个空房子在胡搞。

### 4

许三烂说想出了惩治林方晓和苑桂兰的办法，林方晓说："三叔，有啥条件你就提，让我们俩赶紧把衣裳穿上，你说，现在这样成啥了。"苑桂兰瞪了许三烂一眼，等他把办法说出来。
许三烂说："我先不说办法，我先给你们俩上堂课。"林方晓说：
"课你就别上了，抓紧说办法吧。"许三烂说："课不上指定不
行。"接着，许三烂就开始给这两个被捉奸在炕上的人上课。

许三烂说："你们俩不知道我这炕有多干净吧？我猫不养狗
不养，我这炕就是我一个人睡觉的地方，我一个人放了饭桌子吃
饭喝小酒的地方，现在你们俩在我这炕上办下这种事，这让我有
多丧气有多恶心你知道吗？"不等他们回答，许三烂又说，"我
出去打工这几年，你们每年都拿我这房子当妓院了，是吧？敢情
不光你林方晓有买卖，我许三烂也开了个妓院，我许三烂开了个
妓院我许三烂自己还不知道。开妓院是个好生意，收入应该不
错，可我一分收入没得到，敢情我白开了这么个妓院，敢情我这
是为人民服务了，哦不，你们俩不能算人民，按照过去的说法
呢，你们这叫奸夫淫妇，按照现在的说法呢，你们就是情人关
系，你们舒服了，无数次用了我这铺炕，不是大仙提醒我说房子
让雨水浇漏了，我还不能回来修，我不回来，我还不知道我这房
子已经变成了妓院。"

林方晓有些不耐烦，"三叔，你是不是让我给你翻盖房子？
是的话，你就直接说，我争取给你把房子翻盖了，有了新房，三
婶也就容易找了，你现在别说这些没用的。"

许三烂说："我没想让你给我翻盖房子，我一连打了几年工，
盖房子钱自己有，我现在要说的就是这个事儿，你说你林方晓是
个啥人，你说乡长说你是企业家，李桥人也都知道你是企业家，
你是养鸡专业户谁都知道，你是这一带十里八村最有钱的人、最
有势的人、最高高在上的人，这个我早就知道，别人也知道，可
你自己有老婆你还搞人家苑桂兰，你有老婆就应该跟老婆好好过
日子，你搞人家苑桂兰说明你不是个好人。"

苑桂兰说："许三烂，我乐意让他搞，你眼气也没办法。"

许三烂说:"你凭什么乐意让他搞?就因为他有钱有势?你让他搞,那王利民呢?你凭什么给王利民戴绿帽子?"

苑桂兰说:"什么也不凭,我就给他戴了,你倒是想戴绿帽子,可你连个老婆都没有,就是想戴你还戴不上,因为你根本就没戴的资格。"

许三烂说:"苑桂兰你如果这么说话,那我就好好跟你说说,王利民在工地上吃苦受累,为的就是挣钱,为的就是在冬底回家能把一撂钱交到你手里。"许三烂越说火越大,"苑桂兰你知道工地上的活有多累吗?你知道在高楼上爬来爬去有多危险吗?你应该知道,可你装不知道,王利民在外头拼死拼活给你赚钱,你呢,背着他,跟这个养鸡专业户胡搞,你给他戴个绿帽子,你这个娘们儿指定也不是个好人。"

林方晓感觉实在是坐不下去了,试图把胳膊伸进袖子里,可他刚一动,许三烂马上就奔过来,炉钩子唰地举到林方晓头顶。许三烂说:"你别动,今天你要动,我就把你们俩都刨死。"

林方晓不动了,苑桂兰也把要说的话用舌头压住了。

林方晓说:"三叔,落你手里,还不如落警察手里,落警察手里顶多罚几千块钱,落你手里,你不说咋个办,比落警察手里还难受。"

许三烂说:"既然你叫我一声三叔,那三叔跟你说,你是个有钱人,你知道城里那些有钱人怎么玩吗?人家也找女人,人家找女人去歌厅、舞厅,歌厅、舞厅白花花一片都是小姐,都是没结过婚的黄花大闺女,明码实价,按小时算账……兔子还不吃窝边草呢,你跟苑桂兰搞,你就不够人味儿……"

苑桂兰说:"许三烂你有完没完?你跟我们说这些破事有啥用,你想怎么办,赶紧说。"

许三烂说:"你咋这么不耐烦呢?"

接下来,许三烂又说了好多好多,一直说到了黄昏。林方晓和苑桂兰恹恹欲睡，不时打起瞌睡来。许三烂不允许他们俩打瞌睡，他们俩一瞌睡，许三烂手里的炉钩子就狠命地敲打铁炉子。

许三烂说："我最后再问问你，林方晓，你跟我说说，你有老婆为什么还和苑桂兰胡搞?"

面对这样的问题，林方晓不知道怎么回答，他看了苑桂兰一眼，然后对着许三烂说："三叔，你是个没和女人沾过边的男人，这里头的事你不知道，我说了你也不懂。"许三烂说："你还没说呢，怎么就知道我不懂，你倒是给我说说，看看我能不能懂。"林方晓咳嗽了一下，一副要说的样子。苑桂兰用脚在毯子底下又踹了他一下，苑桂兰说："你别胡说。"林方晓嘿嘿地傻笑起来，"三叔想听，三叔想听我就给他说说。"苑桂兰瞪了他一眼，把脸转向一边去了。

许三烂催林方晓，"说说，看我比你懂得多还是少。"

林方晓说："这么说吧三叔，女人嘛，就好比你院子里的李子树，我是说就好比树上那些李子，外表看，都一样，可你吃到嘴里味道就不一样了，有甜的，有酸的，有苦的，还有涩的，有的呢，还让你说不出到底是个啥滋味儿，就拿苑桂兰来说，她就是让我品不出滋味儿的。"许三烂插话说："品不出滋味来你还和她胡搞。"林方晓说："这你就外行了，正因为品不出是个啥滋味儿，才想品。"见许三烂不明白，林方晓又说："换个比方吧，就好比豆角，有五月鲜，有九月青，你都吃过吧? 你说五月鲜和九月青的味道能一样吗? 不一样吧，女人也是这个道理，有的就是五月鲜，有的就是九月青，有的不是五月鲜也不是九月青，说不出是个啥。"林方晓这么说，许三烂明白了，这小子是拿女人品滋味呢。许三烂心说："这小子是挨个尝鲜呢。"

林方晓说："三叔，这最后一个问题你也问完了，该解决了吧?"

许三烂说："我没想好呢。"

苑桂兰说："你方才不是说你已经想好了么。"

许三烂说："我没想好，我刚才说想好了，那是逗你们俩玩呢。"

林方晓说："三叔，你就饶了我们吧，我们俩给你磕头行不行？"

许三烂起身把电灯拉亮了，然后又回到塑料凳子上坐下。其实，这个时候的许三烂已经快一天没吃东西了，肚子咕噜咕噜叫，他早就饿了，可他不想现在就做饭，眼下这个事没处理完，饿了也得忍住。

这个时候，家家都吃完了晚饭，正是赶鸡上架的时候，村子里欢腾一片。

苑桂兰说："许三烂，你到底想怎么样？"

林方晓也说："是呀，你到底想怎么样，你说出来。"

没等许三烂说呢，苑桂兰的儿子在当街喊"妈——妈——妈——"。苑桂兰知道，儿子早就放学了，儿子晚上没见到她，没吃上饭，四处找她回家呢。

苑桂兰有些沉不住气了，她把毯子掀掉，从炕上跳起来，光着屁股跳到炕里边，抓了裤子就往身上套。

对许三烂来说，这有些突然，他没料到苑桂兰敢穿衣裳。他忽地站起来，到炕边上，手里的炉钩子往炕里刨苑桂兰，胳膊有些短，没刨到苑桂兰，倒把炕刨了一个眼儿。许三烂有些着急，眼珠子快要瞪出来了，用炉钩子指着苑桂兰说："你给我坐下，你不坐下我今天指定刨死你们俩，你信不信？"无论是苑桂兰还是林方晓都信，这个浑不吝的，说到哪儿就能做到哪儿。苑桂兰急得眼泪也掉下来了，哭着说："你到底要怎么样嘛。"林方晓跟许三烂央求，说："三叔我给你跪下，我们俩都给你跪下，求你饶过我们俩这一次。"

许三烂见苑桂兰坐下了，就回到炉子旁边，在塑料凳上坐下，他说："不是我成心跟你们俩过不去，碰上这种事，我不能就这样拉倒，说实话，我平时看你人模狗样的就厌恶你，你不就是有俩破钱吗？你爹当年穷得连条裤腰带都买不起，拿个麻绳拴在腰上，你小子现在有俩破钱，忘本了，有俩破钱你就随便搞女人。王利民是谁？王利民是上过老山前线的解放军，人家当过英雄，连他的女人你都搞，你小子还有良心吗？当年你爹欠人家输赢账还不上，人家要剁你爹一根手指头，还是王利民他爹帮你爹解的围，现在你倒跟苑桂兰搞上了，你小子忘本了。"许三烂越说越气大，他数落完林方晓又转向苑桂兰，"你苑桂兰败坏了老王家门风不算，你还败坏了李桥的名声，我现在才明白大仙让我回来修房子是假，大仙的真正目的是让我回来抓你们这对狗男女的，我说大仙当时怎么还指山卖磨说你生病了，让王利民回来看你，大仙是早知道你们俩扯到一起了，也早知道你们俩把我这房子当窑子逛了，所以大仙……我现在越来越佩服大仙了，人家眼光好使，而且是个有招法的人，人家不想得罪你林方晓，人家知道你现在财大气粗，犯不上管你们俩这个破事，我就不一样了，第一我是个光棍汉，得罪你林方晓我不怕；第二呢，大仙知道我不是好惹的，也知道我收拾人有一套，所以我佩服大仙。"说到这儿，许三烂有些得意，他把炉钩子、炉铲子放在炉子上，想抽烟，从沈阳带回来的那包烟空了，他把旱烟笸箩找出来，然后开始给自己卷一根纸烟抽。

林方晓问许三烂："三叔你跟我交个实底，我们俩到底怎么才能过了你这关？"

许三烂抬眼看了看他们俩，慢条斯理地说："不是跟你说了吗，我得再想想，反正我不能便宜了你们俩。"

苑桂兰在炕上给许三烂跪下，说："三叔你就饶过我们俩吧，往后我拿你当亲爹还不行吗？"

许三烂说："你别跟我扯这套，我还不知道你，你拿你亲爹啥样谁没看见？我可当不了你亲爹，也不缺你这样的孝子贤孙。"

# 5

天完全黑了下来，村子里睡觉早，多数人家吃了晚饭就关灯了，四外很安静。村外的稻田里响起了蛙鼓，月亮挂上了枝头。

林方晓拿着手机给家里打电话，林方晓的老婆在电话里问："你死哪儿去了，这么晚了还不回家？你说今天晚上给儿子剃头，你倒没影儿了。"林方晓跟老婆解释："在乡上呢，在乡上跟乡长商量参加市里举办的优秀乡镇企业家表彰大会的事……嗯，你和儿子先睡，我晚点儿回去。"

许三烂手指着林方晓，嘴丫子扯到耳根子，许三烂说："林方晓啊林方晓，我是真佩服你，撒谎跟说实话一样，脸都不带红的。"

林方晓没笑，林方晓说："三叔你放过我跟苑桂兰这一次，我给你5000块钱，你现在就跟我回家，我到家就给你拿。"

许三烂说："这个钱我不能要，我要这样的钱，我都不知道用这样的钱干啥。"

苑桂兰急得脸都能拧出水来，说："到底想怎么样你倒是说，天都黑了，我儿子还没吃饭呢，你简直快把我逼疯了。"

许三烂说："你别疯，我其实也不想把你们俩怎么样，我问林方晓几个问题，然后就放你们回家。"

"你问。"

"你就快点儿问吧。"

许三烂说："我打个比方……"

林方晓说："你就直接说吧，别打比方了。"

许三烂说："这个事情不打比方不行，不打比方我说不清楚。"林方晓为了不耽误时间，没打扰他，张着眼睛等他问。许三烂说："比方这个女的主动拉你，也是她主动脱的裤子，这算不算强奸？"

林方晓转眼看了看苑桂兰，又把眼珠子转回来看着许三烂，他不明白许三烂为什么这么问。

许三烂说："你看啥，算不算强奸犯你倒是说呀。"

林方晓恍然，问许三烂："你是说女方主动拉的，也是女方主动脱的裤子？"许三烂眼睛盯住林方晓，使劲点点头说："是啊，就是这样。"林方晓说："这个不算强奸，这个算啥强奸，这个是两相情愿。说着，林方晓用下巴指指苑桂兰，比方我们俩，就是两相情愿，警察抓到顶多罚款5000块钱，赶紧就得给放回来。"林方晓又说，"今天这是碰上三叔你了，我拿你没办法，你比警察厉害。"

许三烂说："真不算强奸？"

林方晓也拿眼睛盯着许三烂说："当然不算，指定不算。"

许三烂说："那我再问你，两个人把事办完了，这个女的反咬一口，大声嚷嚷说你是强奸犯，这个算啥？"

这个问题林方晓好像从来没想到过，许三烂问完，林方晓的脑袋有点儿犯傻。他摸着脑袋，说不出个是啥不是啥来。

许三烂追问："你说这个是个啥性质？"

林方晓说："这个就不好说了，这种事一般也找不到证明人，比方我跟苑桂兰……"说到这，林方晓看着苑桂兰，说："你不能反咬我一口吧？"

苑桂兰把脸偏向一边，不理会他们俩。

许三烂问了另外一个问题："那个男的跑了，像这样的情况，警察能把这样的事放在心上吗？能非得抓到那个男的不可吗？"

林方晓说："这就要看警察们认真不认真了，按说呢，如果女方报案了，而且咬死了说是强奸，这就是刑事案件，牵涉到刑事案件就是大事，警察们一般也不敢马虎。"

许三烂有些急，"警察怎么能不问青红皂白就认死了是人家男方强奸呢？应该调查清楚了再决定抓不抓那个男的。"

林方晓说："三叔，你这么说就有点儿难为警察了，人家女方咬死了说是让一个男的强奸了，警察就得立案，就得想办法把那个男的抓到，然后六只眼睛或者八只眼睛到一块儿对质，现在还有科学方法来验证，如果那个女的把裤衩子交给警察，警察又拿"科学"往裤衩子上一照，裤衩子上那点儿东西就是铁证，男的呢，有嘴也说不清楚，你说女的主动拉你，主动脱的裤子，警察一般也不信，警察不信也不能怪警察，因为你拿不出女方拉你，女方主动脱裤子的证据，没有证据你说啥警察都不信，警察重视的是证据，所以，这种事情吃亏的总是男的一方。"

林方晓说着说着，发现许三烂的眼睛有些直，林方晓问许三烂："三叔你平白问这些干啥？你不是想让苑桂兰害我吧？"

许三烂说："不是，利民媳妇对不起利民，要是再反咬你一口，她就真是个坏女人了。"

听许三烂说"不是"，林方晓说："三叔，是不是你把沈阳的女人搞了？是不是沈阳女人先拉了你，又脱了裤子，等你把事情办完了，沈阳女人又诬赖你强奸她了？"

许三烂没说是也没说不是，他朝林方晓和苑桂兰抬了一下手，意思是把他们俩放了。林方晓和苑桂兰没想到许三烂这就把他们俩放了，愣怔了一下，明白过味儿来，赶紧穿了衣裳，一阵风似的跑了出去。

## 6

第二天中午，大仙领着沈阳的警察回了李桥，警车在桥头停了下来，大仙从车窗里把脑袋伸出来，问坐在桥头上绣门帘的谭家嫂子。大仙说："谭江家的，许三烂回来了吧？他是不是在家？"谭家嫂子不知道出了什么事，警察面前又不能撒谎，说昨天见他回来了，今天也没见他出村子。谭家嫂子说完，警车从桥上嗖地开过去，进了村子。

李桥从来没进过警车，而且还是大城市里来的警车，差不多所有李桥人都跟着警车聚齐到许三烂家大门口。

大仙和警察从警车上下来，他头里走，到了院子他朝屋里喊："三烂，在不在家？沈阳的同志来找你了，三烂，出来接一下，别端架子了，赶紧出来迎接沈阳的警察同志。"

蒿草茂盛的院子没有回应大仙，房顶像草原的泥房子也没回应大仙，许三烂荒芜的小院落被秋风吹了一下，那些蒿子和房顶上的草拼命摇摆了一下，好像跟大仙说："别进来、别进来。"

大仙带着警察进了屋子，大仙看到许三烂平躺在炕上，一副睡着的样子。地上有一堆还没放在炉子里燃烧的玉米芯，散乱在铁炉子旁边，炉子里没有火，只有一堆灰烬。大仙朝炕上喊："许三烂，许三烂你快醒醒，沈阳的警察同志找你核实个事情，你别端个架子装睡。"大仙说着话的时候，看见许三烂的枕头边上有一只农药瓶子，再细看，许三烂的嘴角有一层已经破灭了的白沫。大仙的心咯噔一下，转头跟警察说："警察同志，他死了。"说着，他拿起了枕头边的那个空瓶子给警察看，他咧了咧嘴说，这种农药霸道，别说是许三烂，就是一头牛喝下几口也得完蛋，许三烂完蛋了。

一个戴着白手套的警察跳上炕，发现了一个手机套，一个避孕套，还有一张名片，这都是林方晓和苑桂兰昨天晚上慌忙中落下的东西。地下的一个戴着白手套的警察打开了一个工具箱，从里面拿出几个塑料袋，炕上那个警察把捡到的东西一件一件放进了塑料袋里，然后，另外一个警察开始给许三烂照相，喀嚓喀嚓拍了好多张。许三烂那个死样子，一动不动，就让警察给拍，喀嚓喀嚓，警察又拍了好几张。

# 父亲的悬崖

## 1

父亲他喝多了。

酒是东北乡下的村酿小烧，杂粮粗酿的头烧酒，度数在70度以上。这样的酒喝下去从喉咙辣到肠胃，可这样的酒喝了不上头。父亲平常酒量也就是半斤以里，那天他喝了八两，显然是彻底醉了。他躺在车厢里，天空是和煦温暖的晚秋光晕。几年前还是一匹青马，青马老了就变成了白马。这匹大青马跟了父亲8年了，现在它老成了一匹白马。白马的脚步很迟缓，走在乡村的土路上，土路上尽是雨后的泥疙瘩。这样的马车，走在这样的乡路上，马车是一首诗，乡路也是一首诗。

从八面城到李桥有三四十里路远，老马要在天黑前到家。老马的脑子里算计着时间，老马的脑子里没有别的，只有路程和时间。

一只大蝴蝶跟着父亲的马车飞了一程。晌午饭之后，父亲跟姨妈告别的时候，那只大蝴蝶从姨妈的手指尖飞起，就一直跟着父亲的马车飞，一直跟到下午两点钟。马车出了姨妈家的城西村，父亲就躺在车厢里睡着了。

蝴蝶消失的时候，老马要过一座狭窄的土桥。接着，老马要走一段漫长的林荫路，要在晚秋的天气里行走三四个小时。现在老马要过这座土桥了，桥下的小河叫二道河。天知道头道河在哪儿。这二道河的水，跟秋天的天空一样的颜色。老马顺利地通过了二道河上狭窄的小桥，再走20里路，还要过一条大河，就是我们李桥村口的昭苏太河。老马拉着父亲走在林荫路上，路旁都是大杨树。这种杨树满身长着虫包，俗称疙瘩杨，是"文革"时候知识青年栽种的，现在都粗壮得一个小孩抱不拢了。因为品种不好，算不上材料，由着它们疯长，长成了一幅疯狂的油画，实际上，是很好的防风林。几十年过去了，防风林生长得葳蕤茂盛，树荫下的路完全被枝叶覆盖着。这条路父亲从他年轻的时候开始走，每年都要走几次，老马自从跟了父亲，每年也都走几次，路早就是熟路，那些杨树，也还是那些杨树。

几袋烟的工夫，大蝴蝶又飞了回来，跟在大白马耳朵旁边飞。它就像一个使者，跟在马车旁边飞，可能是它有点儿顽皮，发现赶车人睡着了，它在赶车玩。

父亲头天夜里跟母亲商量，要把家里的土豆拉去八面城卖了，然后再去城郊姨妈家，找姨妈商量我的婚事。母亲因为村里又一个和我年龄相仿的人订婚了，她着急上火，怕我娶不上媳妇，更怕影响下面的三个弟弟也跟着打光棍。她经常偷着哭。母亲一哭，父亲就心烦，所以头天晚上睡前父亲跟母亲说了，不要再哭了，明天他就去八面城。

母亲起早给父亲下了碗面条，父亲吃了热面条，擦黑就赶着马车出门了。马车在上午8点多钟进的八面城农贸市场，父亲抖落了一身露水，很快就把土豆卖掉了。

父亲赶到姨妈家的时候，正是姨妈做什么饭、弄什么菜都来得及的工夫。姨夫见父亲拉了马车在院门口了，就跟父亲开玩笑说："又来给儿子找媳妇了。"父亲一边把缰绳拴在姨妈家的大门上，一边跟姨夫撇清，"不是我着急，是你姐着急，村子里谁家孩子定了亲，你姐看着就眼红。"姨夫说："你就不着急？这一年你都跑了几趟了，你想想，哪有城边子姑娘往你们那破地方嫁的？你跑也是白跑。"父亲说："这个我知道，可除了你们哪还有人能帮我跟你姐，你跟妹子不能眼见外甥们打光棍不是。"

姨妈鼓捣了几个菜，姨夫陪父亲喝着70度的小烧酒。

喝酒的时候，姨妈跟父亲说："姐夫这回你是来着了，你要是不来我还着急呢。"父亲听姨妈这个话，就停止了咀嚼。父亲的眼睛有点儿小，可眼光很集中，他看着姨妈的脸，等姨妈的下文。姨妈说他们屯子里有个合适的。父亲不明白怎么突然就有了合适的，说往常姨妈不是说没有合适的吗？怎么就有了？姨妈说："前院的梅子你不是见过嘛。"父亲的腮帮子痉挛了起来，说："我见过那闺女，个子不算矮，长相也说得过去，嘴也甜，还在镇里缝纫厂当工人，我见过呀。"姨妈说："前些天梅子妈主动跟我说，她说要是咱们不嫌弃，她就把梅子嫁给我外甥。"父亲感觉到这个消息是他听见的一个最悦耳的消息，咕噜一声把嘴里的饭菜咽下喉咙，眼睛死盯住姨妈，跟姨妈说："我的亲妹子，你可别逗姐夫玩儿，你说的这是真的还是假的？你跟姐夫闹玩行，可你当姨妈的不能拿你外甥的婚姻耍戏。"姨妈说："是真的，这都是真的。"父亲听姨妈说是真的，就在姨妈的脸上观察着，确定姨妈一本正经，父亲也没跟姨夫打招呼，又是咕噜一声，把一大杯小烧灌了下去。

姨夫说："姐夫你慢着点儿喝，现在还不到你高兴、不到你激动的时候。"父亲不明白姨夫的话，一头雾水地看着姨夫，小眼睛一眨一眨的，等着姨夫嘴巴里的话。姨夫又说："等她把话说完了你就不一定激动了。"父亲还是不明白姨夫为什么不让他激动，转过眼珠儿又去看姨妈。姨妈见父亲急不可耐的样子，就叹息了一声说："梅子妈赶着同意这门亲事，是因为梅子她现在残废了。"

## 2

我跟父亲说了，都什么年代了他还要包办我的婚姻。父亲跟我瞪起眼睛，咬着牙齿，样子像是要吃了我，他说："我包办？我不给你包办，你倒给我领回来一个让我看看。"我说，你急什么呢。父亲说："你小子要是再不知道好歹，我打死你，你信不信？"父亲是个暴君，他说打死我我指定信，他不但能打死我，而且还能像背一条死狗一样把我背到河湾，然后挖个坑把我埋掉。面对这么个父亲，我什么也不想说了，当天晚上，我就离开了家，我离家出走了。

事实上，我离开家没几天，父亲就赶着他那匹老马，把梅子从八面城的城西村接了过来，还预备了酒席，撒帖子请了老亲少故，放了鞭炮，给乡民政局管婚姻登记的送了几瓶白酒，帮我把结婚证也扯了回来。他把结婚证交给了梅子，让她保管，他跟梅子说："梅子你放心，我儿子的事我做主，用不了几天我儿子准能回来。"梅子后来跟我说，她当时也是傻，不然不能出这桩荒唐事。

3年了，我都没回去。我在北京流浪了有一年多，后来去了一家小报社当记者，就是那种编外记者。虽然我仅仅是个高中毕业生，但是我上学的时候作文挺不错的，经常在校报上发表个散文啊，诗歌啊，俨然一个才子，所以我的人生理想是当一个记者。现在好了，现在我可以出去试试了。报社领导面试的时候给我出了个题目，让我在半个小时里写出一篇文章来，我就唰唰地写了那么一篇。他仔细地看了看，感觉我的文章写得还不赖，然后他就把我给收了。

进了报社，领导跟我说："你不能立即干记者的活，你要锻炼一下，你多出去跟客户打打交道。"所以，我的具体工作就是拉赞助给报社找钱花。报社领导跟我说："做记者的要铁肩担道义，但是，报社经费紧张，当前的工作重点是出去跑社交，拉赞助是个技术活，你的脑瓜筋得活络点儿。"那天，报社领导跟我苦口婆心说了一个多小时，面授了我很多机宜。我虽然只是个农村青年，但是，我的理想就是当一名记者，就像报社领导说的那样，做一个铁肩担道义的记者。报社领导给我交代的工作摆明了就是出去给报社找钱，但是，至少名义上是记者，这对我来说，已经很是满足了。

跟我一起被报社录用的有个广东女孩，乍看第一眼，这个女孩的长相让我想起电视里看到的越南人。这个女孩是比较耐看的，眼睛有点儿往上挑的意思，或者说是她的目光有些往上挑，嘴角很好看，眉毛也没被处理过，现在北京大街上，也不光是北京大街上，现在全中国的城市里，想看到眉毛没被修理过的女孩，简直太难了。也许是她温润的嘴角，也许是她往上挑的目光，或者就是她的眉毛，反正她给我的印象挺好的。我们是一天报到的同事，所以感觉上比别人亲近些。她告诉我她的名字叫秦雪娜，我告诉她我的名字叫张铁汉，显然，秦雪娜和张铁汉很快就熟悉起来了。我们俩一起配合，在很短的时间内给报社拉来了几笔额度挺大的款项，领导十分高兴。工作出奇顺利，配合了几次之后，我们俩就成了朋友。

有一天，下班往出走的时候，秦雪娜忽然问我有没有女朋友，我摇摇头说没有。秦雪娜说真没有？我说真没有。秦雪娜想了想又说："那么你看得上我不？"我说我当然看得上。我还跟她说，自从认识她之后我就偷偷地想了很多。她笑了，她问我都琢磨了些什么。她这么问，我也犯不上隐瞒，既然大家都是狼，何必要装羊啊，我说我想了一些青春男子正常应该想的。她还是笑，问我到底怎么想的。我说我已经在心里把她想象成我的未婚妻了，越想越觉得喜欢。那天就说了这么多，然后就在呼家楼的路口分手了，她坐9路车回小庄那边一座合租的四合院，我步行回了朝阳文化馆附近一个小区的地下室。

第二天是星期日，我睡了个大懒觉，起来的时候快中午了。让我想不到的是，秦雪娜拎了一只皮箱跑来了。皮箱撞开了我的门，她喘着粗气跟我说："大门口还有两只箱子，你去拿一下吧，累死我了。"

秦雪娜把她交给我了，同居就是这么简单，而且我们同居得很快乐。

我跟秦雪娜同居半年之后，我给家里写了一封信，我在信里说我已经找到了工作，而且找到了对象。这个时候，家里发生的事情我不知道，就算我再怎么高估父亲，我也无法想到他会把媳妇给我用马车拉了回来。写这样一封信的时候，我的口气很软弱，我问了父亲和母亲的身体和心情都好不好，毕竟我是李桥头一个离家出走的人，这会给父亲和母亲一些意想不到的压力，所以，字里行间有一些表示歉疚的词句，另外，我还随信寄出了几千块钱给家里。我想，就算我的信不能平复父亲和母亲的心，这些钱至少会让他们感到温暖。

回信很快就来了，是我弟弟铁木写的，他在信里跟我说："哥你赶紧回来吧，爸把媳妇给你娶了，结婚证也托人给你办好了，梅子在家等着你回来呢，你不回来她的日子没法过，你要是再不回来，爸就快气死了。"我想不到我的暴君父亲还是个莽撞的父亲，他怎么能私自把媳妇给我娶家来？怎么拜的堂？怎么成亲的？居然还走后门领了结婚证！看了这个信，我简直快疯了，我恨不得要大骂父亲一顿才能解气。秦雪娜把我丢在地上的信捡了起来，也看了，看完了，竟然笑弯了腰，笑到肚子痛。她一边捂着肚子笑一边跟我说："你父亲也太好玩了，都什么年代了，居然包办你的婚姻，而且还能走后门领到结婚证，难道你们'那疙瘩'的人办事就这么鲁莽吗?"秦雪娜习惯了用东北土语奚落我,她每次说那"疙瘩的"时候我就来气,看着秦雪娜笑成那样,我就更是生气,我说:"你笑,你笑,这有什么好笑的。"秦雪娜说:"我感觉你父亲真是个有意思的老头,他老人家到底给你娶了个什么样的媳妇?要么你干脆回家跟你媳妇过日子得了。"

其实我见过八面城的梅子。一张扁平脸上,五官像画上去的,眉毛太细,眼睛也是眯起的,眉毛和眼睛加在一起就是个二,两个二在额头下面还不算,鼻子太尖,有点儿像叹号,鼻子下面的嘴巴呢,就是一个细致的横。这么一张脸,就算她不是个瘸子我也不能娶她来做我的老婆,何况她现在还行动不便,我的天爷爷,我上辈子杀牛了吗?饶我不死吧。可是,我不想跟秦雪娜说梅子的长相,也不想评价她别的,我得在心里坚持,我跟她可是无关的。秦雪娜不笑了,因为她实在是笑累了,坐在床边喘。喘了一气,她把一只手抚在胸口上,眼睛看着我,她跟我说:"铁汉你不用生那么大的气,其实你们这个婚姻不能算数的。"我当然知道不能算数,但是,毕竟领了结婚证,而且还是托了后门的,解除它,中间指定也有不少麻烦,再说了,父亲那个牛脾气我是知道的,不顺了他的心,他指定恨死了我,指定想把我刨个坑埋上,同时也会把他自己气得要死。我知道他的脾气,他就是这么个人。

秦雪娜说:"那么我跟你回趟老家吧,我帮你把这个事摆平。"她的意思是,我这个事情,只有她才能摆平的样子。

秦雪娜这么说,我知道她的意思是要跟我把关系明确下来,她要做我的老婆了。我也知道,以她的条件在父亲眼前一出现,父亲指定能看出成色来,干巴枣和大鸭梨摆在一起,父亲指定伸手就摸大鸭梨,这个根本不用犹豫,因为这个选择题实在是再简单不过了。这么想来,我内心挺感激秦雪娜的。

## 3

我跟秦雪娜出现在我们李桥村头的时候，我们李桥人围了过来，问我这三年以来究竟去哪儿了，问我怎么才回来。有个豁牙奶奶指着秦雪娜问我："铁汉你给我说，这个闺女是谁？"我被这么多问题包围着，真是一个都不想回答。这些人的嘴脸，怎么会让我如此恶心呢。可是，这些好奇的人们拉住我不放，有人在我耳朵边小声说，"你爸给你娶了个媳妇，我们也都喝过你的喜酒了，你媳妇她在家等着你呢，你媳妇她是个非常有礼貌的人，见了人总是点头哈腰的。"我心里暗骂："腿脚不方便走路可不就是点头哈腰的嘛。"我不接他们的话，我努力把微笑保持在我的脸上。见我不说话，那个豁牙奶奶不死心，手指着秦雪娜，就像一个神审问一个小鬼那样问我，"你身边这个闺女到底是咋回事？"

最近半年来我跟我弟弟铁木保持着联系，我弟弟铁木起先的时候跟我说，你不回来爸会急死的。我跟他说，难道你也想让我跟这样的人过完这么宝贵的一辈子吗？我弟弟铁木被我这么强硬地问了一回，后来也支持我了。他告诉我，梅子不单是行动不便，她睡觉的时候还磨牙、放屁、打呼噜，她就像猪那样打呼噜。我弟弟比我小两岁，跟我长得特别像，我们俩虽然不是孪生兄弟，但是相貌确实就跟孪生的兄弟一样，我甚至怀疑过，父亲把我跟梅子这个事情办到这个地步，是不是铁木掺和了，比如，领取结婚证的时候，他是不是滥竽充数了？比如拜堂的时候，他是不是李代桃僵了？其实铁木也到了该娶媳妇的年龄了，按照我们家乡的规矩，哥哥没娶，弟弟一般也不能娶，弟弟先娶了，就证明哥哥要么有缺陷，要么就是有特别大的优势，比如上了大学，当了军官。我一不是大学生，二不是当兵吃饷的，跟勤恳务农的弟弟铁木比起来，毫无优势。在我们李桥人眼里，我也就是个庄稼不成买卖不会的那么一个二流子。父亲和母亲着急我的婚事，也跟我们李桥人对我的评价有关，他们把我评价得猪狗不如，他们总是拿我刺痛我父母的心。父亲和母亲都是实在人，他们从来不怀疑别人的动机，只有我能洞穿他们那些人的心，他们那些人真恨不得我这辈子耍了光棍，恨不得我们兄弟四个都娶不上媳妇。不是我们得罪了谁，我们李桥人就是见不得别人好，他们总是盼望着别人完蛋，而他们自己却是那么的荣光。虽然别人完蛋对他们没什么好处，但也不会对他们有坏处，我们李桥人总是盼望那些对自家没坏处对别人没好处的事。铁木嘴上不说，其实他着急不着急我知道，他指定也是着急的。起先跟着父亲一个鼻孔出气，也想让我乖乖地回来认了梅子，因为我的婚事操办完了，也就是他的了。后来铁木发现梅子确实不是个能拿得上台面当老婆的人，再加上我的质问，他也就站在了我的立场上。

我挣扎着摆脱了乡亲们的纠缠，领着秦雪娜到了家门口。铁木正在门前的一棵柳树上牵马，黄昏了，马要进圈的。铁木抬头看见了我，还有我身后的秦雪娜，铁木眼光直直地看着我们，他憨厚腼腆地笑了笑，让秦雪娜往屋里走。

我们进屋的时候，正是刚吃过晚饭，饭桌子还没来得及撤。父亲显然是刚吃了饭，坐在炕里用线绳剔牙，他总是用线绳剔牙，他剔牙的姿势有点儿像拉小提琴的音乐家。母亲和梅子正要撤桌子。我一脚进到门里，母亲脸上露出笑来，可她看到了我身后的秦雪娜时，笑容就僵在了脸上，一个漂亮的城市女孩忽然出现在我们家光线昏暗的屋子里，母亲指定发蒙，她不知道说什么好了。梅子看了我们一眼，赶紧转身去了里屋，躲起来了。父亲和我眼光相对了一下，又看了看秦雪娜，他什么也没说，下了地，找了半天鞋。他走出了屋子，在窗下来回走了两趟，顿了顿脚，忽然朝屋里喊："铁汉他们还没吃饭，你做饭吧。"这话显然是跟母亲说的。说了这话，他就消失在了院子里。母亲让秦雪娜上炕，秦雪娜是南方人，没见过东北大炕，不知道怎么上，眼睛看着我，我说："你把脚上的鞋脱了，爬上去就行。"秦雪娜甩掉了鞋，爬上炕去，调试着身体的姿势，怎么也坐不好。母亲朝里屋喊梅子："梅子你出来，咱俩收拾饭菜。"梅子从里屋走到外屋，路过我们的时候，头一直低着，而我注意的是她那不够灵便的腿脚。

我弟弟铁木不知道从哪儿抓了一把葵花子，坐在炕边上嗑着，嘴角抿着笑，看看我，又看看秦雪娜，看看秦雪娜，又看看我。我说："你想笑就笑出来，别这么不阴不阳的。"我弟弟还是那副表情，说："我看你咋整，俩媳妇你到底咋安排。"我使劲瞪了他一眼，警告他别乱说。秦雪娜终于坐好了，拿出一个小型收录机给我弟弟，说："铁木你喜欢听歌曲，这个给你。"我弟弟把收录机接在手里摆弄着，说："你怎么知道我喜欢听歌曲。"秦雪娜说："这还用问，不是你哥说的我哪知道。"我弟弟感激地看了秦雪娜一眼，说这个礼物他收下了。秦雪娜让我弟弟把地上的皮箱搬到炕上来，我弟弟很听话地用一只手拎起皮箱送到秦雪娜眼前。秦雪娜打开皮箱，从里面翻出了几样礼物，有给父亲的烟斗，有给母亲的一件外衣，还有给梅子的一件毛衣。这些东西摆在炕上，秦雪娜就朝外屋喊："大娘、梅子，你们进来。"母亲进来了，梅子装作没听见，坚持在外屋忙着。秦雪娜跟母亲说："大娘，这是我从王府井特意买的两件衣裳，你的，还有梅子的，不知道合身不合身，你们喜欢不喜欢，我自己做主买的。"母亲说："孩子，你来就来，咋还带了礼物。"秦雪娜说："一点儿心意。"母亲把两件衣服都收了，放在柜子里，又出外屋忙着了。

饭菜要上桌的时候，父亲回来了。他在门口顿了两下脚，虽然他的脚上不一定有什么值得顿一顿的，顿一顿脚是父亲的习惯。父亲进了屋，把背上的编织袋子咣当一声放在地上。我知道，那是啤酒。他俯着身子从编织袋子里往外拿啤酒、香肠、罐头的时候，铁木朝我努努嘴，又去看我们的父亲，我知道铁木心里想说啥，我也知道父亲这么待我，就是先礼后兵的意思。

母亲和梅子把饭菜收拾上桌子了，父亲把啤酒一瓶瓶拿了上来，然后他甩掉了鞋，爬上炕里。这个时候，他才正眼看了我一下，神情很是庄重地跟我和秦雪娜说："大儿子，上炕里，闺女，也往前凑。"我和秦雪娜凑过来，和他围坐在一张桌子旁。父亲一边用牙齿开啤酒，一边说："我儿子出息了，在北京当了记者，还往家里汇钱，整个李桥谁不眼热，给我争了脸了。"我不知道怎么接父亲的话，因为我不知道父亲的水到底有多深。父亲把一碗啤酒推到秦雪娜跟前，说："闺女是北京人？"秦雪娜接了酒，赶紧说："我是广东人。"父亲不知道广东在哪儿，抬起头来想了想说："广东在南方吧？"秦雪娜说是在南方。父亲又问，很远吧，秦雪娜说是很远。父亲又把眼光盯住我，他端起酒碗跟我说："大儿子，别愣着，喝酒。"我学着他的样子端起酒碗，喝了一口，秦雪娜也抿了一口。

父亲跟秦雪娜说："闺女，没来过东北吧，东北冬天滴水成冰，能冻掉鼻子，还是你们南方好，四季如春，总是那么花红柳绿的。"秦雪娜看着父亲的鼻子，又去看母亲和铁木的鼻子，然后故意调皮地问父亲："那你们的鼻子……"意思是，你们的鼻子不是都在呢嘛。父亲说："你跟我们比不了，我们这地方的人扛冻。"秦雪娜嬉笑着说："大伯，您这是吓唬我吧？我知道您的意思，您是怕我跟铁汉好了，我跟您说，我们将来结婚了也不回东北……"父亲打断秦雪娜的话，"你们结婚？铁汉是个有媳妇的人，共产党不允许一个人娶俩媳妇，犯法的事咱可不能做。"说着，父亲就喊梅子过来，"梅子你过来，我给你介绍，这就是你男人，这是你男人领回来的朋友。"父亲这话说得有些荒唐，天底下还没有过这样的介绍，夫妻还要介绍吗？梅子把饭菜收拾到桌子上就跟母亲躲到里屋了，父亲喊她，她也不出来。父亲又喊，梅子就哭着从里屋出来了，她没在我们跟前停留，直接冲出了房门，母亲紧跟出去。父亲说："这孩子腼腆。"

秦雪娜看着我，她有些幸灾乐祸的样子，她想笑。她说："大伯，您就别演戏了，铁汉和梅子的关系我知道，他们的婚姻不能算数的。"父亲朝秦雪娜瞪起眼睛说："不算数？你说不算数就不算数？"秦雪娜说："您不是说违法的事情不能做吗，那我告诉您，您这么做就是违法的，怎么可能算数呢？"我担心秦雪娜过分刺激父亲，就朝她使了眼色，让她别再说了。父亲转过脸来看着我，口气和蔼得我特别不适应，他跟我说："大儿子，你说算数不算数？爸爸给你娶的媳妇，酒也预备了，鞭炮也放了，大红的双喜字也贴了，结婚证也从乡政府领了，不算数？不算数的话，我就没脸活在人世上了。"

## 4

梅子回了八面城。梅子从屋里跑出去的时候，母亲就跟了出去，见梅子委屈地推上自行车，母亲就知道她这是要回八面城，想把她拉住，可手上有些迟疑，梅子骑着自行车跑了。母亲赶紧朝屋里喊铁木，"铁木你赶紧出来，把你嫂子追回来。"铁木本也不乐意动，看见父亲拿眼珠子瞪着他，他就起身出去，横垄地抄近路追赶梅子。铁木出门的时候，母亲又嘱咐铁木，要是她不回来，你就送送她。

没过多久，铁木就回来了，铁木说梅子要回娘家待几天，她不用他送。

父亲叹息了一声，母亲也叹息了一声。

我跟秦雪娜也无心陪着父亲喝酒，胡乱吃了吃饭，就撂了筷子。见我们俩这样，父亲自顾喝了两碗啤酒，就下了地，去马圈里给那匹老马添料了。

　　我的脑子里，是梅子那条短腿吃力地蹬着自行车跑回八面城的样子，这个样子，一时间在脑海里挥之不去。

　　当天晚上，母亲领着秦雪娜在里屋睡，我和父亲在外屋睡。睡觉之前，父亲跟我说："你出来一下。"说完，他就头前走了。我跟了出来，他一直往前走，我跟在后面，不知道他要把我领到哪儿去。父亲也不说话，他走路的样子很像他的那匹老马，总像是在算计什么的样子。一路上，我的心里很不是滋味儿。

　　父亲一直走到河边，在一块捶衣石旁边蹲下。借着月光，他给自己装了一锅烟抽上。

　　他不说话，我也不敢出声。

　　河水哗哗地流淌，晚秋微弱的夜风阵阵袭来，我感觉有点儿冷。

　　父亲把烟抽到一半的时候，他跟我说："大儿子，爸没承想你出息成这样，做梦都没想到你能跑北京当上个记者。你走了之后，转弯抹角上门求亲的，推都推不开。爸不是不知道好坏，梅子腿脚不灵便，长相又不出众，别说跟你领回来这个闺女比，就是后来托媒人主动求婚的那些女孩子，哪个都比梅子强。"我说："爸，你别说了，梅子的事我会妥善处理的。"听我这么说，父亲把脸偏向河面，说："妥善处理？咋处理能妥善？"父亲这句话向河面散去，我忽然感到，这一夜的河面是那么荒凉。

　　我从北京回来的路上，心里暗自琢磨了两套方案，一是把梅子送回娘家，赔给人家几个钱，让人家找个平衡；二是让父亲求求老亲少故，帮梅子介绍个对象，把她嫁出去。可我回来面对父亲和梅子了，往深处一想，又觉得这两个打算都不够成熟。头一个的问题是，怕人家不同意退亲，乡下有句老话，嫁出门的女儿就是泼出盆的水，退回去，好像是让我给想简单了。另一个的问题是，我们家有没有权利把梅子嫁出去，梅子和梅子的家人要是不同意，我们家擅自这么做，就等于倒卖人口。这会儿，父亲带着明显的情绪问我咋处理能妥善，我一时也没法回答他。我和父亲就这么沉默着，河水流淌的声音大起来，这么宽阔的一条河，在月夜里横着，河岸上，我们父子很是惆怅。父亲抽完了一锅烟，烟锅在捶衣石上磕了磕，他忽然跟我说："大儿子，你看看天上的月亮。"我顺着他的心意，抬头去看夜晚的天空，夜空里繁星闪烁，月亮是一柄金色的弯镰。难道父亲要在这样一个夜晚，用这弯镰一样的月亮收割我吗？可是，这样的夜空我从小就看惯了，看不出新鲜来。父亲说："大儿子你如今是个记者了，天上人间的道理你都得懂一些，人这一辈子没个圆满，不是这个不如意就是那个不如意，哪能由着性子活，你看那月亮有缺的时候有圆的时候，看多了，缺就是圆，圆也就是缺；星星呢，有近的有远的，有圆的有扁的……"父亲似乎要给我讲述一个很大的道理，可他又讲不好这个大道理，啰唆了半天，到底也没把要跟我说的说明白。我知道，他的意思是说，人这辈子不能由着自己的性子来，活在缺憾里是普通又普通的事，不能追着撵着，不能什么事都往圆满了想。说到底，他就是想让我把他给我娶回来的梅子认下。

我问父亲："你怎么忍心让我跟梅子过一生？"

父亲叹息一声，反问我："你真想让我坐蜡？"

我说："你不坐蜡，我的一生就毁了。"

父亲沉默了一会儿，没再说什么，站起身先走了。我也站起来，却没跟着他走，我看着他消失在夜色里，然后听见他在远处顿了顿脚。我仰起头去看夜空。天上的星星很多，月亮很是明亮，偶尔有一颗流星划过，北斗和银河虚浮在夜空中，夜色宁静也隆重。我沿着河岸慢慢地走着，宽阔的河面被月亮晃得波光粼粼，其实，这是一个美好的中秋之夜。月亮圆的时候，就是中秋节了。每年的这个时候，我们李桥很闲在，庄户人家在等待秋收的这段光景里，听着庄稼拔节的声音，心里早就装下一个黄灿灿的秋天。从河沿看我们李桥，家家都亮着灯，看着电视，窗玻璃里的荧屏闪烁着荧光，看上去很是祥和。这是个家家户户欢庆的季节。

我们家的土地在河畔，平平展展一大片，父亲带着铁木把这片田侍弄得有模有样。稠密的玉米地仿佛是叶子的世界，叶子是玉米的手，手牵着手的玉米总让我联想人山人海的天安门广场。玉米的生长其实也是一场狂欢。我们李桥自古以来，在春种秋收的时序里，每年都有这样的狂欢。这是个狂欢夜，这个夜晚属于玉米。我在河沿和玉米地之间的羊肠小道上停下脚步，我伸手拉住一片宽大的玉米叶子，它朝上的叶面很光滑，摸上去像锦缎，像青春女子的皮肤。叶子的背面有细小的茸毛，每一针细小的茸毛从我的手指尖划过，像婴儿的脸一样，引我沉醉。夜露下来了，我听见玉米地里有唰唰的声音，我知道，这是夜露在滋润着父亲的玉米。父亲是个很在行的农民，他的心思都系在家园上，家园上有他的土地、妻儿，在这个秋天里，他本来可以和别人一样悠闲，白天牵着老马到河套里溜溜，在饭桌上抿两口烧酒，晚上坐在屋檐下抽一口烟，看看星星月亮。可是，现在他烦闷，他为了我，也为了他用马车拉回来的梅子。作为他的大儿子，我是他放出去的一支箭啊，偏离了他的目标，他没有办法了，他使尽浑身解数也治不住我。梅子呢，是他领回来的一只刺猬，捧着不是，放下不是。怎么能不苦恼呢。梅子今天哭着跑回了八面城，他的父母、兄弟会怎么想呢？要是人家找上门来，父亲该怎么跟人家交代呢？我忽然这么想，要是放在旧社会，梅子这门亲事我也就认了，可眼下是这么个年代，这个年代的人婚姻上不可能完全听命于父母。父亲刚才离去的样子像是受了巨大的委屈，他的背有些驼，月光下，他的影子是那么羸弱。

我忽然有些可怜起父亲来。

他是一个很不容易的农民老头。虽然他有哥哥和弟弟，但是，因为他的暴躁脾气，大伯早在十几年前就不理他了，我的几个叔叔也都算计他，在一些事情上看不起他。唯一的姑姑远嫁外乡，仿佛很理解父亲，但也只是说句所谓的公道话，给不了父亲实际帮助。如今，就连我也不能屈服于他，我忽然觉得父亲是个腹背受敌的人。

几天之后，我和秦雪娜离开李桥回了北京，一路上，印在我脑子里的，都是父亲为生活含冤受屈的背影。

## 5

父亲是个很较劲的农民，他喜欢听收音机，自从我们家有了收音机，他每天晚上睡觉之前都要听上一会儿。他只听关于农村和农业的节目，他有个要命的弱点，凡是收音机里说的，他都深信不疑。比方说，收音机里讲村民小组建设的问题，要求账目公开，他就去找队长许大烂，跟许大烂说上头要求公开村上的账目。许大烂当然不乐意听父亲这个话，就在嘴巴里装炮弹一样装上几句话，显然，这些炮弹一样的话很快就把父亲这个农民轰炸得晕头转向。但是，父亲不服气，也不改他的脾气。比方说，收音机里说村民小组要民主选举，父亲就会利用很多个晚上在我们李桥挨家挨户去坐坐，跟人家说，上头要求民主选举呢。让父亲想不到的是，第二年的选举却把他选上了。说实话，父亲没有官瘾，从来没想到自己要当这个队长，事实上他也不会当这个队长。在他当队长的那两年里，李桥被他搞得乌烟瘴气、怨声载道。实在是当不下去了，后来村上和乡里来人，把父亲撤掉了，把许大烂又扶了上去。上头扶许大烂的时候，许大烂还拿捏了一把，说他不干了，这个队长继续让别人干吧。村上、乡里领导好说歹说，许大烂才决定接父亲留下的这个烂摊子。

这个事情给我们家留下了贻害。到了农村实行联产承包责任制，分田到户的时候，许大烂主持分地。那时候父亲和母亲还不认识，大伯已经分家另过，父亲跟着爷爷和叔叔们生活在一起，因为父亲得罪了许大烂，我们家分的都是河套地，那平平展展的好田，我们家连一垄也没分到。为这个父亲被爷爷不知道骂过多少次，他的兄弟们也都抱怨他。明眼人都知道许大烂这是挟私报复，可人们把这话压在舌头底下，心知肚明，就是不为我们家说句公道话。父亲当然也知道许大烂这是依仗权势欺压他，可他没有办法，他是个不会战斗的人，用爷爷的话来说，父亲是个能请神不能送神的人。虽然大伯早就另立门户了，可他总拿这个事联合我的几个叔叔，挤对父亲，后来父亲成家生子了，爷爷就把靠近河岸的土地分给了我们家。河套地虽然也是上好的土地，但是，那些年水大，每年河里跑大水，整片河套地都会被水淹了。要是许大烂或者是爷爷知道后来地球会变暖，我们李桥会闹干旱，坚决不会把那片河套地分给我们家的。可惜，无论是许大烂还是爷爷，他们根本就算计不到地球后来会变暖。这件事情说明傻人还是有些傻福气的。土地一分就是30年，父亲因祸得福，他有了一片好田。第二次分地的时候，父亲已经有了我们兄弟四个，而且我们都成长得很茁壮。许大烂想打这片肥沃的河套地的主意，组织开会那天，父亲带着我们四兄弟，他让我们四兄弟跟在他的后面，而我们也知道父亲的用意。尤其是铁木和铁林，他们俩那时候喜欢少林武术，一个使棍一个使七节鞭，不分寒暑在场院里呼呼生风地练少林功夫。小弟铁森性格懦弱些，但他显然是个智多星，我们打手似的跟在父亲的身后，这就是他的主意。他确实是个聪明的孩子，不然他后来也当不上什么经理。他跟在最后面，眼珠子乱转，就像这支队伍的军师。会场在许大烂家的屋子里，父亲找个板凳坐了下来，我们四兄弟在父亲的身后站着，看上去就像父亲花钱雇来的保镖一样。那一天，许大烂确实提了那片河套地，但是许大烂是这么说的，"有人跟我说，把河套地打乱重分，这个我不同意，这块河套地二叔种了30年，家家户户都知道，咱农民跟土地是有感情的，一块地种了30年，指定就有了30年的感情，长话短说，这块地还归二叔种。"

对父亲来说，这是他整个人生唯一赢得的一次胜利，显然，这次胜利的关键在于铁森给父亲设计的狐假虎威的策略。父亲仰仗他的四个儿子，还有少林武术功夫，守住了他种植了30年的河套地。那天晚上，父亲带着他的四个儿子走在村街上，颇有些雄赳赳、气昂昂的架势。

母亲杀了一只下蛋的母鸡，笨鸡炖土豆是我们李桥的名菜，一般过年才能吃上一回，要么就是接待贵客才杀上一只。菜上桌的时候，母亲变戏法一样变出一瓶老白干来。我们知道，父亲的这次胜利，在母亲的心尖上种下了一点儿甜蜜，她要慰劳我们父子。父亲在那个晚上给我们兄弟四个开了戒，他主张让我们都喝点儿。铁林和铁森都在初中读书，都说不想喝，父亲非让喝，说喝一点点儿就行。铁林和铁森就都沾了点儿，沾了点儿就都闹了个大红脸。父亲就逼着我和铁木喝，我和铁木也没怎么碰过酒，但都舍出了性命陪着父亲喝，毕竟是个胜利的日子，喝醉就喝醉吧。一瓶酒很快就被我们父子三人消灭了，反过来，没多大工夫，我们父子三人就被那瓶酒消灭了，我们都醉了。

# 6

冬天的一个傍晚，大伯来到了我们家。这是十几年中没有出现过的事情。大伯进门的时候，母亲和父亲都有些无措，因为这实在是太奇怪了。大伯把手抄在袖子里，低着头，狗皮帽子压得很低，脸上的表情难以琢磨。他进了门就坐在炕沿上，闷不作声。母亲迟疑着把烟笸箩递给他，母亲说："哥，你自己卷着抽。"大伯把手从袖管里抽出来给自己卷烟，他卷了半天，才把一支烟卷好，划了三四根火柴才把烟点着。很快，他就被一股浓烟弥漫了。父亲本来在炕里坐着，大伯进门来，父亲没动，也没出声，他一直看着大伯的后背。大伯又狠狠吸了两口烟，浓烟继续弥漫他，然后他跟父亲、母亲说："到今天我才明白，你们两口子对我拿出的是好心。"

大伯这个话说得有些突兀，但父亲、母亲很快就明白了大伯的意思。大伯是后悔了当初那个事，当初那个事是他们兄弟反目的根源。

大娘年轻时候跟队长许大烂有一腿，整个李桥人都知道了，就是我这个迟钝的大伯不知道。父亲眼见着大伯当了王八，怎么可能咽得下这口气。他就去了大伯的屋子，当着全家人的面揭穿了大娘和许大烂胡搞的这个事。大娘当然绝口不承认。父亲又拿出很多证据，说了很多不入耳的废话。我们李桥有句俗话，叫捉奸捉双，也就是说，这种事情你得在两个人还没穿上裤子的时候就得按住了才算，父亲的证据显然都是些很像谣言的话，大娘像受了天大冤枉一样鬼哭狼嚎起来。结果，那一天，大伯和父亲的侄子、侄女们在大娘的指挥下，把父亲撕扯得衣衫褴褛、满脸鲜血地回了家。尽管这样，大伯和大娘还没出气，带着我的叔伯兄弟、姐妹来到我们家的院子里，把我们家的玻璃统统砸碎了，顺便把母亲也给打了。那个时候我们都还小，我在外地读书，铁木不在家，铁林和铁森根本还是孩子，面对眼前这场实力悬殊的战争，只能哇哇地哭。大伯和大娘他们一家子感觉把我们家彻底砸烂了，就潮水一样退去了。他们撤退了之后，母亲跟父亲翻了脸。母亲从来没跟父亲翻过脸，可是那一次母亲被父亲激怒了。因为在那之前母亲曾经无数次地警告过父亲，这种事情不能管，母亲的意思是你哥哥自己都装聋作哑，你个做小叔子的怎么能强出头。父亲没听母亲的劝告，给我们家惹来了灭顶之灾。因为那个时候的玻璃很值钱，我们家的玻璃彻底被砸了，我们家屋子里的碗架子、大镜子，还有父亲离不开的收音机，都被砸个稀巴烂。从那之后的很多年里，我们家的窗子都是塑料布钉的，因为实在腾不出钱来买玻璃，所以我们的童年少年时代，内心总是灰蒙蒙的。

从那个黄昏到十几年后这个晚上，父亲、母亲再没跟大伯一家人说过话，就算在村街上碰到了，也是脖子一扭，相互都装成没看见。

这个晚上大伯忽然来了，忽然说他终于明白了，他明白啥了呢？

大伯说："老二、老二家的，是我不知道好歹……"

这是个和解的晚上，十几年之后，父亲重新接受了他的哥哥，并且指使母亲杀了一只下蛋的老母鸡，还让铁木去小卖店买了一瓶高粱烧。

我们李桥，到了冬天这个季节就开始闲在起来，外头长风大雪，屋里温暖如煦。满族人发明的大火炕，让我们李桥人把温暖关在了屋子里，所以，心窝子都是热的。冬天里，走亲戚，会朋友，女人们操持饭菜，男人们坐在炕上，抽着旱烟喝着茶水拉家常，到了饭口上，再笨的女人也会把一桌子大菜摆上来，于是，烧酒壶也拎上来。我们李桥人喝酒是天下最懂酒性的喝法，一把酒壶放在桌子上，主人把酒分置在各自的杯里，然后端起酒杯，这个时候，热肠子话就连绵起来，一杯之前有几句，说完这几句，大家一仰脖子，把酒灌下去。就这样，一杯又一杯，一轮又一轮，越喝心情越近乎。这种喝法豪气冲天，气氛贴着性情走，中间没有拿捏走调的。

父亲和大伯在那个晚上喝得很畅快，都醉醺醺的。中间，大娘也过来了，母亲仿佛完全忘记了旧恨，跟大娘说："嫂子你也喝两盅呗。"大娘她没推托，脱鞋上了炕。大伯朝大娘翻了一个白眼，恶声骂大娘："你还有脸喝！"母亲赶紧拦住大伯的话头，"哥，你这是啥话，嫂子乐意喝就喝两口。"谁想大伯更来劲了，把筷子拍在桌子上，大声嚷嚷起来："不是她不争气，我何苦，我何苦跟你们别扭这么多年。"大伯这么不遮不掩不留情面，大娘确实面子上过不去。父亲把筷子放下，说："哥你这是干啥，这么多年都过去了，我嫂子也是当奶奶的人了，老时景的事别再提了。"

大娘没急，她笑着问大伯："咱今天是干啥来了？"

大伯打了个愣神，脑子就被大娘岔过去了。大伯跟父亲说："铁汉这孩子出息了，从北京带回个媳妇，村里人都议论着，说比梅子强百倍，可梅子是你用马车拉回来的，是咱们家族明媒正娶的，咱这些当老人的，不能丧了良心，不能由了铁汉当陈世美。"

大娘接着大伯的话说："梅子除了腿脚不好，到底是个好孩子，还是咱铁汉娶不上媳妇的时候进了门的，现在铁汉出息了，要是把梅子扔了，四邻八乡都会有个评论。"

父亲跟大伯和大娘表了态，说："你们放心，我不会让铁汉休了梅子，小子要是敢辱没了祖宗，我就掐死他。"

## 7

梅子从秋天一直在娘家待到了冬天，日子过得很快，说话就要过年了。我们李桥和八面城那一带有个风俗，嫁出去的女人不能在娘家过年，女人嫁出了门，是不能再看娘家供尖的。过年的时候，家家都要供家谱，都要把死了的祖宗先人请回来。家谱挂上，供品置办齐整了，家中长者就净手栽香磕头作揖，给祖宗先人接回来，三十晚上还要把财神、喜神一起都接回来，这些祖宗先人和各路神灵会保佑一家人万事顺心顺意。东北乡下，女人是娘家生活早晚淘汰的出局者，这是伦理学的一个侧面吧。嫁出去的女人万万不能赖在娘家过年的，因为供尖让她看了，娘家一年的日子就不好过了。这不是迷信，这是传统。

本来我和秦雪娜走了之后，父亲就打算去八面城把梅子接回来。那一日，他正在院子里套车，梅子的哥哥和姨妈风火雷电地找上门来。姨妈进了院子就数落父亲和母亲，姨妈的口实当然是理直气壮的，她指着父亲的鼻子说："铁汉娶不上媳妇你哭天抹泪让我给保这个媒，媳妇娶到家了，你们给闲着不用，你们是个什么人家……"姨妈这些话对梅子哥哥来说，无疑起到了煽风点火的作用。梅子哥哥话也不说，揪住父亲的领口，在父亲的太阳穴上打了一拳，又打了一拳，父亲一个趔趄摔倒在墙根下。后来听铁木说，父亲见铁木抄起了铁锹要劈了梅子哥哥，他喝住了铁木。父亲挣扎着起来，跟梅子哥哥说："大侄子消消气，进屋喝杯茶，一会儿我让你大婶杀鸡炒菜。"梅子哥哥歪着脖子不理睬父亲，仍然一副恶眉恶眼的样子。父亲转过脸跟姨妈恳求，"妹子你说句好话，让大侄子消消气。"

那天，姨妈跟梅子哥哥没在我们家吃饭，他们愤愤地回了八面城。

父亲躺在炕上，母亲给父亲找出沈阳红药，倒了碗开水，侍候父亲喝了。母亲见父亲的脑袋上两块瘀青，一边侍候父亲吃药一边念叨，养儿养儿，养儿落了啥好了。父亲吼母亲，让她就别磨叨了。母亲还是忍不住，说："梅子哥也太暴躁了，进门一句话不说，上来就行凶，不打算认这门亲了，你还要去接梅子回来，这回我看你怎么接，我看门你都进不去，还得被人家打。"父亲心情坏透了，挣扎着起来把水杯丢到地上，水杯在母亲脚尖前碎掉了。父亲大声地跟母亲吼："你不磨叨行不行！"

接梅子的事一直放着，可年关就在眼前，情形上不接是不行了。

父亲头天晚上跟母亲商量，还是得把梅子接回来。母亲说："你敢去？你敢去你就去，我不管。"父亲想了想说："让铁木去接他嫂子。"母亲也想了想，喊铁木到跟前，跟铁木交代明天去接梅子回来。铁木开始不乐意，铁木说："她不回来更好，她不回来我哥跟秦雪娜正好金童配玉女……"父亲又吼了铁木，说他知道个屁，让他去接他就去接，哪来这些废话。铁木瞪起眼睛跟父亲说："你喊啥，都是你惹的事，天下有你这样给儿子娶媳妇的吗？"父亲四处找家什要打铁木，母亲赶紧让铁木走远点儿，铁木转身去下屋睡觉去了。

第二天早起，吃过早饭父亲就开始套车，母亲说："你这是干啥？"父亲说："我去接吧。"母亲说："不是说好了铁木去嘛。"父亲说："还是我去吧，铁木年轻气盛，受不了几句硬话，到了那儿非跟梅子哥打起来不可。"母亲担心父亲去也不会有好果子吃，问父亲："你就不怕？"父亲说："有啥可怕的，我这张老脸随便人家数落，我这老胳膊、老腿随便人家摔打，有这两条我就不怕了。"母亲说："你这是豁出去了？"父亲说："我豁出去了。"

父亲牵着马车出门的时候，母亲愣愣地看了他半天，母亲回屋跟铁木交代："你赶紧骑上车子跟着，你爸可不能让人家再打了。"

铁木从屋里出来，骑了自行车跟去了八面城。铁木走后，母亲担心了一整天。

让父亲想不到的是，梅子一家热情地招待了他，梅子的爸妈就像迎接贵客一样迎接了父亲。父亲出现在城西村的村街上，就有人飞快地把消息递给了梅子家，所以父亲和他的马车一到梅子家门口，梅子爸就迎了出来。梅子爸跟父亲热情得很，他接过父亲手里的缰绳，把马车拴在大门上，然后拉着父亲粗糙的大手，一直拉到屋里。进了门，梅子妈眉开眼笑地说："亲家公来了，快上炕暖和暖和。"父亲被让到炕里，梅子就把热乎乎的茶水递到他手上。父亲看着梅子，温和地跟梅子说："儿媳妇，眼看快过年了，爸是来接你回家过年的。"梅子指定也正等着父亲能来接她，不然她可怎么过眼前这个年呢。听父亲这么说，梅子说："爸你喝口茶水暖暖身子。"

显然，接梅子回李桥过年特别顺利，铁木那一身少林功夫根本也没用上。从八面城回来的路上，父亲赶着马车，梅子坐在车上，铁木骑着自行车跟在后面。马车走得很缓，冬天的路面很硬很平坦。铁木问梅子："要是不来接你，你能自己回来吗？"梅子看着天边的夕阳，不接铁木的话音。铁木也够拗的，继续问梅子："你们家怎么这么热情了？你哥咋不打我爸了？"梅子还是不接铁木的话茬。父亲回头瞪了铁木一眼，他朝铁木吼，"你给我闭嘴！"铁木说："你们慢慢走着吧。"说完，他脚下用力，把个自行车蹬得稀里哗啦，快得跟头疯驴似的先跑了。

## 8

我是腊月二十三小年那天到家的。秦雪娜回广东过年去了，临行前还跟我开玩笑说，你也回东北过年吧，你媳妇等着你团聚呢。我原本打算一个人在北京混过这个年算了，可我想了想还是回来了。因为我知道父亲和母亲都盼望我回去，说心里话，我是真的理解了父亲，虽然他给我的我不能接受，可我得承认父亲是个对儿子用心的父亲，我有点儿可怜他。我一想到他留给我的那个背影，我的鼻子就酸了。

我到家的那天晚上，父亲跟母亲嘀咕，意思是让我跟梅子住一起。这显然是不可能的，我瞥眼看见里间屋炕上那两床红绸子、绿缎子被褥，就感觉特别特别碍眼。吃过晚饭，我就过铁木的下屋里睡觉去。因为是过年，铁林和铁森也都从学校回来了，下屋里一铺小炕，我们兄弟四个睡一起确实有些挤。铁林和铁森打趣我，说："大哥你有宽绰地方不去睡，跟我们仨在一铺小炕上挤什么呀。"我心烦着呢，没好声气地让他们把嘴闭上，他们反而嚣张，破嘴皮坏得很，都是拿我耍戏的牙外话。我懒得理他们，蒙头睡觉。

第二天天不亮，母亲就过来把我们兄弟四个喊醒了，她的话透着按捺不住的兴奋，说快起来快起来，今天咱家杀猪。

我们家无疑是李桥最穷的，因为家底子薄，父亲的儿子又多，而且还要拼着力气供我们读书，花销比别人家大，出路又不比别人家多，穷困是注定的。这么些年，年年只能看着人家杀年猪。进了冬腊月，只能听着别人家的猪叫。直到今天，我那贫穷的父亲才跟我们庄严地宣布过一次，我们被母亲从下屋喊过来的时候，父亲正神情郑重地站在屋檐下，他跟我们说，今年咱家也杀口年猪。

天还没有完全放亮，父亲把大伯喊了过来，我的叔叔们也被喊了过来，当然，爷爷要是不死的话，也早就坐在了炕上喝水抽烟了。父亲跟叔叔们搓些细绳，然后去圈里抓猪，我们兄弟几个只有铁木不是书呆子，除了他忙前忙后，另外三个都只能旁边看着。笨拙的父亲和笨拙的叔叔们好半天才把一头猪按住，用那些刚搓好的细绳把猪的四只脚俩捆绑，然后中间插一根杠子，把猪从圈里抬出来，放在事先准备好的桌案上，手扶着，杠子压着，不让那猪滚下来。这个时候，大伯这个全村有名的屠夫才慢悠悠地从屋子里出来，把嘴上的烟屁股吐出去，他来到猪旁边，他的手里不知道怎么就忽然有了根镐把一样粗细的棒子，只见他抡起了那棒子，照着猪的耳根打下去，一声闷响，那猪就不叫了。猪不叫了，大伯耍戏法一样，手里又变出了长长的尖刀，扑哧攮在猪脖子上，他会停顿一下，他的手会微微地动几下，嗖！他突然拔出尖刀。父亲早把接血盆子捧住，开始接猪的血，很快，父亲的手里就有了一盆子热气腾腾的鲜血。

母亲在屋里早烧开了一锅热水，血接完了，我的叔叔们就把猪抬到锅灶上，大伯交代他们往猪身上浇开水，要一瓢一瓢缓慢均匀地浇。等到浇透了，大伯过来把一根通条从猪蹄子那儿插进猪的身体，大费周章地通了一气。他把通条抽出来，然后鼓起嘴巴吹猪脚上那个开口，直到把那个猪吹得像个圆鼓鼓的气球了。他捏着猪脚，我的一个叔叔用一条细绳把猪脚扎紧，继续浇开水，一边浇一边用铁刮子刮猪毛，很快，毛褪光了，再把猪抬离锅灶，到外面的桌案上，开始肢解那头猪，眼看着那头猪瞬间就变成了肉。大伯是个业余屠夫，但是，他是我们李桥唯一的屠夫，他肢解一口猪的技术无人能比，所以，每到冬腊月，大伯就经常被人家请去施展他的能耐。大伯肢解一头猪的本领十分娴熟，开膛破肚，倒肠子，还有砍肉块这些活，他差不多闭起眼睛都能干。大伯忙着倒肠子的工夫，母亲领着我的婶子、大娘还有叔伯嫂子们在屋里切酸菜，切肉片。大伯把肠子倒好了，父亲笨手笨脚地跟着叔叔们灌血肠。

有本领就有特权，大伯有个特权，每家喊他帮忙杀猪，他把活计做完之后，他得把猪鼻子割下来，煮肉的时候，他把猪鼻子丢在酸菜锅里煮。我们李桥人都知道，这只猪鼻子连许大烂和村长也别惦记了，那是大伯的。我们李桥的猪头通常年前是不吃的，要在二月二龙抬头那天供奉了龙王爷之后才能吃。因为大伯的这个爱好，我们李桥家家的猪头上都没了鼻子，也是因为大伯，我们李桥给龙王爷供奉的猪头也都是没有鼻子的。

父亲不会请许大烂，父亲又没有朋友，来吃肉的都是族里人。这些人家里都杀过年猪，杀年猪的时候，他们都请过许大烂，可他们从来都没请过父亲。这怪不得别人，因为我们家实在是太穷了，根本就杀不起年猪，像我们这么穷的人家怎么可能杀得起一口年猪呢。人家请了父亲，父亲只能出一张嘴吃肉，又无力回请，所以人家不请父亲有不请父亲的道理。我们家终是破天荒地杀了这么一口年猪，却把家族里能请到的都请了。结果，一头猪被吃掉了大半头。

人们打着酒嗝散去了，父亲带着我们兄弟去河里刨冰，得把那些猪肉冻上。

　　我们兄弟四个跟着父亲往河口走，村街上，臃肿的父亲领着臃肿的儿子们，特别像一支抗联队伍。那么大一条昭苏太河，就在村头等着我们去刨。

　　那时候，昭苏太河没被污染，河水清清亮亮，渴了都能喝，冬天结成的冰就像水晶一样透明。冰很厚，太阳晃在冰面上，银光炫目。一般的冬天，昭苏太河不会被冻绝底，透过冰面可以看到水里的小鱼在游动。父亲走在前面，他挑着一根扁担，两只柳条筐晃晃悠悠，他先下了河崖。因为年前下过大雪，河面上有被风尘弄脏的残雪，要把这些残雪扫除才能露出晶莹无瑕的冰。铁森手里的笤帚开始扫除，很快就开辟了好大一片光洁的冰面。真是水晶一样的冰，从上头往下看，不但可以看到几条小鱼在游动，还可以看到河底那些枯黄的水草。父亲说："都是好冰，刨吧。"铁木手里的锛镐抬得很高，镐尖忽然落在冰面上，冰的细屑四处飞溅，有的落在我们的脸上，有的落在我们的脖子里，一会儿化成了水，凉得我们打了冷战。

　　父亲蹲在旁边，眼看着铁木破了冰，一镐一镐刨下去，水晶一样的冰块被我和铁林装到柳条筐里。父亲捡起一小块飞到他眼前的冰，放在嘴里就像嚼冰糖一样嚼。父亲的牙齿特别好，我们听到冰块在他嘴里咯嘣咯嘣响。

　　很快，我们收获了满满两大筐水晶一样的冰。我想担起它，我摸起扁担，把它放在肩膀上，钩起那两个柳条筐，我意图起身，可是吃力得很。我终于挺起了腰板，走了两步，趔趄起来，两只不听话的柳条筐拉着我的身体来回晃荡。父亲扶住了我的肩头，让我放下。我只能放下，若继续走的话，我和两只筐都得摔倒在河面上。父亲把扁担从我的肩头拿到他的肩头，他一虎身就担起了两筐沉重的冰，他的步伐是那么稳当，两只筐那么安静地跟着父亲走。铁木说："哥，你就不是块干活的料，挑担子，不是有力气就行，要找好平衡才稳当。"我喘着粗气，讪讪地笑了一下，也跟着父亲走。我们都走在父亲的身后，父亲带着我们和两大柳条筐水晶一样的冰，走上了高高的河崖，走过了河套地，走上村街。我们父子和两只柳条筐排成一线，仿佛凯旋的队伍。因为是严冬，路上除了散放的猪狗和驴马，很少能见到行人。幸好，迎面碰到了许大烂，许大烂跟父亲主动打招呼，许大烂说："二叔领着弟弟们干啥呢？"两筐冰毕竟不是轻载，父亲有些喘，可他的步伐不乱，他喘息着跟许大烂说："早起杀了年猪，我带着他们几个上河口刨了两筐冰，把肉冻上。"这些话说完，父亲就超过了许大烂，他继续朝前走。许大烂的脸色有些复杂，嘴里"噢喔"着，眼睛看着我们兄弟四个，就像看戏一样。许大烂跟我说："大兄弟，你在北京工作，指定去看过天安门吧？"我停下来告诉他："当然去过，我去过很多趟了。"许大烂一脸羡慕的表情，说："你可真了不起。""这没啥了不起的呀，天安门广场是人民广场，谁都能去，你想去也是可以的。"许大烂连忙朝我摆手，"我可去不起，那得花多少钱。"我说："去天安门广场不要钱的。"他说："路上呢？路费就花销不起。"我就笑了，我的意思是，路费你花销不起的话，那就没辙了。

我告别了许大烂，紧走几步跟上父亲的队伍。铁森说："哥，你真可以。"我笑了笑，也不用跟铁森解释我为什么要跟许大烂那么说话。

我们到家之后，母亲和梅子早在鸡架旁边垒了个椭圆形的肉关，见我们进了院子，母亲喊梅子回屋去拿肉。父亲把担子放下，把晶莹的冰块倒在肉关里一筐，这个时候，母亲和梅子把肉一块块搬出来，放了进去，一趟一趟走了很多趟，所有的肉都放好了，父亲把另外一筐冰倒在了肉的上头。肉冻好了，黄昏来临了。这是个多么好的冬日黄昏啊，西边天际一轮金黄的落日徐徐垂下，落日的周围是一片红彤彤的晚霞。

# 9

这个晚上，我想我得跟梅子谈谈了，一晃梅子进门几年了，以我妻子的名义生活在这个家里，这于我和我的父母我的家族来说都是非常尴尬的一件事。我的意思是，我不能让梅子在这个家这样待下去了，因为我无论如何也不会认下她这个妻子的，这样下去的话，误的是她的青春。

我第一次和梅子说话是少年时代到姨妈家串门，那是个夏季，我和姨妈在菜园子里摘西红柿。那个夏季，我每天都跟着姨妈在他们家的菜园子里帮着摘西红柿，姨夫每天都要担着两筐西红柿去八面城的集市上出售。红透了的西红柿，样子就像是人们的心，我总有那么一种想法，我的姨夫每天担去集市上出售的，就是许多"人心"，那些买去吃的人，他们吃的就是红透了的"人心"。这种想法很是古怪，少年时代的我，脑子里的想法确实很怪。那是一个湿漉漉的早晨，梅子跟着梅子妈在路边放鹅，鹅群停在路边吃草，梅子妈跟姨妈闲唠嗑，问姨妈："这孩子今年多大了？"姨妈说："跟你们家梅子同岁。"梅子妈说："长得挺清秀。"姨妈笑了说："不丑，我几个外甥都不丑。"梅子妈也笑了，她玩笑着跟姨妈说："跟你姐商量商量，将来给我当女婿得了。"姨妈脑子都没转，说："行啊，你要是乐意，我姐可没啥说的。"说完，姨妈和梅子妈都大笑起来，那笑声很无碍，在那个城西村的那个清晨，我的周围滚动下许多露水珠儿。

我和梅子就这么认识了，每天摘完了西红柿，我就帮着梅子放鹅。梅子问我几年级，我说五年级。梅子说她也是五年级。这样一来，我们俩还在许多个晚上一起做过暑假作业。

等到我高中毕业了，等到母亲为我的婚事着急上火的时候，姨妈跟母亲说，梅子妈不同意我们俩的婚事。其实，那个时候，如果梅子妈同意的话，我也许就同意了，不为别的，我不想让我妈那么为我着急。后来，父亲从八面城回来说，梅子妈忽然同意了，原因是梅子残疾了，这个消息到了我耳朵里，我差点儿没吐血。我愤恨梅子妈这种人，这种势利的人让我恶心到了极点。这么说吧，如果梅子开始就是个残疾我很可能也不在乎，很可能为了我妈娶了她，问题是梅子没残疾的时候是不同意嫁给我的，现在残疾了推给我，我凭什么让梅子妈这么任性呢。

梅子不用正眼看我，但我知道她偷着用眼睛溜我。吃晚饭的时候，梅子偷偷地溜了我好几眼。

晚饭总算是吃完了，我的三个弟弟都去了下屋，梅子和母亲撤桌子，父亲习惯性地用一根线绳剔牙，父亲浑身上下看上去都是脏兮兮的，就是有一口洁白的牙齿。他剔牙的架势，真的很像一个拉小提琴的音乐家。我跟梅子说："梅子，你放下手里的活儿，穿上棉衣，咱俩出去走走。"从梅子进了我们家到今天，我没跟梅子说过一句话，我这么一说，不但是梅子，就连父亲、母亲也都瞪圆了眼，有些反应不过来。父亲砸吧了两下嘴，说："铁汉这么做好，梅子，桌子你妈一个人撤，你跟铁汉也该交流交流了，出去转转。"我妈也附和道："梅子你这孩子咋还傻了，赶紧跟铁汉出去走走，好好说说心里话。"梅子转身进了里间屋，不一会儿，穿了一件大红的鸭绒棉袄出来，脖子上还围了条绿毛线织的围脖，盘在脖子上，前后两搭的那种。她站在屋地当中等我，我呢，看她这副打扮，就连跟她出去说话的心思也荒芜了，我后悔说跟她出去走走。梅子见我有些迟疑，她顿了顿，先走出去了，她走出去的姿势仍然是一米五、一米六。

母亲催促我："你倒是快着点儿呀。"

我下地穿鞋，从屋子里走出来，梅子在门口等着我，也许是天气太凉的缘故，我出来的时候，梅子吸溜了一下鼻子。

我没看梅子，照直朝院外走。梅子跟在我的身后，深一脚浅一脚地走在村街上，走在村街的雪地上。这是个晴朗的夜晚，繁星满天，月牙像个金钩。从村子里走出来，我把梅子落下了一大截，这不能怪梅子腿脚不好，是我走得太快了。我在河套地头停下脚步等梅子。还不到睡觉的时候，我们李桥的灯火很繁盛，因为是年关，家家在外面读书的、上班的都回来团聚了，吃了晚饭到睡觉前这片光景，亲人们说话唠嗑，兄弟姐妹们围在一起打扑克或者麻将，在亲情和游戏中等待着过年，这是怎样一派祥和的景象啊。我的目光离开村子，去看夜幕下的田野，平平展展的黑土地和天空一样玄奥。田野里偶尔有磷火的弧光闪过，我知道那闪烁磷火的地方是我们李桥的祖茔地，那明亮的光束是祖宗们的"幽魂"。梅子跟了上来，她带着明显的幽怨说："你那么快，你成心那么快。"

我开始慢悠悠地继续走，叹息了一声，说："梅子呀，你是咋想的？"梅子吸了一下鼻子："我能咋想，嫁鸡随鸡嫁狗随狗。"梅子这话让我头疼，怕就怕她是这样的态度。我说："梅子你怎么这么执拗啊，我根本不可能承认这门亲事，等过了年我回北京就跟秦雪娜登记结婚了。"梅子又吸了一下鼻子，跟着啜泣起来。梅子啜泣着跟我说："铁汉，我不管你喜不喜欢我，可我喜欢你。"梅子这话让我有点儿恶心，这种事情是一个人喜欢就行的吗？这种事情要两相情愿才好的嘛，再说，她一个残疾人，而且还长了一张平淡无奇的脸，让我怎么跟她一起睡觉、一起生孩子、一起过日子？如果让我跟她过她想的那种日子，我看我不如死了算了。心里想的这些恶毒话显然不能跟她直接说，可我真的不知道该拿她怎么办。我说："梅子你也理解理解我，父亲办下的这个事其实是件荒唐透顶的事，眼下这年月，谁还包办子女的婚姻，可他就包办了，我人都不在家，他就赶着他那挂老马车把你接回来，还操办了，还托人在乡民政局扯了结婚证，你想想，这都是违法的，咱俩这个婚姻是不受法律保护的。"梅子抢了一句，"领了结婚证就受法律保护，你别骗我。"我说："我跟你说的是实话，我真的不骗你，我怎么可能骗你呢，咱俩这个证是父亲用几瓶白酒在乡民政局换来的，这是行贿受贿，靠行贿受贿得来的结婚证，不可能受法律保护的。"梅子继续啜泣，跟在我的后面走，我们到了河滩里，河滩里有个高高的雪岭，梅子的身子重，不是说她有多胖，腿脚不好的人，走起路来没轻没重的，身体的姿势掌握不好，容易把全身的重量都放在一只脚上，她呼隆一声掉在了雪壳子里。我本来可以轻松地拉住她的手，但我不想碰她的手，我抓住她那个大红的鸭绒棉袄，把她从雪壳子里牵出来。梅子扑打着身上的雪，问我："铁汉，你领我去哪儿？"我说我们到河边去溜达溜达。

梅子忽然抓住我的手，说："铁汉我、我爱你。"

梅子这举动吓了我一跳，我怎么也想不到，看着老实巴交的梅子表达起来这么直接，这么猝不及防，而且这么让人无法招架。

我说："梅子，你爱我是一回事，我爱不爱你还是一回事呢。"我又说，"梅子，我心里有爱着的人了，那个人也爱我，我们俩是相互都爱，你这个，是单方面的。"

梅子说，她不管。

我说："梅子你别较劲，为这种根本不可能的事较劲，到头耽误的是你的青春。"

梅子执拗起来，还是说她不管。

我有些生气了，我甩开了她的手，说："梅子你这么拗，这不是不要脸了吗？"

梅子在我面前倒了一下脚，瞬间又把重心回到她那条好腿上。她瞪着眼睛看住我，跟我说："张铁汉你听好了，今天我把话跟你说清楚了，我梅子生是你老张家的媳妇，死是你老张家的鬼魂。"

我的天爷爷，到了这个晚上我才知道，我碰上的哪里是个一般的残疾人，我碰上的根本就是一块膏药。我的脑子里浮现着秦雪娜顽皮的笑脸，耳边响起她好听的笑声，看着眼前这个带着幽怨，这个直白而疯狂的梅子，我的心就像掉在冰窟窿里了，周身冰凉透体，一股严寒凛冽的夜风吹拂过来，把深深的河道当成大笛子吹得呜呜怪响，我忽而感到，无边的田野里到处都是"鬼魂"。我大声地朝梅子叫喊："梅子你也给我听清楚了，我就是死也不会承认这门亲事的。"

梅子拐起来，她一米五、一米六地朝河崖子上走去，她很快就站在了高高的河崖上，她的脚下是二三十米深的河底。

梅子喊着跟我说："张铁汉，你也给我听清楚了，你要是不承认这门亲事，你要是不把我彻底给娶了，我就不活了。"

这是威胁，难道我要向这个威胁低头吗？

## 10

这是年前腊月二十八的初夜时分，父亲赶着他的马车，我和母亲还有铁木都坐上了这挂马车。老马的脚步在父亲的鞭子下急促起来，就算是老马拼上性命，赶到八面城医院也要半夜了。母亲抱着梅子的头，梅子的两条腿在我的怀里，铁木在副驾驶的位置上，用一根粗硬的柳枝捅老马的屁股，在他看来，捅老马的屁股比起用鞭子驱策它更管用。

父亲回手给了铁木一鞭子，他暴躁地朝铁木怒吼："你再祸害它我抽死你！"

铁木住手了，丢掉了柳枝，摸他的脸，父亲的鞭鞘扫在了他的脸上。

铁木强辩："我不是想让它快点儿嘛。"

父亲不再言语，仍旧用他那精致的小鞭子赶着老马。

梅子在半路上苏醒了，她开始呻吟。我的母亲流了眼泪，说："傻丫头你怎么会跳河崖子，你这是不要命了。"

父亲沉默着，老马喘着粗气，月牙儿洒下的微光笼罩着我们，老马鼻孔里呼出的气息被严寒凝结。四野一派死寂。

我的母亲哀号着："怎么还不到啊，可怜的孩子……梅子……梅子，你别睡，挺一挺就到医院了……"

# 11

梅子瘫痪了，除了骨盆碎裂，梅子还摔坏了脑子。

医生跟父亲说，最好的结果是把骨盆修复，脑子的事恐怕治不好了。父亲没听明白，问医生："这孩子的脑子治不好了吗?"医生说，他不能说得那么绝对，根据无数的临床病例，他个人的意思是，这孩子往后比植物人强不到哪里去了。父亲听明白了医生的意思，磨身走开，臃肿的身子瘫在医院走廊里彩色塑料椅子上。这一刻，我看到了他的颓然，他是个颓然无助的老人。我的母亲抹着眼泪，目光很是凄然，这凄然的目光看了我一下，马上又闪开了，母亲这是抱怨我，也怕我经不起这样的抱怨。铁木给了我一支烟，他知道我平常不吸烟的，他也知道，我这会儿是需要一支烟的。铁木把烟给我点燃，跟我说："哥，这回咱爸跟梅子家是没法交代了。"

父亲忽然从彩色塑料椅子上站起身，跟母亲说："你们在这儿照应着，我去城西村。"父亲决定去城西村给梅子娘家送信，这是作为家长必须要有勇气面对的。可是，我的母亲，当然还有我和铁木，十分放心不下，因为我们都知道，梅子有个性格粗鲁、脾气暴躁的哥哥。母亲流着泪说："我和铁汉照顾梅子，让铁木跟上你一起去。"父亲没反对也没赞成，他没说话，一边给自己装一锅旱烟一边往出走，铁木跟着他一起去了。

父亲和铁木在城西村吃了亏，这是我们事先没有预料到的。因为铁木有少林功夫在身，有他在，梅子哥哥也不能把父亲怎么样，我们是这么想的，可我们没想到，梅子家族里几十号人围攻了父亲和铁木。好汉难敌四手，饿虎斗不过群狼。铁木还算好样的，在千军万马中保了父亲全身而退，虽然是受了些不轻不重的伤，虽然也流了鼻血挂了彩，没把性命丢在城西村，总算是万幸了。

父亲和铁木这次出使变成了出征，他们回到医院的时候已经是后半夜了。那时候，梅子已经被转到了住院部，我和我的母亲在梅子的病床前看护着梅子。父亲和铁木带着一身血气进来，母亲被眼前的情景吓呆了。父亲仿佛变了一个人，他忽然特别镇定，他的眼睛看着我，看了半晌，他说："铁汉你别在家过这个年了，你赶紧走吧，你连夜就回北京，家里的事不用你管。"我明白父亲的意思，他是怕梅子娘家人会追杀过来，让他们看见我，就等于看见了他们的仇人，他们虽然不至于把我一口吞了，至少也会把我打得血肉模糊、半死不活。父亲让我迅速离开，他是想让我回避眼前这场危机。可我也知道，如果我走了，父亲和母亲就完全暴露在人家的火力之下了，就算铁木在，吃亏受辱也是铁定的。我说："我不走！"父亲暴躁起来，狠狠地扇了我一个耳光。这种局面之下，我都不知道什么是疼痛了，我只听到了一声脆响。母亲明白了父亲的用意，也催促我快点儿走。见我不动，父亲急得团团转。铁木很仗义地跟我说："哥，你放心走吧，这儿有我呢。"

我被父亲从八面城医院赶了出来，并没远走，我躲避在夜色里，等待着梅子娘家那群虎狼。可是，虎狼没来，姨妈和梅子的父母来了，他们风风火火地进了医院的大门。我没有跟进去，我想跟进去，我非常想正面跟梅子的父母说上几句道理，但是，眼下显然不是时候。我一个人在医院外面的夜幕里隐藏着，因为眼看就要过年了，八面城的居民区里不时有爆竹响起，八面城的夜空不时蹿起好看的烟花。路灯下的街路，偶尔有醉汉摇摆着走过，突然，一辆摩托载着摇滚音乐疾驰而过，在斑斓的夜色里留下音乐的声浪，还有音乐的影子。

八面城是我非常熟悉的一个镇子，她古老而繁华，她富饶而贫穷，呆板又新潮，粗狂也细腻，这个镇子充满了侠情和"骗术"……我的初中是在这个镇子里读的，我在那两三年里，熟悉了这个镇子的每条马路和街巷。有那么一段时间，我甚至为她迷情。那些青春闲愁不去怀想也罢，可我对父亲有一个巨大的愧疚，也是在这个镇子里发生的。

我读初中二年级的那个五月端午，父亲起早就让母亲煮了鸡蛋，煎了鸡蛋，他是想给我送到学校来。父亲至死也不会骑自行车，那时候我们家还没有这匹老马，更没有马车，父亲是打算走路给我把煮鸡蛋和煎鸡蛋送来。我们李桥人过端午节向来拿鸡蛋做主要食物，母亲后来跟我说，要是不把鸡蛋给我送过去，要是我吃不上这个鸡蛋，她焦心得节都过不好。可是，那天早起就下着瓢泼大雨，母亲把父亲吩咐的都准备好了，外面仍然大雨如注，他出不了门，坐在炕上发愁，不住口地咒骂老天爷。母亲见父亲无法出门，就把那些煮鸡蛋和煎鸡蛋让铁木、铁林、铁森他们吃了。老天爷也是成心跟父亲过不去，我的三个弟弟刚把煮的煎的吃落肚，外面的雨小了，天边放晴了。父亲叫嚷着让母亲重新准备，母亲再次奚落了父亲，母亲说："你大儿子吃不上这一口，你都能死。"

父亲把那些煮的煎的放在一只草绿色书包里，背上它就出了门。三四十里乡土路，那是怎样的坎坷泥泞啊。快到中午的时候，班主任老师来课堂喊我，说有人在门卫室等我。我不知道谁会来找我，我在这个城镇没有朋友，而城西村姨妈一家人，从来也没到学校找过我。我到了门卫室，看到了衣衫褴褛的父亲，溅了一身泥浆的父亲。父亲，他微笑着，我没太在意他的微笑，我看见了他脸上的泥水点点和肮脏的眼屎。我没和父亲说话，我也不忍心看他，我的目光很游离。父亲说："过节了，你妈给你煮了鸡蛋，还煎了一饭盒。"说着，他把那个草绿色的书包递给我。我接了过来，转身要走，父亲喊住了我，他说他想到我的宿舍去看上一眼。因为马上就要下课了，我怕我的同学们看见他，我说："我要上课去，你别去宿舍了，你快走吧。"父亲迟疑着，他还是微笑着，脚步还是扎在原地，他的一只裤腿是卷起的，另外一只没有卷起，脚上的黄胶鞋露了小趾头。我说你快走吧，我得回班级听课去。父亲还是微笑着，他没再坚持要去宿舍看看，他仿佛看透了我的心思，但他还是扎在原地不动。我带着他拿给我的鸡蛋回了班级，在班级待坐了十分钟，下课铃就响了。这十分钟让我经历了漫长的痛苦，我忽然觉得特别对不起父亲，他是赶着雨天来看我的，他是来给我送端午节吃食的，他走了那么远的路，为的就是让我在这个端午节吃上和家里人一样的。他没有别的要求，他想到我的宿舍去看上一眼，看上一眼也不是为了开眼界，他是想看看他大儿子睡觉的地方，看了才好放心。可是，我那么无情地拒绝了他，拒绝他的理由居然是怕同学们看见他的褴褛和狼狈，这个理由虽然我没有说出口，可他一定是看透了的。

我从教室里跑出来，我从学校里飞奔出来，我跑上了公路，我去追赶父亲的身影。可是，父亲的脚力出奇地好，我发疯地追出了有两里路那么远，却连父亲的影子也没有见到，他就像一片被大风吹破的云彩，在我的眼前消失了。我只能垂头丧气地回了学校。从那天开始，我对父亲是怀有愧疚的，我没有跟他说过这些，之后也没有问起他怎么走得那么快，这个事情一直在我的心里藏着，成为我少年时代和青年时代的情感磨难。

如今，父亲为了我的婚姻，他背上了一个巨大的包袱，他从此着急上火，矛盾着也苦恼着，而且还为此挨了梅子哥哥和梅子娘家人的毒打。梅子躺在医院的病床上，医生告诉父亲，梅子将来比植物人强不了哪里去。他怕我遭到麻烦，暴躁地赶我出来，所有的问题他都打算一个人扛着。作为一个记者，我如今有能力看清父亲这个农民，他的苦难和饥馑，他的无奈和压力。父亲在爷爷跟前是个孝子，却总是被爷爷恶骂；在他的兄弟面前，他是个宽容的人，却总是被他的兄弟算计；在他的儿子面前，他是个爱子心切的父亲，可他总是用暴躁来表达他对我们的关怀，他的用心，也经常被我们违拗。他还是个思想进步的农民，他喜欢听收音机看电视节目，尤其是喜欢听收音机里的农村和农业节目，收音机里说的他完全相信，他会为此在我们李桥惹许大烂烦躁，会得罪许大烂。为了我和弟弟们的前程，他什么都可以做，甚至私自做主把梅子娶回来给我当媳妇这种荒唐事，他也做得出。

麻烦摆在他的眼前，他没有任何出路。我越发强烈地感到，他是个腹背受敌的人。

父亲把姨妈和梅子的父母送出了医院的大门，在门口，父亲跟他们保证，"梅子我养着，我当闺女养着不行，我就当奶奶养着……梅子爸跟梅子妈你们放一千个心一万个心，梅子是我用马车拉回来的，我就得负责，我这个人是个穷人，我没有别的，可我有良心……"梅子的父亲说："这个事情不算完，你们这么对待梅子，你们把个好端端的梅子逼成了这样，后果你们得承担。"父亲说："我承担，我指定承担。"梅子的父亲说："你儿子要是再不承认这门亲事，就别怪我们不客气。"父亲说："我儿子不听我的，我就死给他看。"梅子的母亲说："这个话可是你说的，到时候你要是不死，你就是王八蛋。"父亲连连点头，说："我是王八蛋，我不是王八蛋天底下就没有王八蛋了。"姨妈说："姐夫，这个事情闹成这个样子，关键是铁汉，你不逼一逼铁汉，这个事情真就没有个出路了。"父亲说："铁汉也是王八蛋，翅膀硬了，他不听我的话，我要是治不住他，我也就不活了。"梅子的父亲说："亲家，你要是把我闺女给毁了，你倒是想活，可能轻松吗？你也知道，我们这个家族是个大家族，不是那么好欺负的。"父亲说，他知道。

我在夜幕里听着父亲这些低声下气的话，我痛苦得胆汁流了一腔子。

第二天早晨，梅子的哥哥领着他家族里的几个壮年兄弟来到了医院。他们走到医院门口的时候，被出来抽烟的铁木看到了，他转身就往病房跑，让我赶紧躲避一下。这个时候，我真不想躲避，说到底我也是个有血性的人，本来就是一个荒唐事，凭什么这样苦苦相逼。我是想，不如就放纵这个事情，任由事态发展，实在不行的话，就此经官，谋求个官方判决算了。可父亲见我不动，拉起我就跑，从另外一个门拐到了医院的后院，这里是一溜低矮的砖房，无疑，是存放死人的太平间。枯黄的杂草牵牵连连，周遭都是败象。几个身穿孝服的男女在旁边烧化冥钱，他们呜咽着，个个表情铁青。父亲在一个墙角蹲下身，眼睛看着那些烧化冥钱的人，他的目光有些直。我站在他的旁边，不知道说什么好，又担心铁木吃亏。我想去前面看看，父亲喝住了我。父亲说："铁汉，爸爸要是死了你想不想？"我没想到他会这么问，可他这么问了，我的心一颤，"你咋会想这些。"父亲苦笑着，叹息了一声说，他就是问问。

那天，我和父亲在太平间附近的一个墙角躲避了半个钟头，我们的心情都很沉重。半个钟头之后，父亲让我原地待着，他起身往前面去探听。梅子的哥哥那帮人并没有像我们估计的那样犯浑，他们仿佛有了周密的计划，围在医院的病房里，对梅子问长问短的，好像就是来照顾梅子的。铁木指定非常紧张，梅子哥哥那帮人进来的时候，铁木把缠在腰里的七节鞭故意弄出响动来，他们没有动手撒野，铁木也就一副枕戈待旦的架势，不可能主动招惹人家。父亲出现的时候，梅子哥哥咬着牙齿跟父亲说："梅子的病要是治不好，就灭了你们全家。"父亲看了梅子哥哥一眼，说："你们放心，我会给你们个交代。"梅子哥哥说："你交代个啥，好好的人，被你们家逼成这样。"父亲说："大侄子，错在我一个人，我对不起你们家。"见父亲软到了这样一个地步，梅子哥哥没再说别的。梅子的哥哥带着人走的时候，父亲哭了，他哭着跟梅子说："梅子呀，你可赶紧好起来吧，你要是有个一差二错的，我就没了活路了。"梅子闭着眼睛，没谁知道她听没听见父亲的哭求。父亲从病房里出来，回到太平间这里跟我说，你走吧，你赶紧回北京吧。

## 12

我们所有人都没想到，梅子的生命力那么顽强，她的骨盆很快就好了，她的脑子也没有医生说的那么糟糕。梅子被父亲用马车从医院接回李桥已经快正月了，而我是在正月十五元宵节之后，梅子的状况稳定了才动身回北京的。之后不久，铁木写信告诉我，梅子比头驴还要皮实，她的骨头接上了，看情形再过一些时日就可以下地走动了，她的脑子也没有问题。这样的消息让我焦虑的心多少平静了些，梅子的健康毕竟没在我们家失去，父亲的愧疚就会减轻许多。铁木又跟我说："哥，梅子就跟变了一个人似的，原来的梅子不爱说话，现在她整天喊着要你回来，她还说等她完全康复了，你不回来她就去北京找你。"

对我来说这是个坏消息，她要是来北京找我，我还真不知道怎么能摆脱她的纠缠。梅子这是打算跟我打消耗战，而我对付她的办法就是赶快和秦雪娜结婚。

对我来说还有一个让我更为气恼的消息，也是铁木在来信里告诉我的。

梅子出院以后，大伯和大娘几乎每天都过来看望梅子，他们忽然变得智慧百出，他们的主意多得很，一眨眼就是一个整治我的办法。梅子性格的变化跟大伯和大娘密切相关，梅子决定跟我死缠烂打，都是大伯和大娘教化的结果。大伯和大娘不但教唆梅子跟我过不去，还给父亲、母亲洗脑，他们说不能让铁汉扔下梅子，停妻再娶不是咱老张家人能做的事，祖宗八代没有这么忘恩负义、丢人现眼的……父亲、母亲每天都被大伯和大娘说教。母亲是个言不及意的老实人，觉得大伯和大娘的话也在理上，对他们很是客气，点烟倒水恭敬着他们。父亲好像悟出了一点点儿，大伯和大娘唾沫横飞的时候，父亲从他们的话里嗅到了一丝怪味儿，再不接话，也不反驳。父亲是个深懂长幼之序的人，唾沫横飞的是他的哥哥嫂子，他们的话虽然越来越不入耳，他们的用心却是越来越明显，父亲只能隐忍不发。

让我大感意外的是，父亲让铁木给我写一封信，告诉我可以跟秦雪娜结婚了，父亲让铁木在信里跟我说，梅子的事往后不用我操心了，他会解决好的。我不知道父亲如何解决，更不相信他能够解决得好。何况现在的梅子又非往日的梅子，现在的梅子变得嚣张了，变得无所顾忌，一个无所顾忌的女人能做出什么来，那是无法想象的。我真的很替父亲担心，但我决定听从父命，跟秦雪娜结婚。听从父命，说起来很是矫情，我不这样还能如何，我不想如何，我只想这样。

可秦雪娜不同意，秦雪娜非要跟我回李桥结婚。我说这怎么可能，梅子在李桥，而且如今的梅子厉害得有些变态，要是回李桥操办婚礼，说不准会搞出什么荒唐事来，更何况，梅子的哥哥是个不吃素的浑不吝，到时候打上门来杀人越货，喜事变成了丧事怎么办。秦雪娜说她不可能这么跟我结婚，我们的婚姻要家人的祝福，她要在李桥穿婚纱，她要在那童话境界一般的昭苏太河上去溜冰……秦雪娜在这个事情上显得特别执拗，她说我要一拜天地、二拜高堂、夫妻对拜、送入洞房那样的婚礼。我跟秦雪娜商量，要么婚礼回广东操办去。秦雪娜还是不同意，她坚持要回李桥办。我实在没了办法，婚礼这个事就只能拖着，秦雪娜不怕拖，局外人的品相。我也想开了，实在不行，就等着跟梅子打一场官司吧。

日子一天天地挨着过，时光就这么无情地流走了。

有一天晚上，秦雪娜把脑袋埋在我的怀里，她就像一头小猪拱奶吃那样跟我呢喃着，跟我在床上，她是个娇嗔无忌的女人。我们恩爱了一番，她问我，"梅子真的要来北京吗？"我告诉她，铁木来信说她要来。她想了一会儿，忽然坐起，她坐起的时候，我的简易小床呼扇呼扇的。她眼睛里满是神采，她说，她跟我再回一趟李桥，把这个事情彻底解决了吧。我也坐直了身子，我恨不得立刻就把这个事情彻底解决掉，可我没有办法解决，现在秦雪娜说要跟我回李桥彻底解决，我不知道她有什么主意。我问她怎么解决。她抿着嘴巴笑着，说她当然有办法。我又追问啥办法。她不跟我说，她说她不告诉我，到时候我自然晓得了。

春天来了，我们在春天的尾巴上回了李桥。

意外的是梅子的病情加重了，梅子的骨盆医生复位的时候没有复好，外面看去伤口愈合了，可她连站都站不起来，脑子好像是真的摔坏了，一阵子明白一阵子糊涂。明白的时候，静静地躺着流眼泪，糊涂的时候就没命地喊叫。她明白的时候和糊涂的时候都让父亲母亲毫无办法，她指责父亲当初为什么把她用马车拉来，为什么不把铁汉喊回来，还怪我的母亲给她端到眼前的饭食不好吃，抬手就把盆碗打翻。反正梅子十分不顺心，总是满腔怒火，这满腔怒火总是对着父亲和母亲发泄。母亲整日唉声叹气，父亲就是不说话，他皱起眉头想办法。显然，办法要是有早就想出来了，父亲只能在毫无办法的情况下煎熬着，他甚至在想，忽然有那么一天，办法就有了。其间他问过铁木："你哥不要，你要不要？"铁木瞪着一双金鱼眼看着父亲，说："你可别把这片膏药往我身上贴。"父亲说："二儿子，爸实在是没了办法，爸脑袋发热，办下了这个糊涂事，没法交代了。"铁木说："不是我说你，天底下有你这么给儿子找媳妇的吗，你这么整，连带着坑了几个人？"父亲说："梅子不错，给你当媳妇，也不辱没你。"铁木把脑袋摇得铃铛似的，都要摇出声音了。父亲眼泪快掉下来了，跟铁木央求："二儿子，你不应承，爸可真就没了活路了。"铁木说："爸，你别打我的主意，梅子是你给我哥娶的媳妇，不行你还是把我哥喊回来接着吧，我宁可一辈子娶不上媳妇也不要梅子。"说完，铁木他摔门走了。父亲打算把梅子安排给铁木，在他看来，他的大儿子去北京当了记者，二儿子在家种田，可以迁就梅子。在铁木眼里，梅子不但是个残疾，而且是个睡觉还磨牙、放屁、打呼噜的这么一个女人，他说起这些的时候，眼光里充满不屑，让他接过梅子这个刺猬当老婆，那是不打算让他活了。父亲也没强求，接着他又跟梅子恳求："梅子往后你当爸的闺女好不好？"梅子呆呆地看了父亲一会儿，跟父亲说："让我当你闺女？你说让我当啥就当啥？你们家是把我大操大办娶过来当媳妇的，我谁也不要，我就要铁汉，我是铁汉的媳妇，我怎么可能给你当闺女？"父亲又跟梅子说："你要是不当我闺女，我就没有活路了。"梅子说："我不是来当你闺女的，有没有活路，你跟你儿子说去，你跟我说不着。"父亲说："我儿子是王八蛋，不听我的，我养大了他们，他们都成了不听话的王八蛋了。"梅子哭着说："我让你把铁汉喊回来，你当初不是说你儿子的事你做主么，你把铁汉给我喊回来……"

父亲走投无路的情况下，决定不管了，他跟梅子说："闺女，我实在是没有办法了，这个事我做错了，我没办法管了，你要是再逼我，我就出家当和尚去。"梅子说："你当和尚就去当，我就是要铁汉，你要出家当和尚，你也得把铁汉给我喊回来你再去当和尚。"父亲又用央求的口吻跟梅子说："就算我求你，这个孽是我作下的，你告诉你爸你妈，也告诉你哥，这个错是我犯下的，有什么气都朝我来，多大的罪过，我一个人担着就是了。"梅子把头偏过去，不再看父亲，父亲再没说别的，在梅子面前十分自馁的样子。这种情况下，还能怎么样呢，这种情况下，我无能的父亲只哀怜地看了梅子一眼，然后默默地把一杯自酿的苦酒咽下喉咙。

我和秦雪娜回到李桥的那天，仍然是黄昏，因为门口的交通车就那么一个班次，所以只要是从外面回来的人，回来的时候总是黄昏。这个黄昏有些诡异，天上的云彩被风吹得呼啦啦地"飞"，地上的禾苗像海浪一样涌动着。头天下了场暴雨，地上虽然被风吹干了，可李桥的缝隙里有潮湿、霉变的味道。我们俩在村街上一出现，乡亲们就围拢过来，跟我七嘴八舌地说起了梅子，说起了父亲的为难。他们说的这些，就算是他们不说我也都在铁木给我的信中了解了，虽然懒得听，可还是得听。我敷衍着往家门口走，秦雪娜跟在我背后，扬着她的青春小脸，一副高傲的模样，我不回头都能知道她这是故意给我的那些乡亲们瞧的。到了院门前，大娘从斜刺里冲出来，迎住了我跟秦雪娜，大娘说："孩子们回来了，你们可真能耐，北京这么远说回来就回来，一趟一趟的，要花多少钱。"我跟秦雪娜介绍，这是大娘。秦雪娜甜甜地叫了一声"大娘"，那声音就好比是捏着嗓子发出来的，听得我浑身都掉了"小米"。秦雪娜从进了李桥的村街就什么都刻意起来，她这么拿腔捏调的，表明她骨子里没怎么把李桥放在眼中，有那么一点儿放纵和谐谑的意思。大娘没见过这样的女孩子，受了刺激似的，哎哟哟地说："这闺女，水葱似的，这个白，这个美，什么妈能生出这样的闺女哟。"秦雪娜不知道深浅地笑起来，还拉了大娘苍老嶙峋的手，她跟大娘说："大娘您老人家年轻时候准是个大美女。"大娘瘪着嘴巴笑，说："这丫头眼尖，你大娘我年轻时候不丑，十里八村说得出。"正说着，铁木从屋里出来，见我回来了，铁木情绪有些急，还没走到我近前就跟我嚷嚷："哥，爸打算把梅子推给我，你说他这不是痴心妄想嘛，你总算是回来了，你……"我知道铁木感到委屈，又和别人说不出，似乎只有我才是他的出气筒。我想给他些安慰，可是我们兄弟之间从来也不会客套，我们的心是相连着的，一些话就没有必要说。

我带着秦雪娜往院里走，大娘也跟了进来。铁木站着没动，我们往屋里走的时候，他仰起脸来看天，天上的浮云仍旧呼啦啦地"飞"。

# 13

天下的事也真是奇怪，梅子在我们一家人面前那么执拗、那么嚣张，可她见了秦雪娜就像变了一个人似的，就像老鼠见了大猫，惊悚而麻木，低着她的头，也不说话。秦雪娜眼睛含着笑问她："梅子你的身体怎么样了？"她不说话，秦雪娜又问："听说你的脑子也摔到了，没有问题吧？"她还是不说话。秦雪娜跟她说这些话的时候，我们一家人都在屋里，大娘就坐在她的旁边，眼珠子胡乱骨碌，目光像鬼火一样在我们家的屋子里乱窜。父亲坐在炕里，双手抱着脑袋，仿佛脖子挺不住脑袋的重量，不这么抱着，脑袋就得掉下来了。我的母亲不停地用围裙擦她的眼睛，铁木青着一张脸，抠弄着手上的倒刺。秦雪娜又说："我这次回来打算跟铁汉把婚礼操办了，你没意见吧？"梅子这才抬起头来，看着秦雪娜，看了那么一会儿，她忽然捂住脸哭了起来。母亲实在看不下去，转身出去了，母亲在院子里赶鸡鸭上架，鸡鸭欢叫了一阵，然后就沉寂了，被母亲关进窝里的仿佛不是那些鸡鸭，而是一片杂乱的喧闹。父亲忽然抬起头来，下地穿鞋，临出门的时候，他跟梅子说了一句话，"梅子你记住我跟你说的话，祸事是我惹下的，你哥哥要是带着人来找麻烦，就让他找我一个人，别跟铁汉、铁木过不去。"说完，父亲就出了门，在门口顿了两下脚，然后踢里踏拉走出了院子。

大娘从幔帐上拉下一条毛巾递给梅子，让她擦眼泪。大娘说："这丫头就知道哭，有理走遍天下，没理寸步难行，心里有什么话你就说出来。"

梅子把手从脸上拿下来，用那条毛巾擦眼睛。

秦雪娜又说："梅子，你跟铁汉的婚姻是不合法的，这个我早就跟你说过。"

梅子抽泣着说："我咋办？你们结婚我咋办？"

大娘抚摸着梅子的头发，喃喃地说："可怜的孩子。"

秦雪娜说："只要你答应不难为这一家人，我跟铁汉回北京的时候就带上你，你这个病北京医院能治好，还有你的腿也能恢复从前的样子，你还和以前一样，你不会是个残疾，你不是个残疾，你想找什么样的男人当老公都行……"

刚进屋的铁木听秦雪娜这么说，兴奋起来，铁木瞪着眼珠子问秦雪娜，"真能吗？梅子的病真能治好，还有这条瘸腿？"

秦雪娜说当然能，只要她答应别为难这一家人。

梅子不相信自己还能恢复原来的样子，眼睛疑惑地看着秦雪娜。秦雪娜说："你别不相信，我听铁汉说你这条瘸腿是后天的，只要是后天落下的病就都能医治，就算北京治疗不好，我把你带回广州去找爷爷，爷爷就能把你这条腿治好，保证给你一条囫囵腿。"

梅子还是不相信，还是疑惑地看着秦雪娜，她抽噎着问："秦雪娜，你爷爷是干啥的？"

秦雪娜很是耐心地跟梅子说："爷爷是南方出名的老中医，接骨、正骨是他干了一辈子的，全国各地很多人找他看病的。"

秦雪娜这个话，仿佛在我们低矮的屋子里升起一轮明亮的太阳，这两三年里，梅子就是我眼前飘浮着的一片乌云，笼罩得我整个人生都黑暗了，秦雪娜的这个话仿佛一阵清风，顷刻间就把这片乌云吹散了。

大娘的表情有些讶异，她虚张着她的嘴巴，因为大部分牙齿都脱落了，她的嘴巴就像一个蛇洞，黑暗而阴鸷。

母亲显然也在窗外听到了这些话，紧着脚步进来，问秦雪娜："这是真的么？"秦雪娜跟母亲连续点了好几下头，确认这是真的。母亲的眉头菊花绽放那样舒展开了，母亲跟铁木说："快去喊你爸，你爸他都快愁死了，为了这个事，他早就不想活着了。"铁木转身出去，秦雪娜让我把皮箱搬到炕上，我知道，她又要给每个人分配礼物了。

秦雪娜分配礼物的时候，梅子又问她："你说的都是真的？你不是要骗我吧？"秦雪娜笑着说："我怎么可能骗你，我说的都是真的，我要是骗你，就让我也变成个残疾。"梅子紧张的表情开始放松下来，她的脸色暖了起来，梅子说："要是能把我的腿治好，我就不难为你们了，把婚退了，让你跟铁汉结婚，我退出，成全你们。"说着，梅子把身边的一个枕头狠力地朝我砸来，梅子说："张铁汉，我恨死你了。"梅子把枕头丢了过来，接着，她破涕为笑了。我把枕头接在怀里，我只能跟着她嘿嘿傻笑，我实在不知道跟她解释什么。梅子见我一副窘迫的样子，梅子笑了，我忽然觉得梅子这么一笑，其实也不怎么难看了。梅子笑了，我们都笑了，大娘没笑，大娘起身说："看看我忘记赶鸡上架了。"说完，大娘直着身子出去了。

因为秦雪娜的到来，笼罩着我们家的乌云散去了。母亲忽然喜欢起秦雪娜来，母亲喜欢她的表示就是情绪上把她跟梅子的地位换了一下，让她跟着操持晚饭。母亲忽然跟我说："铁汉你也别傻站着，去小卖店买点酒和肉，今儿晚上你跟你爸好好喝点儿，为了你呀，他死的心都有了，这回好了，他的愁总算是熬到头了。"我答应着母亲，转身出来去我们李桥唯——家小卖店买酒买肉。

我在商店里碰倒了大伯，大伯跟老板李发财磨叽了一个让人喷饭的话题，大伯来人家这里买猪鼻子，而且一买就要买 10 个。李发财说没有那么多，就是前天杀的那口猪，猪头上有一个，你要是要我就给你割下来。大伯很是不高兴，问李发财为什么进货的时候不专门进一些猪鼻子来卖。李发财说："整个李桥就你好这么一口，别人没有这个爱好，而你又不经常吃，我怕搁坏了。"大伯不乐意听李发财这个话，大伯说："你不经常进，你怎么就知道我不经常吃，我现在天天都要吃，你这里却没有。"李发财是我们李桥的首富，说话的语气向来很壮，不可能被区区我这么个大伯唬到，他跟大伯说："你要是想吃，你就别处买去，我这儿不经营这种东西。"大伯没得到好答对，气呼呼地往外走。

我正一脚迈进门里，迎头碰上他，赶紧打招呼，我说："您这是……"他打了一个愣神，跟着来了一个喷嚏，半天才把鼻子和嘴协调起来，头一句就跟我说："铁汉，你可不能丧良心把梅子给扔了，咱老张家可丢不起这个脸。"说完，他自顾走了。

我进了小卖店，李发财见我来了，换了个笑脸跟我说："大侄子，你这个大伯可真是没治了，他来我这里买猪鼻子，我这里没有呢，他就数落了我一通，年月时景可真是不一样了，那么窝囊一个人，跟我还来这个，王八折把式，他还翻了。"我虽然不喜欢大伯，可我也不乐意听李发财这么说他，我没有跟李发财废话，让他给我砍了肉了拿了酒，我就出来了。一路上我都在兴奋，说实话，我真是很佩服秦雪娜这个白白嫩嫩的丫头，我们家这么大一个愁事，只她几句话就摆平了，我真是爱死她了。从北京出发之前她就跟我说她有办法，可无论我怎么追问她，她就是不肯告诉我，搞得我一路上忐忑不安的。现在看来，她还真是有了办法，从今天开始，我的父亲母亲就不用再为这个破事愁苦了，就可以跟别的老人一样过安详的日子了，我呢，内心的块垒也就完全冰释了，等跟秦雪娜把婚礼操办了，带上梅子去北京或者广州，把梅子的骨盆修理好，再还给梅子一条健康的腿脚，往后的日子就风生水起阳光灿烂了，这么想着，幸福的感觉顷刻间充满了我的胸怀。快步走在我们李桥的村街上，我周围的树木和房屋唰唰地向后面倒去，这可真有点儿沉醉在春风里的感觉了。人要是心情好了，什么都跟着好了起来。

可是，我走到家门口的时候，见我们家的院子里都是人，我不知道发生了什么。我正吃惊纳闷，大伯和大娘迎面走过来，大伯到我近前什么都不说，抽冷子扇了我两个嘴巴，打得我猝不及防，我用手去抚摸脸上的疼痛，大娘朝我裤裆使劲踹了一脚，我没想到大娘这么老的一个女人，脚上的力气居然这么大。我弯下腰去；周身抽筋那样的疼痛，疼得我浑身痉挛了起来。大伯和大娘走远了，他们回家了，我眼睛的余光看见他们走进了他们的院子。这个时候，母亲和铁木跑了过来，母亲哭喊着跟我说："铁汉，你快看看你爸吧，他快不行了。"铁木也哭了，他流着眼泪跟我说："哥，咱爸他跳了河崖子，他快不行了……"

我手里的酒和肉都掉在了地上，新鲜的猪肉落在我的脚面上，两瓶高粱酒落地破碎，散发出纯烈的酒气。那一刻我傻了，我的大脑被一片酒气弥空，眼前的母亲和铁木泪水涟涟。铁木在我的前胸打了一拳，跟我大声喊叫："哥，爸快不行了！"

我醒悟过来，急着向院子里跑去。父亲被横着放在炕上，屋子里围满了乡亲。

父亲闭着眼睛，我伸手摸了他，他的身体还是软的，也还是热的，鼻子上还有气息，这就说明父亲他还没有气绝。我喊秦雪娜赶紧打急救电话，秦雪娜说铁汉你别着急，急救电话我已经打过了，救护车正在路上。我只好守护着父亲，等待着救护车，在等待着救护车的分分秒秒里，我从父亲身上流淌出来的血液里，嗅到了一股气味儿，是血缘里那神秘不清的、难以言表的味道。

# 大　鹅

## 1

刚刚过去的那个冬天，它是一只大鹅。它抖落了很多鹅毛。

雪花儿大比梨花儿，可恐是一场百年不遇的大雪，不紧不慢飒飒纷纷。天地间尽是缤纷晶莹的碎屑。雪花儿拥挤着雪花儿，雪花儿的飘絮轻柔而洁白。它们就这么把李桥给染白了。瓦脊和四野都白了，通乡过县的道路也是白的。天地银白，白得不能再白。这是去年冬底，今春的那一边儿。

玉林死了。玉林他受不住弥天漫地的白，磨盘地上他忽然就眩晕了。玉林倒腾着两条罗圈腿，风车那样旋转了几圈，脑壳扑在雪地上，嘴里啃了一口雪，鼻孔里也呛进了雪，呛进了白得不能再白的雪末，他就那么死了。

李桥这个鬼地方，死人哪里需要缘故。死就是死了，寻常得很。李桥这个地方的人没有不死的，任谁想不想死都得死上一回。玉林这么一死，老婆李桂芬她就闲下来了。李桂芬她就像一片年前的雪花儿，闲得不能再闲。

春起一个黄昏，月志去了李桂芬家。那个黄昏看起来挺暖，天空一脉生亮，一脉金黄。春天要是不来，月志还迁延着不去。月志本来在街上走着，眼光四外搂搂没有捞起什么人，村街上空荡荡的。月志掖起目光，贼那样转脚奔李桂芬家院门，动作快比一只老鼠。

推开院门，月志进了庭院。月志抿紧了棉袄的襟怀，身子觉得被庭院抱了一下。狗在檐下趴着，挡着屋门，月志犹豫着进退。狗尾巴翘了翘，起身给月志让了路。李桂芬家的狗是一条老狗，李桥的老狗都看破了红尘，一般不管闲事。门轴吱了一声，月志进了房门，月志一截黑炭那样插在李桂芬眼里。月志心里闷着烟和火，嘴巴呛得咳嗽。月志摁住胸口，把咳嗽摁成了死兔子，磨身让屁股趴在炕沿上。

李桂芬她正蹲在屋地上洗衣服，呱唧呱唧地洗。大洗衣盆里飘来荡去一条粉红色衬裤，她洗下来那么多黑。月志看见那水很黑。李桂芬直眉愣目地看着月志，眼珠子凝成了猪皮冻，吃惊月志咋就进了门，咋就回自己家一样，进门就把屁股撂在了炕沿上。

月志说桂芬你洗你的，等你洗完了我跟你有话说。

李桂芬捞起一只鞋，打炕上趴着的猫。老猫凭白着了一下，钻到柜底下，柜底下两只猫眼藏得很低。李桂芬继续洗那条粉色衬裤，手上力气猛了，盆里噗出的黑水溅在脸上。许是她真的生气了。月志看见她的血往上涌，她的耳轮唰啦一下变红了，就像两块炭盆里烧红的马蹄铁。李桂芬一双手爪子呱唧呱唧洗那粉红色衬裤，越洗水就越黑。

月志拧了拧鼻子，洗衣粉的味道很香艳。月志看着李桂芬，夕阳在李桂芬耳畔打了一个旋儿，塑料耳钉紫灿烁目。月志越发觉得李桂芬美。

李桂芬看也懒得看月志，告诉月志滚，从这儿滚出去。

李桥这个瘟地方，人人都想灭了月志。就好像，不灭了月志他就不是人了。

这一刻，月志不想忍受李桂芬。月志盯着李桂芬跟李桂芬说，桂芬你给我听好，敢来我就敢看你的脸色，夜里我月志就睡在你这儿,你答应也这样你不答应也这样了还就。月志耍横是想让李桂芬怕,可月志想错了,李桂芬没怕,李桂芬忽地站起身,捞起那一条水淋淋的衬裤,眼睛瞪着月志,样子像是要把月志一口吞下。月志裤腰里摸出一把小刀对着李桂芬,李桂芬她也还是不惧怕。她捞起那一条越洗越黑的衬裤,照着月志的脑袋开始抡,抡了月志一身满哪儿都是水,抡起很多水珠儿四外飞。李桂芬一边抡月志一边骂,她骂月志恶狗想吃天鹅肉,骂月志八辈子也别想尝到女人什么味儿。

月志挺生气,月志说李桂芬你别在我面前装,我是恶狗这个我不反驳,可你也不是什么天鹅肉,你顶多就是玉林留在人间的一摊咸烂肉,啃你一口是我看得起你。

不用你看得起,你赶紧给我滚!

一条水淋淋的衬裤抡得月志很狼狈,抱着脑袋往外跑。月志就这样滚了出来。被衬裤从屋里抡到庭院,又从庭院抡到大门外。李桂芬嫌恶月志,嫌恶的表情在脸上收拾不干净,李桂芬就那么嫌恶地警告月志,再敢进我屋,让你有命来没命出去。

月志站在大门外,隔着木杖子看李桂芬摇晃着屁股往屋走,月志就委屈得想流泪。月志想,我月志没想什么天鹅肉吃,我月志就是想找个女人过日子。

李桂芬拉开房门进了屋,咣叽一声关上门。屋檐抖下陈年老灰,月志眼前唰唰落。

## 2

天下很少有人知道李桥,李桥是个长了一棵高大榆树的村子。

李桥的村街上驴粪球子满地乱滚,柴禾叶子横竖乱飘,鸡毛鹅毛也跟着飘。李桥有连成片的窗眼儿,都是破狼破虎的窗眼儿,说到底,李桥烦躁而寂寞,是个天打雷劈的破地方。月志想我上辈子准是杀了牛，要么就是犯了什么天条律法，这么一个没有天理的阎王域，我月志才托生来，不然咋会托生到这里来。总而言之，李桥很瘪，它瘪得连空气都想跑掉。

说实话，月志在李桥想娶个媳妇，这样的心思月志他抵挡不住了。

月志想有一挂欢欢喜喜的马车把一个女人送过来，月志想张灯结彩门楣上贴着婚对，月志就把她接进院门，月志就背着她入洞房，月志就给她脱鞋子。月志喂她吃合卺面条，然后月志坐在她对面，月志就想坐在她对面看着她的眉眼笑。天不黑，月志就摸摸她的手摸摸她的脚，天要是黑了，月志就把她捂在被窝里。二天早起，月志开始跟她过长长久久的日子，就是那种平平常常的老日子。可是月志又不傻，脑袋里也有风声浆水，知道想在李桥娶个媳妇没那么简单，想一想，倒比登天还难。

就算女人漫天飞，也不会有人嫁给月志。月志他万般地娶不上个媳妇了还就。

月志身上有硬伤，那硬伤都挂在月志身上，月志抠也抠它们不掉。月志他是个残疾。

月志一条腿粗，一条腿细，走起路来，一条裤腿里风少，一条裤腿里风多。粗的那一条，跟大哥月芒的腿没什么两样，细的那一条，人家客气说的话，说是一条狗腿，不客气的，就说是一条麻秆腿。月志知道那是别人故意贬损他，说起来比麻秆粗多了，但它确实很细。腿粗腿细好说，可以藏在裤管里，无法隐瞒的是月志只有一只眼睛好使，还有一只眼睛那就不好使了。月志是个瞎了一只眼睛的。月志的嘴巴也有些歪，眼睛瞎了嘴巴还歪，月志的相貌正应了一句话，单眼观邪正、歪嘴断事平。月志观不了邪正也断不了事平。可月志是个男人，二十八岁了，这么多年的春风把月志骨头吹硬了，肉也吹硬了，硬得不能再硬。月志是个成熟得快要疯了的男人。别人都娶了媳妇，都过上了那种正常的老日子，月志在心里给自己娶，娶了很多年，日日夜夜地娶不上。月志心里浮荡起大片的波涛，那波涛狂卷着月志，吞噬了月志，又吐出了月志。月志又不是一颗枣又不是一枚杏，就这么日日夜夜当月志是李桥的粪便排泄了一次又一次。月志很自馁，那种无处述说的委屈闷在心里许久了。

春风吹软了柳条，绵软的柳条抚弄着月志的脸。月志在柳树下蹲了身，转过脸看那磨盘地，磨盘地的大榆树正婆娑着网住一阵风。

那块天鹅肉，李桂芬她给月志活活抢到了当街。月志傻愣傻愣地站在当街，这个早春的天日正渐渐地黑下来。月志沿着村街往家走，看见两条狗屁股锁在墙角，月志就想哭。月志想，狗都能办下的事，我月志就办不下，我月志的人生咋能是这个样。

李桥天黑得快，正是眼擦黑时刻。眼擦黑这个时刻，阳光被慢慢地吸走了，大地暗淡下来，大地和天边接壤的四周就闪烁着鬼影。说实话，李桥的每个黄昏都是这么鬼魅。

月志感到月志就像一个饕餮鬼，身体里饿极了。这个饿，月志真是受不住，可是月志他找不到吃的。李桂芬这块烂天鹅肉也不让月志吃，那月志就回家吧。月志遛着墙根，七拐八拐回到厦屋去睡觉。月志妈在檐下碰见月志，问月志去河湾了？月志摇头说没去，月志妈又让月志吃饭，月志说我不饿我不吃，给你们省一顿粮食。月志从妈眼前过去，进了厦屋鞋也懒得脱，一条死尸那样在小火炕上躺下。月志刚躺下，月志爸在窗外跺跺脚，月志爸无来由地朝着窗子吼叫，咋就生了你这么一泡屎。月志爸总是无来由地骂月志。月志隔着窗子顶撞了月志爸，月志说有能耐你把我这一泡屎给坐回去。月志爸在窗外又吼，当初还不如把你甩到墙上喂蝇子了。月志没再接爸的话，月志恨死了他，月志恨他把月志养成这样，还反过来看不起月志。

那一夜，月志隔着窗子看了大半宿月亮。月光很静。

李桥的月亮是娇滴滴的月亮，是明黄色的月亮。李桥的月亮是天下最好看的月亮，它就像一枚好看的纽扣，纽扣就那么静静地把夜空系住，等到二天早晨纽扣解开，天空的胸怀就哗啦一下泻出朝霞。李桥的夜空也是不错的夜空，是那种深蓝深蓝的夜空。星星很密，颗颗都是那么晶亮，有大有小。

月是芙蓉，星星是瘤。

夜里的院落，四外透着青须须的来情和去意，有一些东西要来，有一些东西要去。什么东西来，去的又是什么，月志弄不清，月志就这么看着窗外的月色。月光下的院落，洒满一片白。这个春季还很浅，月色白得有些嫩。

月光下浮现了美人的俏模样，一张生得很像李桂芬的脸，她却不是李桂芬，她是同桌女生某某某。月志爸没让月志把初中读完，月志爸硬是让月志领着老驴春犁秋抢。月志在一个本子上画了某某某的美人脸，月志在那张漂亮脸蛋四周写满了诗，那是一个写满了诗的本子。岁月深隆，纸张泛黄，就是这泛黄发脆的本子，被月芒撕扯了几页卷烟抽。为这个，月志跟月芒打了一仗，那条细腿差一点儿被月芒搞断。两条腿一般粗细的月芒结婚那天跟月志说，兄弟你别愁，等你嫂子给你生了侄子，让你侄子给你养老。月志讨厌，月志讨厌月芒这么说，让你月芒的儿子给我月志养老，是好心，是兄弟情义，可月志不愿意接受月芒的好意。

月志有一条细腿，是他月芒给细的。那年月芒十岁月志六岁，有一阵子，月芒让神鬼支使得迷上了摔跤。月芒非得跟月志摔，月志不跟月芒摔，月芒抓着月志不撒手，月芒总是很敏捷地把月志摔倒，把月志摔倒一下还不行，每次都要把月志摔倒十几下他月芒才散了瘾气，每次都要月志嘴啃泥，再摔一下月志就死了他月芒才罢手不摔。月志过生日那天，月志妈给月志偷着煮了一个鸡蛋，月芒为了一个煮鸡蛋把月志摔得太重了。月志的一条腿疼到了八岁，足足疼了两年，这一条腿就不成长了。时光在月志这一条腿里蜡化了。月志的身体是要生长的，月志的一条腿却不生长了，就这么，月志的一条腿变成了细细的狗腿、麻秆腿。月志的这条腿，正是拜他月芒所赐，月志记恨月芒。月志想月志生而为人，不能指望他月芒老婆的肚子。

这一夜，月志只睡了一两个小时。月志的眼圈都黑了。

二天早晨，月志决心离开李桥。月志去哪儿呢？不管去哪儿，都比待在李桥好。

月志从厦屋推门出来，破旧的木门照例吱的响了。月志在院子里站了站，这个早晨的天空清汤寡水的。月志隔着玻璃看见爸正坐在堂屋的炕桌边儿，有滋有味儿喝烧酒，月志妈在炕梢做针线，月志看见她捏着针尖在脑袋上划了划。他们俩没谁朝窗外看一眼，一个喝烧酒，一个做针线。月志知道，他们懒得理月志，昨天晚上月志顶撞了爸，早饭都没喊月志吃。月志脚下踩了一坨鸡屎，可劲在地上蹭了蹭鞋底，月志碾碎了那一坨鸡屎，就梗着脖子往出走。

出了院子，月志的脚丫子就到了村街上。

这是满世界也找不到的一条村街。家家户户修筑院墙，想让院子大一些，院墙都往前拱一块。先修的胆子小，拱得就小，后修的胆子大一点儿，比先修的多出一块来，再后修的胆子更大一点儿，那院墙就更多出一截。虽说都在一处过日子，家家的日子过得不一样。院墙牛年修马年也修，修造院墙不在一个年月时景，那院墙就修造得参差不齐。路南路北两排这样的院落夹着一条路，路就成了两边都让狗啃了的路。这确定是一条世界上难以看到的村街。

这一截狗啃的村街，飘荡着腐朽的气味儿，还有破碎的柴禾叶子，也有猪鸡鸭狗的屎，还有它们四外飘荡着的毛。没有人打扫，这是一条散不尽那臭气的土路。

月志走到了磨盘地，月志看见了那磨盘，那是一块废弃了多年的磨盘。打从月志记事起磨盘就安放在大榆树下，大榆树的浓荫搂着它。

每日晚饭后黄昏里，会有很多屁股坐在这块磨盘上，他们拉着家常，他们评价着村里发生的事儿，也评价着村里的人，有时候还在这里夸奖或者贬损哪个年轻人。今日夸奖了，明日也许就贬损，换了不同的人，今日贬损了，明日也许就夸奖。逢了机缘，无论夸奖的还是贬损的，他们又把远房亲戚家的儿子闺女跟李桥的年轻人对照，也许好，也许歹，便也成就了他们的姻缘。月志这样的，人家也不贬损也不夸，月志在李桥仿佛是个可有可无的人，月志就像一片玉米林中的一棵乌米，月志是那样地被人不待见。

月志打量了打量磨盘，磨盘它泛着青光，磨盘的表面被屁股磨得很光溜，但它的样子看上去很冷。月志又抬眼看了看高大的榆树，它真是太高了。每年的春季，大榆树都生长榆钱儿。榆钱儿很好吃，很甜，不是白糖那种甜，是透着一股子生鲜气息的绵绵渺渺的甜。这是个满树榆钱儿的时候，那它就满枝头都是榆钱儿，嫩绿的榆钱儿，满枝满树都是嫩绿。月志临走想再尝一口这嫩绿的榆钱儿，月志就就近，在低矮的枝丫上折了一根榆条，月志把那鲜嫩的榆钱儿吃在嘴里，味道还是记忆中的味道，舌尖上还是那种甜甜绵绵。

这新鲜的老味道，是这个春里，李桥给月志的味道。昨日黄昏，月志他就是顺着这个味道去了李桂芬家的。

月志到了村口，可是月志去哪儿呢？月志站在村口犹豫了半晌，那月志就去梨树吧。

梨树是个县城，月芒在那儿读过高中，月志听说过梨树可月志他从来没有去过。月志决定去县城，看上去是突然的动念，其实也没那么突然。月志听闻过县城里很多事儿，那些人们传言中的事儿，丝丝缕缕地连带着县城的女人。县城里的女人妖媚风流，为了这，月志用不着去别的地方。

这是个春风骀荡的日子，月志决心离开老屋离开李桥。

八十里乡路，月志得走着去，月志只能走着去。月志那爸只逼着月志拼死力干活儿，却从来没给过月志一分钱，月志衣兜里一分钱也没有。坐不成去县城的汽车，月志只能走着去了。月志穿着一双月芒脚上下来的旧鞋，一边走着一边就想好了，就算是死，也死在外头，从今往后，月志跟李桥这个瘟地方没有任何关系了。月志想，要是真的死在了外边，月志的鬼魂也不会往李桥跑。

月志忽然想，是不是要磨身回一趟厦屋，月志有点儿舍不得写满了诗的大本子，咋就没把它拿出来。月志想了想，算了，没拿就没拿吧，反正只是些胡乱心思，说到底，也算不得什么宝贝珍怪，舍就舍了。月志住着的厦屋炕上有一套行李，那被面虽是老旧了，可里头的棉絮是软的。几年前，长了两只眼睛的月芒结婚做行李，月志妈做主给月志弄了一套新棉絮絮在里面。新棉絮比旧棉絮软和多了，月志忘不了那个软。说实话，月志有点儿留恋那套软棉絮。那朝西开的小窗月志也有些留恋，素日来只要是没事，月志晨昏都对着小小的窗口眺望。远处的林荫、田野、河湾，月志就用一只眼睛看，月志都能看得清。朝西的窗口看不见朝霞，可能看见夕阳的七彩纹理，也能看到植物叶子上滚动的露珠儿。夕阳很美，李桥什么都不好，就是夕阳特别美。要是去年冬底那样的大雪铺天盖地下起来，那月志就透过小小的西窗看没有尽头的白。那白不是洁白，不是猪奶白，也不是实实在在的白，那白看上去有些虚妄不实，总之那白是最好的白。有时候月志就想，要是能在李桥活到老，就日日对着那西窗看，那该有多好。

什么都不要了，月志什么都不想了，月志就这么直接走吧。

月志要去县城梨树，月志就不相信月志离开李桥月志就活不成了。其实，月志是想试试看，县城里能不能搞到一个李桂芬。

月志从厦屋推门出来，月志走出了庭院，走上了狗啃的村街。月志忽而感到李桥人原来都活在狗嘴里。月志路过了几个懒得跟月志说话的人，路过了连成片的座座宅院，路过了磨盘地，还吃了几口鲜嫩的榆钱儿，月志就这么路过了李桥。然后沿着粗莽的土路，这就走上了田野，走到了荞麦坡。

　　这个时候，荞麦坡还没有播下种子，荞麦坡的土还有些硬。荞麦坡的荞麦要到晚春才能播种，要到夏天才绿油油一片。夏天到了，荞麦缀着干干净净的碎白花，到了夏末，那荞麦就变得黑亮黑亮的。黑亮黑亮的荞麦壳像个瓦屋。月志童年的时候奶奶还没死，没死的奶奶教了一个童谣给月志……荞麦壳黑又亮，里面坐着个白娘子……可是眼下，春天刚刚有了点儿意思，大地还没有完全解冻，黑土还没有软，荞麦坡上没荞麦，也没有碎碎白白的荞麦花，也没有乌黑发亮的荞麦壳，更没有微风抚弄出的碎碎的细响。下了荞麦坡就是昭苏太河，这是一条越来越细的河。这条河在月志少儿时代有三五十米宽，波涛乱滚粗莽地奔流，月志二十岁的时候也还有十米宽，现在如今，细得不能再细，水也都成了文水，再掀不起波浪。宽的地方有五米，窄的地方也就一米两米那么个样子，宽宽窄窄往西边流走，走得很慢。这个季节，昭苏太河两岸的水湄尚未返青，她的眼毛尽是些干燥枯黄的细草。

　　毕竟春天有了点儿意思，河里的冰开始融化，没有完全融化，还只是从两岸开始，白冰和黑土中间是泠泠飘响的水。河面上的冰是虚浮着的，月志这样的体重还不如一头稀食猪，走在上面也踩不破。月志踩到冰面上，脚下发出细小的冰裂声，可月志不担心月志过不去。就这样，月志一蹦，月志就到了对岸。

　　爬了一段漫长的河坡，月志到了坡上。月志想回头看一眼李桥。

　　月志从来没有这么看过李桥，不是这样的心绪，月志哪有心思这样看李桥。月志眯着月志的独眼，看见了几排瓦舍，数不清的门窗，瓦舍的烟囱炊烟浮浮也还袅袅。月志还看见，高大蓬勃的榆树，那是磨盘地的榆树。磨盘地的榆树正被早炊的烟雾缠绕着。炊烟升腾着，好像要把大榆树扯到天上去。大榆树赖着不肯离开，转眼间，炊烟逐渐漫漶开，漫漶开的烟雾遮蔽了榆树高高的枝头，大榆树就变成了被斩首的大榆树，愣愣地竖着粗壮的树干。几个过年的时候高高挂起的灯笼，有的还高高挂着，有的摘了，只剩下一根光秃秃的灯笼杆。挂那灯笼的，李桥也就只有村长家、木匠家，还有豆腐匠家，就是那些高明得意的人家过年的时候才肯挂，反正，能把灯笼挂得越高，就说明人家日子过得越是威风。这一年李桂芬家没挂，男人玉林年前硬是让白皑皑的雪光给晃死了嘛，李桂芬一个女人家她大概是没心思，灯笼也就没挂。月志正看得出神，一群活物从尘烟缭乱的村口挣扎着跑出来。

先是一条狗飞奔了出来。这条狗是烧火棍，月志给它起的名字。烧火棍是月志从小养到大的一条笨狗，它有六七岁了，它让月志喂得很肥，但它跑起来还是飞快。跟着是一头驴，月志每日都要添草添料的一头老驴。老驴后面是两头猪，一头是克郎，一头是母猪。月志还看见了两只大鹅，五只鸭子，它们都朝河湾跑过来，它们这是朝着月志来的，因为它们都是月志喂养大的禽兽，都是再好不过的禽兽。

烧火棍轻松地跃过河面，一片风那样到了月志脚下，它围着月志乱转。它转得很快，但它确实转得很乱。烧火棍它终于停下来了，它的鼻子在月志裤脚上闻，脑袋在月志腿上蹭。老驴在对岸犹豫了一下，也蹦了过来，两头猪也蹦了过来，它们都到了月志跟前，它们围着月志乱转，它们转得月志眼花缭乱。老驴打着响鼻，有话要说的样子，猪鼻子呢喃着，也是有话要说的样子。大鹅奔跑起来居然这么快，月志从来没有见过大鹅奔跑，它们比那五只笨鸭子先到了月志近前，叫声连成一片。这些畜生都围着月志转，它们都是月志喂大的，它们这是知道月志要走了，它们这是来跟月志告别的。

月志扶着老驴的脊背。烧火棍钻在月志裆下，在月志两腿之间躁动。

克郎和母猪抬起头来，它们看着月志，眼光很纯真，它们就那么疑问地看着月志。那大鹅和鸭子们嘎嘎乱叫。月志跟它们说了一气话，月志说好了好了你们都回去吧，你们不用送月志了，咱们就这样告别吧。

它们谁都不回去，禽兽们就这么缠磨着月志。

月志踢了烧火棍一脚，踢疼了它，烧火棍叫了一声，看着月志，受了委屈也还要恳求月志留下。月志有些生气这些活物它们绊脚，但是烧火棍它又扑过来，脑袋屁股又在月志腿上蹭来蹭去。

月志驱赶鸭子和大鹅，月志他飘荡起一条细腿驱赶它们，嘴上唠叨着让它们都滚回去。它们扇动着翅膀跑了一截路，月志停下踢打，它们站住回望，赖着不走。月志追撵它们，它们扇动着翅膀四外乱跑。月志停下，它们就把翅膀掖好，又朝着月志围过来……

月志这才知道，它们这是舍不得月志。

## 3

月志头前走着，后面跟着家里的浮财。就这么一路烟尘地离开了李桥，从昭苏太河南岸出发，月志的队伍上了官道。

一路走着，月志一路跟它们说着话，也训斥它们。它们听不明白月志的训斥，还以为月志那训斥是夸奖它们呢。后来月志骑在了老驴的背上，烧火棍头前跑着，后面跟着两头跑得嘘嘘喘的猪，还有两只大鹅和五只鸭子。鸭子和大鹅脚步散碎，散碎得噼里啪啦。

这是一个稀奇的队列，在两排杨树夹着的官道上行走。杨树们正在返青。月志骑着老驴，老驴脚步很是悠闲，四个蹄碗噗嗒噗嗒把沥青路面踩踏出好听的响动。两头猪跟在后面，身上的肉因为奔跑一波一波地漾起。两只大鹅仪态万方，虽然脚步有些急，可大鹅脖子拔得很高，这样的畜生，天生的傲慢优雅，看不出那急。五只鸭子最是辛苦，因为步伐太小，总是被跑前跑后的烧火棍催促。就是这个烧火棍，它怎么就成了督军。

　　月志跟它们发狠说，进了城我就把你们卖掉。月志身上分文没有，月志不卖掉你们才怪。月志跟老驴说，我把你卖到汤锅去，眨眼你就变成了驴肉，你知道驴肉多好吃么？你没吃过吧？你指定没吃过驴肉，驴不吃驴，猪不吃猪。说实话，月志也没吃过驴肉，但月志想想就好吃，月志听村里人说过，驴肉烧饼好吃，酱驴肉也好吃。他们说，天上龙肉地下驴肉，龙肉谁能吃得到？龙肉比天鹅肉还不容易吃得到，驴肉指定是天下最好吃的肉了。老驴脚步硬朗，四个蹄碗走得有条不紊，它故意对月志的絮叨装聋作哑，沥青路面在它脚下越来越平顺。月志就跟跑在老驴屁股后的两头猪说，城里有杀猪的你们知道吗？你们什么都不知道，没有你们这么傻的，让你们回你们不回，非跟着月志给月志绊脚，月志身上没有一分钱，把你们卖给杀猪的，你们转眼就变成猪肉了。两头蠢兽风摆荷叶那样摇摆着大耳朵，跑得气喘吁吁也还跑得来劲儿。听月志这么说，摆动着脑袋看月志，把它们的小眼睛从大耳朵里翻找出来看月志，好像听不明白月志的意思，那样子，还以为是跟着月志进城去逛窑子，兴致高得没法说。月志就这么想，月志找小姐也没你们的份儿，月志得先把你们给卖了，不卖了你们月志拿什么去尝尝女人什么味儿。月志盘算好了，进了城就卖掉它们，卖了它们得了钱，月志就去把坏事做下，月志想，要是不把坏事做上几次，月志这辈子就白活了，月志这辈子就真让李桂芬给说中了，连个女人的滋味儿都没尝到，没活成个人嘛。这么想着，月志咂咂嘴，月志的嘴唇干燥得要裂口子，一脸的委屈，月志抹了一把眼泪，朝路上擤了一把鼻涕。

　　沿着大路，月志带着畜生们缓慢地行走，两边的杨树吐出很多芽苞。这是杨树拼命往出生长芽苞的日子，月志还从芽苞上看见了新生的嫩叶。月志们一路走着，走到了傍晚。夕阳西下的时候，月志们到了一个村庄背后。这个村庄月志不熟识，是个陌生的村庄，看上去，跟李桥没什么两样。

月志不敢带着浮财进村，那很贸然，说不定会惹出什么事来。于是，月志带着月志的队伍开始绕行这个村庄，从一个路口走向了田野。

月志总是怕惹出事来。活到现在，除了在李桂芬面前拔出过一次小刀，月志就没敢跟谁吭一声大气。月志把自己摁得很好，摁得很低。月志知道月志跟别人不一样，有残障，长了一条格外细的腿，嘴巴也生得不正当，还是个独眼龙，样子真是难看死了。月志很久没照过镜子了，月志的厦屋里也没有镜子。月志少年时代照过自己，不是用镜子，用的是从路边捡拾到的一片三角形碎玻璃，是镀了水银的碎玻璃，是破碎掉的镜子，是镜子的残片。月志把那片三角形玻璃镜片拿回了厦屋，可那镜片告诉月志不能再照了，越照越丑。月志把那镜片从西窗丢入风中，一道亮光落地发出脆响，那镜片更为破碎了。阳光下，镜片破碎成了阳光的细屑，再收拾不起月志丑陋的面孔。

不只李桥人讨厌月志，不只月志爸讨厌月志，其实，月志自己也很讨厌月志自己。月志总是一边看不起月志自己一边就把自己摁得很低。

别人讨厌月志这个瞎子月志不怨怼，月志爸讨厌月志月志就特别来气。

月志十三岁那一年，爸他夏天到城里买化肥，买回来的都是假化肥。爸他就生气。为了那一驴车假化肥，月志的爸生了很多天的气。爸他生气的时候也不吼，也不骂，就坐在院子里看天。天空里什么也没有，可爸他沉沉默默地看了好多天的天。月志担心爸他看天看傻了，月志就在旁边陪着爸。月志只是陪着他，月志也不敢跟爸他说话。月志爸月志知道，他从来不骂别人，但他骂月志丝毫都不客气。月志是爸的出气筒。月志想让爸他骂月志一次出出气，月志实在担心爸他把自己给气坏了。月志爸骂月志的时候会骂月志是个瘸子，虽然月志不瘸，月志只是一条腿粗一条腿细，月志走路很平稳，爸他就是喜欢骂月志是个瘸子。那天晌午，天上的阳光特别足，特别刺眼，月志爸就把眼睛从天上拿下来，瞪着月志，一脸怒气地瞪着月志说，瘸子！你滚远点儿！月志心疼他，月志不怕爸他骂，月志怕爸他真为在城里买化肥被骗这件事给憋疯了。月志没有滚远点儿，月志就那么小心翼翼地看着爸，月志是想让爸他骂月志一顿撒撒气。月志想不到爸他真的疯了，爸他扑过来把月志摁倒，拳头雨点般地打在月志脑袋上，月志的脑袋四面八方迅速生长了鸡蛋鸭蛋那样的大包小包，但那不是最难受的，那些月志都能忍，要命的是爸他赶巧把月志一只眼珠子给打了出来。月志的眼珠子它原来是个水疱，刚出来的时候裹着血，那天天气又特别热，月志的眼珠子一出来就被晒瘪了，想装都装不回去。月志一只眼珠子瘪了，那月志就成了一个瞎子。月志没有瞎完全，月志还剩下一只雪亮的眼。月志是李桥的独眼龙。

月志的眼睛原来好好的，是月志爸把月志打成这样的，所以月志爸骂月志总是骂月志瘸子，从来不骂月志瞎子。万一有时候骂月志骂走了嘴，把月志骂成了瞎子，那爸他就会马上停止了叫骂，那顿骂也就该收场了。有时候，爸他骂月志骂得心烦，月志盼着爸他骂错一句，骂月志一句瞎子，然后爸他就停止骂月志瘸子了。

田畴里继续走着，月志带着家里的浮财。

傍晚在西边天际铺张着绚烂的夕阳，美艳虚静的夕阳下，烧火棍照顾着队伍继续前行。队伍有些疲惫了，疲惫得露出粗重的喘息。

这是一片矮柞丛生的丘陵，丘陵连接着一片平展展的田野。树丛里有连成片的坟茔，坡下，是一个废弃的粪坑，很大一个田间粪凼。粪凼里没有种庄稼，长满了蒿子和野草。蒿草很高，枯黄得特别的黄，黄得特别的酥脆。月志想，就在这里过夜吧，带着它们这些哑巴畜生，就在这个粪坑的蒿草地里过夜吧。

月志坐在了草地上，草很软，傍晚的微风吹拂得它们酥酥脆脆响个不休。烧火棍挨着月志蹲下，眼睛精明地照顾着两头猪，两只大鹅，五只鸭子。老驴也在旁边卧倒，啃着附近的草。两头猪忽然起身，开始在草地里四外翻拱，它们指定是饿了。往日这个时刻，月志早就喂它们吃了食，往日这个时刻月志拿着葫芦瓢给它们一瓢一瓢地添食，它们总是吃得特别来劲。李桥的每个傍晚，夕阳下，它们嘴巴子呱唧呱唧地吃得美。月志喜欢看它们的嘴巴吃。往日这个时刻，它们早就吃完晚食趴着歇息了，今日月志管不了它们。鸭子和大鹅也在月志旁边趴下，它们灵动着脑袋看着月志，它们脑袋动作起来就像牵了线的木偶。鸭子和大鹅它们朝月志看，大鹅呆头呆脑，总得是偏着一只眼睛看。它们不是故意学月志，它们天生就是这样的。

月志也饿了，月志没吃早饭，想想就连昨天晚饭也赌气没吃，出门的时候，也没有想到带一份干粮。这个时候月志特别饥饿，这种饿，就连李桂芬也填不饱。月志忽然想起一种乞丐们吃的美食，那美食叫叫花鸡，那月志能不能弄一只叫花鸭子，或者叫花大鹅呢。月志抚摸着一只鸭子的背，那是一只麻鸭子，它的背很平顺。月志又抚摸了一只大鹅的背，大鹅的背也很平顺，羽毛在月志掌心里给月志很舒服的感觉，月志的手掌好像吃饱了。

月志想我月志再饿也不能吃它们，就算是饿死，也不能什么都吃。它们跟着月志走了这么远，一气走了有二十多里路，也都累坏了，它们是恋着月志不舍得和月志分开才跟了来。它们这是跟月志亲。李桥有那么多畜生禽兽，都不跟月志亲，就是它们跟月志亲。虽然它们是月志喂养大的，喂养大的恩情李桥人都不太在意，就只有这些个禽兽畜生们还记得。月志得知道禽兽们的心，月志得领情，月志不能对它们痛下杀手。月志忍着饿吧，除了忍着月志只能忍着。月志躺在软绵绵的草地上，把双手环起来放在脑后，月志望着天空。这是个晴朗的夜空，这个晴朗的夜刚刚来临，那夕阳正在退去，天边还有夕阳的一丝影子流连呢。

月亮是很浅的一个痕迹，淡淡的，像是温暖的鬼魂。星星还没在天上出全。

月志抱着脑袋看夜空，月志就想起了李桂芬。月志想李桂芬这个女人为什么对月志那么恶狠狠。一个寡妇，早晚是要嫁人的，你嫁给月志，月志会帮你持家，月志会把你当个仙女一样养着，这有什么不好呢，你为什么对月志恶狠狠呢。

月志胡思乱想着，月志的伙伴——流亡者们开始自己安排晚餐了。驴就那么卧着吃身边的草，已经吃了好大一圈。两头猪的鼻子继续在草地里翻拱，总能找到一些吃食，不然它们呱唧大嘴巴干吗呢。鸭子和大鹅也开始找吃的，都不挑剔。它们知道，这不是李桥，月志不能给它们添草喂食。

烧火棍一直蹲在月志身边，好像特别体恤月志的处境，它变得很温存，眼光蔫蔫地看着月志。烧火棍是一只壮年母狗，黑色毛管在月色下发亮。月志继续胡思乱想，月志想月志活了这么久，在李桥参加了不知道多少场婚礼，记不清有多少了。婚礼上月志总是给人家助灶烧火、洗碗，帮着比月志年纪大的娶媳妇，又帮着跟月志年一年二的娶，之后又是那些卵子还没长硬的，他们也都娶了，月志还是给人家烧火、洗碗。

李桥没有人会想一想月志也该娶个媳妇，就连爸他好像也没为月志想过。妈她倒是为月志想过，但是，几声叹息之后就没了下音，这几年她连叹息也没了，就好像，月志这辈子活该是一匹骡子。月志不是骡子，也不想骡子一样活着。骡子是一命货，一辈子白干活，生养不了，月志想生养，生养不了月志也认了，可月志不想当一命货的骡子。

几年前，月志妈也惦记过给月志找个残疾女人。因为月志爸瘸子瘸子地骂了月志一顿，月志心情不顺，在山墙和院墙夹着的过道上睡了一觉，那一觉让月志受了邪风，醒来月志的嘴巴就有点儿歪，歪得正不过来。月志妈她信了李桥的老手段，舍不得给月志买药吃，使那纳鞋底的马蹄针在月志腮帮子上扎。为了帮月志治病，月志妈扎得特别殷勤。月志妈生就一双灵巧手，扎得针脚特别密，把月志一张脸扎出很多血，直到把月志扎成了一个血葫芦，月志妈她才住手。月志妈的老办法，让月志出了不知道多少血，可是月志的嘴巴她没能扎过来。后来月志一想起这个事，就觉得自己的嘴巴本来能靠着弹性自动恢复原位，是妈她那顿马蹄针把月志的歪嘴巴给定住了。自从月志嘴巴彻底歪了，月志妈就连为月志找个残疾女人的心思也放弃了。

　　春天的夜晚很是威寒，月志有些冷，好在月志还没把棉衣脱下，但月志还是觉得冷。月志靠在老驴身上，老驴身上有些热度。月志听着老驴一张大嘴在夜色里咀嚼着枯草，就感觉这个夜晚也被老驴给咀嚼了。两只大鹅也卧下了，鸭子们也卧下了，它们在老驴一边，围着月志，偶尔咯嘎咯嘎地叫上一两声，好像对这趟旅行觉得新异也觉得满意。两头猪还在草丛里寻找，它们把枯黄干燥的蒿草蹚得唰啦唰啦响。它们食量大，又不能像老驴那样吃草，嘴巴又馋，草地里不会有可口吃食，月志不知道它们吃些什么，月志有点儿担心它们会吃出鬼来。其实，它们只翻拱陈年草籽吃，草籽哪有那么好寻找的，它们还在继续填饱它们的肚皮。月志忽然发觉烧火棍不在了，月志不知道烧火棍什么时候离开的。不用惦记它，狗这种东西聪明，脚力好，尤其是月志喂养的烧火棍聪明比过一般的狗。

　　老驴的体温也抵御不了料峭的春寒，月志又饥又冷，接连打了几个哆嗦。肚子里咕噜咕噜叫个不休。平常月志胃口就很好，月志就只有胃口好了，在家的时候，每顿要吃五碗饭，那还不算月志吃进去的菜。一整天水米没沾牙，肠子里空荡荡的闹鬼，月志快要饿死了。月志看着鸭子和大鹅，它们都安静了，月志知道它们没睡，都还睁着眼，都还喘着气，月志能听到它们喘息着。两头猪到了近处，它们在近处的草丛里吃，月志听到了它们的咀嚼，两只巨大的猪嘴巴呱唧呱唧地咀嚼着。

月亮越来越明亮，金黄色的月亮，明晃晃的碧玉。星星这个时候在天上出全了，漫天星辉照耀着夜里人间。

夜风吹凉了老驴，老驴的脊背生硬起来。月志就这样靠在老驴身上，卷了一根纸烟抽。抽着烟，梗着脖子，月志看着大梦一样的夜空。

月亮是一朵芙蓉花儿，星星依旧是瘤子。

想起大哥月芒娶亲那一天，月志就感觉做了一场别人的梦。

大哥月芒从头到脚一身新，娶的也是新媳妇。鞋是新皮鞋，牛皮的，那一双，就是月志现在脚上穿的这一双，记起这些月志就晃动了一下脚。月芒裤子和衣服是蓝色的，很板正的一身蓝西服，脖子上还吊了一条颜色花哨的领带，胸口挂了一朵带字的纸绢花儿，那字是两个：新郎。新郎官月芒脸上挂着憋不住的笑，哪能憋得住呢，那憋着的笑，随便哪个人一句玩笑话就给碰碎了，碎得稀里哗啦。月芒笑得那么憨。大嫂她穿了上下一身红，尖尖的皮鞋也是红皮鞋，胸前也挂着一朵带字的纸绢花儿，那是新娘的标识，就好像不挂那两个字她就不是新娘了，就好像包裹好了的一个什么货上面压了个商标，要是再打上邮戳就可以发包了。月志那大嫂笑得也很美。放炮仗了，一拜天地二拜高堂夫妻对拜的时候，月志正蹲在锅灶前烧火。月志烧的是劈柴，灶膛里，火让月志烧得特别旺。月志会烧火，月志总能把火烧得旺。炒菜师傅是外村来的，他问月志，月芒娶媳妇了，你不娶？灶膛里的火光映红了月志一张脸，月志没跟他说月志娶不娶，月志就想，这个还用问，娶谁不想娶。月志在那一个时刻特别感激外村厨子他这么问了月志，也不只是当时，月志一直都非常感激他这么问月志，因为除了这个油渍渍的厨子，还没有人把媳妇这个东西跟月志往一起想。

这几年，大哥月芒两口子去沈阳打工了，每年只有过年才回来，回来就丢给爸他一沓钱。爸他把钱接在手里，看月芒两口子眼神就很热，不是爸他眼神热，爸他眼中月芒两口子是火炭，爸他的眼神碰到火炭上，爸他的眼神就被烤暖了。爸的眼里月志是块冰，要是不小心那眼神被月志这块冰给挡了一下，爸他的眼神立马就变硬，两只眼珠子立马变成两只叮当乱响的玻璃琉琉来回撞。然后，爸他就用一根食指朝舌头要唾沫，他蘸着他的唾沫一张一张地数那沓钱。

玉林结婚，月志烧火不小心烧了裤腿，白瞎了一条裤子。回家遭了爸他一顿恶骂。那一次，月志爸恶狠狠地骂月志，你个瘸子，你个歪歪嘴，但他就是没骂月志瞎子。月志不仅被爸他给骂了个底朝天，而且还在当时婚礼上让人家笑话了，笑话月志眼馋看新娘子看傻了。月志没反驳，月志一句都没反驳，月志确实是看傻了。玉林媳妇李桂芬脸蛋圆圆，大眼睛又毛茸茸，红嘟嘟的嘴嘴角还往上翘，谁能不傻？谁都看傻了。谁都看傻了谁都没烧了裤子，月志烧了裤子，月志就让那些没烧了裤子的笑话了很长时间。他们通常会这么说：月志想媳妇了，想媳妇想得连裤子都烧破了。他们那嘴脸，就好像月志不该想媳妇。

星星背后都连着一根细线，拉星星拉得很紧。远处传来几声鸦噪，天上拉着星星的手抖了一下，群星垂挂下来，垂挂在月志眼前，萤火虫那样缭乱。月志借着月色和星辉，看见草地里数不尽的草尖儿朝着夜空竖立。

一只大鹅摇摆着站起，嘎嘎叫了几声，不停地叫着，它叫得月志心烦。月志正在想着李桂芬，它叫得月志心烦。另外一只也跟着叫，鸭子也跟着叫。月志烦躁得不行，大鹅它还找死，弓着脖子走到月志跟前叫。月志伸出那条细腿把嘎嘎叫的大鹅踹了一脚，踹到了草丛里。月志总是觉得这条细腿比那条粗腿灵活，需要踹什么月志总是用细腿踹，有时候月志暗里得意自己有一条格外灵活的腿，但这话不能说出口，一个人的短处是不能拿出来显摆的。那大鹅扑腾着翅膀，在草地里站稳了，又固执地走回来，又到月志眼前叫。月志还想给它来一脚，这个时候，月志发现了月色之下一枚神奇的琥珀，大鹅刚才起身那地方，停泊着一个椭圆的白斑，那是一只圆圆的鹅蛋。

月志误会了那大鹅，它下了一个蛋，它嘎嘎叫着是让月志赶紧看见它下了蛋。另外一只嘎嘎叫，也是让月志赶紧看见那个蛋，鸭子们起哄一样嘎嘎叫，也是让月志……月志冤枉了那大鹅，月志还那么凶地踹了它一脚。月志后悔对它那么凶，月志感动得受不了，月志手摁在胸口上，深深地怪罪了他自己，怪自己这样凶狠和烦躁。月志把那被月志踹了一脚的大鹅抱在怀里，月志抱着它，月志心疼它，月志心疼地抱着它，起身去捡它下的那个蛋，那个滚热滚热的蛋。月志手心里托着这个滚热的鹅蛋，月志就那么没出息地淌下了眼泪。

这个时候，两头猪回来了，它们对着老驴的脸趴下。猪脸对着驴脸，这个夜晚就显得特别鬼怪。老驴还在咀嚼，但老驴正转过驴脸来，盯着月志看月志，它的目光里没有评价，老驴的目光虽然没有任何对月志的评价，但月志看得出，想必老驴是觉得月志冤枉了一只大鹅，那个大长脸倒比平时长上几分。

月志放下了大鹅，大鹅它没怪月志，它整理了一下被月志抱乱了的翅膀，又回到刚下过蛋的地方趴下。大鹅趴得很安静，它跟另外一只大鹅还有五只鸭子都看着月志，它们都很安静，看着月志手里托着的鹅蛋。

一朵流云抹布那样擦拭了一下月亮，月亮更加明洁光亮。星星四散，萤火虫那样缭乱飞舞了一气，就都停住了，被天上的手拉得很紧，拉得很亮。

　　月志开始用脚铲一块草地，月志想把草都铲掉，铲出一块空地来，然后用干燥的蒿草烧熟这一只鹅蛋。月志正踢踏着铲平那草地，有三只鸭子站起来，嘎嘎地叫着，月志转过头来就看见了三个鸭蛋。月志看着三个新鲜的鸭蛋，看那三只嘎嘎叫的鸭子，还有从旁附和的鸭子和大鹅，月志的眼泪唰啦一下奔涌了。

　　月志嘤嘤地哭了，月志还从来没有这么哭过。月志哭得很缠绵，真的很缠绵，真的是那种月志毫无经验的缠绵，内心里满满荡荡都是这种缠绵的东西缠缠绕绕。

　　生一堆火吧。火堆里是一个鹅蛋三个鸭蛋。火燃烧得很旺，那干燥枯黄的蒿草不禁烧，放上去呼啦一下就烧光了。月志尽量找些粗硬的蒿子秆加上去，加到那火堆里。月志的身体开始暖和了，是从心窝儿开始暖和的。那蒿草是有香味儿的，烧了就更有香味儿了，火也香，烟也香。月志烧了半天，不再加柴了，月志估摸着鸭蛋鹅蛋熟了，月志闻到了鹅蛋鸭蛋的香味儿月志就知道它们都熟了。月志用一根蒿子秆把它们从火堆里拨拉出来，它们就在月志眼前四外滚，滚着滚着就不滚了，平宁了。月志挨着个摸了摸，它们很烫，但是它们真的很香，月志还没吃到嘴里，月志就觉得很香。

　　月志开始剥一只鸭蛋的壳，它很烫。月志剥得也仔细，月志怕碰破了鸭蛋肉肉，月志一点儿也不想划破它的肉肉。这个时候，那长脸老驴大叫了两声，叫声在夜空中回荡，传出去很远。这个老驴，它哪里是叫嘛，它仿佛就是笑了。月志终于把这个鸭蛋皮剥掉了，就是月志想的那样，月志没有撕破鸭蛋的肉肉，它滚圆，它确定就像一枚夜中的琥珀，月志手心里托着它，也还烫手。月志托着这枚月光下的琥珀，月志感到这一晚月光也是从未有过的柔和。月志真是不忍心吃下它。它们都看着月志，两只大鹅，五只鸭子，两头猪，还有一头老驴，它们都在看着月志，仿佛是鼓励月志赶紧吃下。月志正要咬上一口，烧火棍把蒿草地蹚得唰啦唰啦响。烧火棍回来了，烧火棍它吓了月志一跳，烧火棍是瘸着一条腿回来的，但它的嘴里叼着一只鸡。

烧火棍左后腿上挨了一刀，刀口很深，这条腿眼看就快断了。月志把烧火棍捞在近前，捞在眼下，月志看见了血肉模糊的烧火棍。烧火棍它松开了嘴里的鸡，抬眼巴望着月志，鼻子里发出一声呢喃。那呢喃声对月志来说痛彻心肺。月志知道，它是要告诉月志一趟冒险的经历，也许它还想告诉月志赶紧做一只叫花鸡吃。烧火棍伤势危急，月志来不及多想，月志撩开棉袄把手伸进怀里，月志把衬衣撕扯下一块开始给烧火棍包扎伤口。就这样，月志一边给烧火棍包扎月志的心一边颤抖，月志能感觉到烧火棍它疼痛得浑身战栗，可是月志还能感到，烧火棍在忍受着疼痛，它忍着不哭不闹。它就那么让月志给它包扎，月志把整件衬衣都撕成了布条条，整件衬衣都包扎在了烧火棍身上。那是一件黑白条纹的衬衣，月志在烧火棍身上缠满了黑白条纹，月志把烧火棍它包扎得就像一匹斑马。

月志什么都没吃，月志把刚刚剥好了的鸭蛋喂了烧火棍，月志把剩下的鸭蛋鹅蛋都仔细地剥去了皮，喂在了烧火棍嘴里。烧火棍一边吞咽着，一边也哭了，借着月光，月志看见烧火棍眼角淌下了泪水。烧火棍哭了，那月志也就哭了，月志陪着烧火棍哭。月志知道烧火棍它为了月志，它去附近村子偷窃了，它偷窃了人家一只鸡，被主人用利器给伤了。月志能从烧火棍的伤口上看出，那是镰刀割破的伤口，那伤口是一把无比锋利的镰刀割破的。月志看着一只死去的鸡，鸡脖子已经让烧火棍咬断，脑袋和脖子之间只一层皮相连。月志没有做叫花鸡吃，这个时候，月志只有伤心，月志这才知道，原来伤心也能果腹充饥。除了伤心，月志胸怀里还荡满了苍凉的悲情。

月志靠在老驴脊背上，烧火棍像个孩子依偎着月志。它对月志是那么依赖，每一根毛都那么依赖着月志，它也那么温顺地让月志依赖着它。烧火棍在月志怀里瑟缩着，疼痛在它身体里奔跑，它实在忍受不住了，鼻孔里，呻吟游丝那样细弱。烧火棍会时不时地挣扎着睁开眼睛，望上月志一眼，它的眼睛月志读不懂。月志读过初中月志也读不懂一只狗的哀伤和柔情，月志看过一些书，月志也看不懂了烧火棍，烧火棍那眼神，月志怎么也读不懂了。月志心头血涌，那血快要决堤。

鸭子夜憩了，大鹅却灵醒着。大鹅脖子细长，脑袋举在月光下，大鹅端端地看着月志。老驴在慢慢地咀嚼，两头猪鼾声沉沉。烧火棍还在战栗着，而月志，正被一场月光覆盖。月志看见，那月光里，一场凄迷夜雨正悄然酝酿。

# 4

雨丝缝纫包裹那样把夜晚缝得很紧，夜晚又哗啦一下涨破，这便是清晨。老驴它扯起脖子，朝远处叫了几声。老驴它把雨后清晨喊叫得格外湿润绵软。

月志从迷蒙中睁开眼睛，四外都是彩霞。那老驴红灿灿的，两头猪也被这晨光打上了油彩，它们趴着，就像两堆金石玛瑙。田野里苍茫一派，转瞬之间，彩霞的斑斓驳杂被黑土大地给吸了，黑土地上只剩下一片漂浮着的白，可恐那就是这个春季里最后一场青霜。那青霜冻硬了昨夜的细雨，满天下蜡染了一层薄薄的白冰。

尚未返青的矮柞挣扎着，在丘陵上起伏。远处一抹烟柳，它正切割着苍茫大地。

眼前这个巨大粪凼里，蒿草沾染了霞光。季节再深一点儿，要是有了露水珠儿，那霞光就会晶莹无数。

两头猪还在酣睡。老驴耍了耍脑袋，气肉相磨，又干涩地叫了两声。两只大鹅和五只鸭子跟着起身，叫声连成一片。这是一个好清晨。烧火棍脑袋拱进月志襟怀里，闭着的眼睛睁了睁，又虚弱地闭上。烧火棍失血过多，它虚弱得无力睁眼。

月志们得赶紧离开这里。这里距离村子不远，月志听见了村子的躁动，月志甚至听见他们在咒骂和寻找。头天夜里这个村子丢了一只鸡。月志知道，这些村子都是随时可以愤怒的村子，愤怒是不需要来由的，何况这是丢了一只鸡的村子。月志带着它们这些禽兽起身，月志抱着烧火棍，走在前头，禽兽们跟在月志身后。月志们沿着一条细小的田间小路，向着远处的林莽进发。月志们走得很慢，月志不想让鸭子和大鹅走得太辛苦，也不想让那两头还在睡梦中就被月志踢醒的猪走得太劳累。

沿着土路月志们走了一段，之后月志们放弃了土路，又横向着走上了田野。月志们在垄沟和垄台之间跋涉，路过了一条小溪。小溪还没有完全融化，一半是清凛的流水一半是薄薄的白冰。月志们都俯下身子补充了水，在小溪里狠狠地喝了一气，然后继续前行。挨到中午，月志们看见了一个小湖，那是一个正在融化的湖泊。就在那湖泊北岸，有一片茂密丛林，一片生长了各种杂树的林莽。

这是一个让人雀跃的所在，月志们一进来就看见了一些苍老得不能再苍老的大树，月志们还看见了不止一个夸张的树洞。放眼林子，树干之间有野兔逃跑，有松鼠从松枝上跳开。月志想，月志们得在这里好好歇一歇。

晌午，阳光被无数枯枝割伤，半空里很是残破。

林地里尚有残雪，残雪融化之后润泽了这林地，这片林中土壤很是温润。因为阳光很好，月志眼前蒸腾着无边暖意。月志们脚步凌乱，在这片静寂林中，月志先停下了脚步。月志背靠着一棵针叶松坐下，旁边是一棵枯杨，枯杨的根部腐烂出一个树洞。见月志停下，禽兽们也都停下，围绕着月志坐的地方，两头猪趴下了，张着嘴巴嘘嘘地喘。老驴开始在地上的树叶里翻找干枯的细草。青草还没有出来，老驴只能吃干枯的草叶。鸭子趴下，大鹅也趴下，它们都累得脚丫子抽筋了。烧火棍在月志怀里睡着了，月志抱着烧火棍，月志担心烧火棍就这么死去。烧火棍身体是热的，还在微微地喘息，月志知道它还活着。月志把烧火棍放在枯黄的树叶上。这个林地有很厚一层腐败落叶，这些落叶散发出陈腐的香味儿。月志从老驴脊梁上拿下那只死鸡，月志得赶紧给自己做一只叫花鸡吃，不然月志就要饿死了。

月志就近捡拾一堆枯干松枝点燃，篝火很快就散发出松香。

松脂在火中流蜡那样恣意，松香的味道扩散开去，满座森林也荡满了这令人神清气宁的香味儿。

月志丢那鸡入火中，烧焦的鸡毛弥漫出浓郁的味道。烧烟弥散在林中，中和了先前的味道，月志忽而感到这里是另一番尘世。

烟火气吓跑了飞禽和走兽。月志转眼去看烧火棍，它闭着眼，它了无生气。月志凑近摸了摸烧火棍鼻子，烧火棍睁开眼睛，温情地看着月志。只一夜光景，烧火棍虚弱消瘦了许多，它露出了骨相，它那没有神采的眼睛生了眵目糊，眼睛就像两只对头吃米的小鸟。月志抚摸着烧火棍脑袋抱怨烧火棍，月志说烧火棍啊烧火棍，你咋那么傻，你咋还去偷鸡，你为了一只鸡差点儿丢了性命差点儿让人吃了狗肉，天下就没有你这么傻的狗。烧火棍呢喃一声，闭起眼睛，吃米的小鸟就飞走了。烧火棍闭着的眼睛漫溢出死亡气息。月志望着可怜的烧火棍月志眼睛就湿了，月志真怕烧火棍就这么死了。

大鹅和鸭子拔起脖子看月志，也看烧火棍。两头猪也看着烧火棍，调皮的克郎起身过来，长嘴巴拱了拱烧火棍的腰，月志一拳打开克郎。母猪就近趴着，小眼睛转动着，它比克郎懂事，它可能知道烧火棍要死了，一张褶皱连波的猪脸是那么哀哀然。

月志在烧火棍旁边坐下，他看着沉默的老驴，懂事的母猪，调皮的克郎，五只鸭子和两只大鹅也变得特别胆小，它们小心地趴着。月志的目光越过它们，透过树木枝干，月志看见枝干还是连绵不绝。树木尚未返青，也都静默着，只有桦树枝头遗落的枯叶随着微风颤动。月志环望着周遭，他眼前一亮，忽然觉得这是个很好的地方，要是月志乐意，他能用树枝围绕大树造出很好的房子来。月志这么想着月志就笑自己傻，在这片人迹罕至的密林造房子，难道月志要过野人日子么？

篝火燃尽了，乳白烟雾逐渐淡下来，火堆变成木炭燃烧后的白色烧灰，木枝的形状就像木枝苍白的影子。烧熟的鸡浮出香味儿。月志起身到火堆近前，随手捡拾一根枯枝拨弄出来，月志把烧鸡撕开，撕下一条鸡腿，送到烧火棍嘴边。烧鸡的香味儿很是香凛，烧火棍睁开了眼睛，看了月志一眼，知道月志这是款待它，忍着伤痛开始腼腆地吃一只鸡腿。烧火棍的表现让月志欣喜，两头猪也跟着欣喜，用猪的语词对着月志和烧火棍哼哼。两只大鹅和五只鸭子也雀跃起来，它们扇动着翅膀，开始围着月志和烧火棍环跑。烧火棍吃着那鸡腿，看着同伴儿，又看看月志，目光中充满了感激。月志把另一只鸡腿也撕下，递给烧火棍。月志侍候烧火棍吃了两只鸡腿，烧火棍再就不吃了，它好像很累，它身体绵软，毛管正失去亮色。

这一条黑狗是月志在李桥的好伙伴儿，它日夜里趴在窗下，守候着厦屋里的月志。月志从厦屋出来，院子里，李桥村街上或者庄稼地里，烧火棍如影随形。这一次，月志不想在李桥待了，月志决心离开李桥，烧火棍不仅跟来，它还鼓动了老驴、母猪和克郎，还有两只大鹅五只鸭子也跟了来，月志知道一定是烧火棍鼓动的。可是现在，烧火棍它为了给月志偷一只鸡吃受了重伤，为了这次行窃烧火棍命在旦夕。月志不知道该做什么，他看着烧火棍发呆，看得心也空荡了。老驴脸上看不出表情，母猪趴着不动，小眼珠儿盯着月志和烧火棍，它在担着心。克郎照例是淘气，可也比平常安静，转着圈翻拱腐叶中的草籽。不知何时，鸭子跟着大鹅去了坡下的湖里，它们在湖水里翻找小鱼小虾米。

挨到下午，烧火棍咽气了。烧火棍死得很平静，它在活着和死亡中间没有挣扎。生死之间原本不需要过渡，原来生和死连接得这么紧密，或者说这生死原本就是一体的。月志抚摸着烧火棍，它一身细密的黑毛那么柔软。月志摆弄着烧火棍的腿，腿因为疼痛蜷缩在一起，月志把四条狗腿将顺让烧火棍死得舒展一些。月志无心吃剩下的烧鸡，月志朝林中望去，林中还是林中，树木的枝干变成许多条狗腿，都是烧火棍的腿，烧火棍的灵魂在奔跑。这一盘树林里树木枝干模糊在月志的视线里，模糊成黑狗烧火棍奔跑着的腿。

近处有一片立陡的土崖，那里野草枯黄。月志起身到土崖之下，看好了这是埋葬烧火棍的好地方。月志用手挖土，用碎石块敲打，月志直挖到黄昏才挖掘出一个墓坑。

月志埋葬老人那样埋葬了烧火棍，月志把烧火棍在墓坑里放舒适了，一捧一捧地撒土。就这么，月志在又一个黄昏时刻做成了一座坟茔。

月志累了，两天没吃什么。月志忘记了饿。月志背靠着新起的坟头，就像背靠着老驴，月志心里奔跑着傻傻的烧火棍。

# 5

夏天来了，这是少见的夏天。这个夏天雷阵雨特别多。

刚刚还是天清气朗，转眼间覆过来一片黑云，一场雷阵雨就这么没有遮拦地酿成了。黑云里织出闪电的金丝，接着就是咔嚓咔嚓的惊雷。那闪电从空中劈下来，被大地给吸了，惊雷在小湖对面变成连串的火球四外乱窜。这样的夏天月志没有见过，有些怕，但恐惧压不住月志的好奇心。有好几次，月志跑向湖坝去看雳闪和惊雷，任由那瓢泼大雨倾泻而下，随便浇透。

夏天一开始，月志就住进木枝嫩条缠绕大树搭建的屋子里。

这是一个很好的树屋。

月志有编筐的技术，月志就能给这座木屋编制出好看的窗口。朝南的窗口大一点儿，朝西的窗口小一点儿，两扇窗子都用树枝编造了帘子，这帘子可以开合，推开或者关上都很随心，这帘子是月志随心的窗子。木屋中间有三棵大树，大树都高到了天上，很粗壮，根部都有树洞。夏天一来，木屋地面变得干燥起来，月志把干枯黄叶收拾进来铺满，睡在上面不比睡在李桥土炕上差。

晴朗的夜晚，老驴趴在窗前反刍。母猪和克郎在林地里浪荡累了，就跑回来在老驴对面睡下，鼾声震动了半片林子。鸭子跟大鹅娇贵些，要是它们不在小湖里夜憩，晚上就在树屋里过夜。树屋里很宽敞，两只大鹅睡在地上，守护着月志。鸭子这种鬼东西喜欢树洞，它们就睡在树洞里。要是下起了夜雨，月志也让老驴和母猪克郎都睡进树屋。

日子过了许久，没有手表和日历，月志更记不得时日。开初月志是因为烧火棍的死，打算在这里给它守候一个七七四十九，这么多天数的守丧期，就连李桥的老人也享受不到。月志就想把这份待遇给了烧火棍，顺便也在这片林中歇歇心。

月志去看林地生成的细草，月志能从这些草叶边缘发现时间的流逝。

想起来也只两个月，崖下，烧火棍的坟茔就长满了碧绿的细草。林间腐败落叶上也钻出娇嫩草芽儿。阳光最是饱满，金色飞絮呀，从大树枝头一团一块飘入林中，把林地照暖。这座林子温热起来，接下来的日子，一股来自大地深肺的淑气往上蒸腾。

树屋窗前，月志早已用石块和黏土搭建了简灶。这个看上去破烂的灶火，可以烧熟一切想要烧熟的东西。青草可以烤来吃，树木新生的嫩芽可以烤来吃。月志偶尔还会设伏到一只野兔，也能用驴尾鬃毛做成套子挂在树上，专门套那些傻鸟。月志有了灶火，荤素都可以烤熟了充饥。

鸭子和大鹅迷恋林外小湖，它们每日清晨出去，夜晚回来，偶尔也在湖里过夜不归。老驴趴在树屋窗前，就像个悠闲老人，一边咀嚼一边安详地望天。母猪和克郎喜欢在林子里游荡，它们就这么变成了野猪，它们就这么成了这片林地主人。

这一日，母猪寻到一片蘑菇地。树屋后面二百米不到，有一片让人吃惊的蘑菇。母猪发现了蘑菇欢畅地跑回来，带着月志过去。月志看见了连成片的蘑菇，有枯萎泥泞了的蘑菇，有新生的小蘑菇头，它们打着伞，静静地等着月志来采摘。月志左右仔细查看，周围有芜杂的灌木，地面上尽是北方拉拉藤和猪秧秧，蘑菇在草间挺立。这是天然的蘑菇园圃，是老天给月志种的菜园。月志心下高兴，天下竟然会有如此人间。月志采摘了一些蘑菇，他骑着母猪回树屋。母猪摇头摆腚暴哼哼，大不情愿被月志骑，怎奈月志两腿夹得紧，母猪一路扭扭打打把月志驮回树屋窗前。

月志觉得，这是个比李桥让人舒心的地方。

这天晚上月志做了梦，月志梦见烧火棍回来了。

晨光初启，转眼间，一道霞光染红了林中雾气，也把月志心怀染了，染得月志满心怀都是那彩霞。

月志起身朝林中大喊，月志喊叫着我要到梨树去找个女人过日子。

月志回转身进了树屋，四下打量一番，觉得这已经很像一个家了，还真有些舍不得离开。月志跺了跺脚，把两只大鹅往门外赶，树洞里趴着的鸭子被月志踢出来，也是往外赶。鸭子跟大鹅都赶到外面，月志跟脚出来，关好了柳条编织那门。

老驴趴着啃草，是刚刚长出来的青草的细芽。月志没见克郎和母猪，月志朝林中嘟嘟嘟地叫几声，却没叫回它们。往日月志嘟嘟嘟，两头蠢兽无论藏在哪儿，准会扑扇着大耳朵从树林里钻出来。月志没有喊回这两头蠢兽，月志想，难不成这两头蠢兽事先知道了我月志的心思了么？难不成它们是故意躲着不出来，要赖在这里不走么？月志想我月志还斗不过两头猪么，看我不把你们找出来。月志起身去了林中，月志到了树屋后面的蘑菇地，没见两头猪，月志想了想，转脚往林外小湖边走去。

白亮亮的小湖波纹粼粼，不知道小湖要干什么。天日间没有风，那波纹是水面自生的，细微得难以捉摸。小湖四周，堤坝上长满杂草，树木绿得不成样子。月志站在堤坝上，遥遥地张望母猪和克郎，到底也没见到它们踪影。月志舌头敲打上腭嘞嘞嘞地叫母猪和克郎，四周只是一派寂静，静得很是寂寞，这寂静里藏着虫子们的嘶鸣。月志愈发觉得寂寞，月志想，不能再待在这里了，这里寂寞得让人想发疯。月志又想，真得赶紧去梨树去，照计划去县城看县城女人们，月志就是想看看县城女人白暄暄那屁股去。

月志沿着湖堤绕走小湖一圈，也没有找到母猪和克郎。月志找到黄昏也没找见母猪和克郎，月志有些生气，后来就气得想杀了母猪和克郎。

真正的黄昏降临了，四外都是黄昏味道。黄昏的汁液在小湖边流媚，在密林中流淌。月志披着晚霞回到树屋门前，却见老驴仍然在啃着细草。

月志坐在木桩上看着老驴，看着两只大鹅和五只鸭子，月志被母猪和克郎气得不成样子。月志就对着老驴唠叨，月志说你们跟着我出来给我绊脚，我不带你们你们偏要跟着，烧火棍为偷一只鸡丢了性命，现在两头蠢猪还没了下落，莫非是在林子里被野狼给咬了，莫非是在林子里走得太远迷了路么？还有你们，整天跟着我无所事事混日子，这样的日子可怎么行。我得到梨树去，到了县城扎下根，我要找个女人过日子，你们给我绊脚，你们不给我绊脚我早就到了梨树了，可是现在你们给我绊脚，我真是恨死你们了。我要是抬脚就走把你们扔在这儿，你们可真就变成了野猪、野驴、野鸭子了。月志指着两只呆头呆脑的大鹅，你们两个别傻看着我，我月志要是不义气把你们扔在这里你们也会变成两只野大鹅。

越说越生气，月志气得发疯，月志他忽然起身踢老驴，一边踢一边骂。老驴一动不动任由月志踢，老驴就像一座不想挪窝儿的山，月志使尽全身力气踢老驴，老驴也还是不动，脖子弯回来瞅月志。老驴那个眼神里没有抱怨也没有不抱怨，那个眼神里好像什么也没有，就由着月志踢。月志踢不动老驴就去踢五只鸭子两只大鹅，鸭子和大鹅可不由着月志踢，鸭子和大鹅四外跑，它们扑扇着翅膀围着月志转着圈，鸭羽鹅翎漫天飞。

月志越踢越生气，月志追赶着鸭子和大鹅，鸭子和大鹅就围着月志打转转。

一片乌云游弋过来，低低的到了月志头顶上，没有比这片云更黑的云。这是一片最最乌黑的云彩，闪电光焰在那黑云上裂变，霹雳咔嚓咔嚓响起来。月志终于停止了踢打，月志对着老天号叫一声，转身进了树屋。眨眼间，一场声势浩大的雷阵雨从天空泼洒，林地和树屋在雨雾里越显朦胧。

鸭子和大鹅进了树屋，老驴也起身进了树屋。

月志靠着一棵树坐着，听着雨水敲打树屋，看着鸭子、大鹅还有老驴，月志一下就泄气了。月志不知道那两头蠢兽到底去了哪里，月志担心，这样的大雨够那两头蠢兽受的。

雷声很大，雨势也大，这一场雷阵雨特别像样。雨丝粗大细密，把林中的缝隙精细地缝补，这座林地没有了缝隙。

月志起身，拉开柳条编织的窗子。月志看见无数条小溪在林间奔流。月志心里念叨，这两头蠢兽到底去了哪里？

又是一个霹雳闪电，一个巨大火球横空飞过。火球落在大树根部，把一棵百年樟树炸出一个树洞，蓝色烟雾丝丝缕缕地飘逸。

一转眼，云收雨歇，黑云俱都化成雨水四处流，它们在林间大地奔流。紧接着，林间出现被枝叶摇碎了的彩虹。夕阳下，彩色水珠儿弥散开，这片林地忽而变成了童话世界，色彩缤纷和暖，树木越发地青碧。

　　月志还在惦记着母猪和克郎。月志他听见了老驴一个喷嚏，看见五只鸭子和两只大鹅噼里啪啦从树屋跑出，到了树屋窗下，它们欢愉着嬉戏玩耍，它们好像特别喜欢这雨后初霁的黄昏时刻。

# 6

　　初夜，母猪和克郎回到树屋窗前。月志他在树屋里睡熟。

　　黄昏时刻，两只大鹅和五只鸭子被溪水裹着去了小湖，这一夜它们没有回来，它们就睡在了湖上。老驴在窗外对着月亮反刍，月光那么宁静那么美好。

　　回来的还有一匹壮年克郎，它可是一匹纯粹野猪，它那獠牙很长很锋利，獠牙弯弯的弧度很是威风。克郎和母猪在老驴身边趴下，那野猪机警着四外乱窜，它就像夜中一个暗鬼，钻进了树屋，它看见一个熟睡的人，狂猛凶悍的野猪它没费力气，就把月志屁股撮了两个血窟窿。月志他连滚带爬跑出树屋，那野猪没有出来，它霸占了树屋。

　　月光下，月志他忍受着屁股疼，一只手捂着屁股，月志他疼得龇牙咧嘴。

　　老驴看着月志，老驴铺展前蹄站起来走进树屋。月志听见树屋里面一顿暴乱，紧跟着，野猪从门口蹿出，嚎叫着跑进了林子。老驴跟着出来，对着月志也对着月光老驴一声长啸。

　　母猪和克郎站在树屋窗前看着月志，它们知道它们惹了祸，它们小心地看着月志。月志疯狂暴怒捡起一根木棍对着母猪克郎一顿狂揍，克郎机敏地跳开，也不走远，旁边看着月志暴打母猪。老驴趴下，老驴它瞪着眼睛看着月志，老驴表情木然，没人能懂老驴的态度。母猪一动不动让月志打，母猪它低着头，两片大耳朵盖住它的眼睛，母猪就像一个正在受刑的罪人，任由着施刑人发落。月志打折了一根木棍又捡起一根木棍，月志把所有力气都灌注在一根凶狠的木棍上朝母猪狂打。母猪它哼了一声，身子轰然倒地。

月志使尽了力气，月志他丢了木棍，颓然无力地倒在了地上。月志他对着躺着的母猪大口喘着粗气。

克郎凑近母猪，克郎的鼻子拱母猪的脸。母猪睁着眼睛看着克郎，母猪想哼一声的力气也没有了。克郎拱母猪，克郎是想帮着母猪站起来，可母猪它就像一头死猪一样躺着不动。

月志挣扎着坐起，看着被打瘫的母猪，还有瞪着眼睛看着他的老驴，月志忽然觉得它们是一伙的。月志格外孤独起来。月志有些后悔，后悔刚才的暴怒和对母猪的无情。月志回想起离开李桥这些日子，是这些畜生们陪伴着他守护着他，跟他月志在这片林地一日挨着一日地度过。烧火棍的死，月志他对大鹅的误解，还有这头母猪气息奄奄的一条老命，月志忽然明白母猪勾引一头公猪回来不是要引狼入室，月志确定母猪因为一年一度的发情期，到了这个时期母猪务必要找到一头公猪。克郎每天跟在母猪身边，可克郎是劁过的猪，是废物，是猪里的太监，克郎不中用，那母猪就去林子里找了一头野猪来交配。说来说去，这个事情不能怪母猪，母猪发情找公猪这是自然而然的事情。月志想到月志他自己，月志他也是因为到了发情期到了身体里往外拱春芽芽开花花儿的时期，月志才想到李桂芬，才在春天一个黄昏里特别渴望李桂芬。月志也明白月志他不是渴望李桂芬，其实月志渴望的就是一个女人。月志心中发闷，觉得他对不起这些畜生，月志他抓着脑袋往下揪头发，挣扎着起身，扑向垂死的母猪。克郎赶紧躲避，旁边看着月志。

月志抱着母猪，摇晃着母猪，月志哀号着骂自己不是人，骂自己无情无义还不如你们这些畜生。母猪哼了一声，母猪这一声哼叫没有抱怨，就像平常跟月志打招呼，就像是要安慰月志别为这个着急上火。月志号啕着，说我月志对不起你我月志不是人我月志怎么能对你下这么重的手，月志说母猪你可不能死你得给我活过来，我给你道歉，我是中了邪魔我是鬼附体我丧失人性了我才把你打成这样。月志在母猪跟前跪得笔直，月志跟母猪磕头道歉，月志接连不断地给母猪磕头，月志一边磕头一边咒骂自己，月志请求母猪不能死。月志说你要是死了我也就不活了，月志说我是个凶手，我是个畜生，我畜生都不如我罪该万死啊……

母猪睁开眼睛，温和地看着月志，嘴里呼噜呼噜喘。

月志庆幸母猪它没有死，月志谢天谢地对着月亮磕头。

老驴打了一个响鼻，慢条斯理地吃起草来。老驴吃的是树屋前孳生的野草，老驴的咀嚼声在夜色里是那么清晰，那么有板有眼。

克郎怯怯地看着月志，克郎惦记着母猪，却又不敢近月志的身，克郎就那么远远地、怯怯地看着月志。

月志喊克郎到近前来，克郎不来，克郎原地趴下，远远地怯生生地看着月志。月志絮叨着说是我不对，我对不住你们，李桥没人要我了你们跟着我流浪，你们跟着我流浪到了荒郊野外过这种苦日子，我月志本来应该感激你们，可我月志却失心疯鬼附体这么对你们，我月志真不是个好人。

母猪又对着月志哼了一声，借着月光，月志看见母猪嘴里流出鲜血来。月志在母猪嘴巴上抹一把，鲜血染红了月志的手，月志嗅到一股鲜腥气。月志被这股腥气呛出了眼泪，月志伤心透顶，月志他就这么一边责怪自己一边哭到天亮。

# 7

看起来，这是个无比美好的夏天。

林地密不透风，树屋枝叶翠绿。林间各色小花娇艳争宠。整个夏天，月志再没想过李桂芬，也没惦记过梨树县城里的女人，月志在整个夏天里放牧着老驴、母猪和克郎，还有两只大鹅和五只鸭子。

早晨霞光烂漫的时刻，月志就前面朝湖岸走去。这儿有一条细小路径通往湖边，小径是月志和禽兽们踩出来的，老驴、母猪、克郎和两只大鹅五只鸭子跟在月志身后，这个队伍在林间七拐八拐。嫣红碧绿的沿途有说不尽的风景，月志的队伍就这样到了湖堤上。

鸭子跟大鹅沿着斜坡下了湖堤，到湖里畅游嬉戏，老驴跟在月志身后吃草，母猪和克郎掩没在野草里找吃的。野草很高，月志和禽兽们淹没在野草里。

月志总是格外关照母猪，月志格外关照母猪那一条被他棍伤的瘸腿。有时候，月志跟着母猪进入草丛，帮母猪撸草籽吃，月志总是尽可能地帮母猪找草籽吃。母猪蹦累了，月志就劝母猪趴一会儿，月志通常会对着母猪说，你躺一会儿吧。母猪望一望月志就听话地躺下。天气好的时候，月志陪着母猪晒太阳，月志给母猪挠痒痒。母猪伸展四肢乖乖地让月志抓挠，母猪哼哼着跟月志说话，月志听不明白母猪的，可月志知道母猪是因为舒服了才哼哼。有时候，月志也想躺上一会儿，月志他就头枕着母猪肚皮，眼睛望着天空白云，耳朵听着小湖粼粼的水声和林地里连绵不绝的风涛。

月志听着湖水粼动的声音和林地风涛，月志就在天上看到浮光猎猎。空中闪烁着浮光的影子，影子们就像传说中的鬼魂悠忽不定，一片一片飞翔交错。

湖堤上，老驴吃着野草，摇着尾巴驱赶牛虻和蠓虫，老驴吃草的样子特别耐看，老驴肥大的嘴唇啃着地皮上的青草。老驴不吃花儿，老驴不小心把带花的野草卷进嘴里了，花朵总被舌头和牙齿翻找到吐出来。

日午到黄昏，月志会躺在母猪肚皮上打个盹。黄昏来了，月志起身朝草丛里嘞嘞嘞地招呼克郎。克郎便会从草地里飞跑过来，到月志和母猪跟前，然后跟着月志爬上湖堤和老驴会合。月志站在湖堤上朝烟波浩渺的湖里望去，要是鸭子和大鹅没有游远，月志就会喊上它们一起往回走，要是鸭子和大鹅游到了湖心或者更远，月志就不喊它们，月志知道它们要在湖中过夜了。

　　夕阳最是浓滟的时刻，月志带着队伍回到树屋窗前，开始在简灶上生火。林地不缺柴火，月志总是把灶火烧得很旺。有时候烤点儿松茸、干果，有时候把捕捉到的傻鸟放在火里烧，要是月志愿意，还能从小湖中捉到几条鲫鱼来烤。

　　日子过得很是清淡，日夜晨昏，月志带着一匹老驴、母猪和克郎、五只鸭子两只大鹅过平静的日子。月志忽而感到很是满足，这种没有白眼没有恶骂的日子，在月志来说就没什么不满足的了。有时候月志想，人生在世，恩恩怨怨打打闹闹，有什么意思呢，这种清清淡淡的日子又有什么不好呢。

　　黄昏时刻，老驴和母猪、克郎回来了，鸭子和大鹅也回来了。

　　就像林间的溪水，日子不紧不慢地流淌着。

　　月志每日带着老驴它们去湖边浪荡，这样的日子没什么不好，这样的日子也不那么孤独了。许多个夜晚，月志感觉这样的日子其实挺安稳的。

　　这一天，母猪临产。早上起来，老驴照例干涩地大叫几声，鸭子和大鹅嘎嘎叫嚷了一气，接着，朝霞就漫洒过来。月志从树屋出来，就见母猪躺着抽搐，克郎急得围着母猪四外乱转。月志赶紧过来，发现母猪这是要生了。月志之前给母猪接生过，可是这一次，月志发现母猪很是不对劲，母猪抽搐得越来越厉害，它那肚子里翻滚着生命的巨浪，可是，生命的浪花只是翻涌着，它们找不到出口。月志撸起胳膊探进母猪的身体，想拉那些小猪崽儿出来。月志的手指被咬住了，月志被火烧了一样缩回胳膊。再看母猪，它忽然起身，狂猛地奔跑着撞向一棵粗壮的大树。大树摇晃着，飘撒万千片翠绿树叶把母猪覆盖。母猪就这样死了，它的肚子翻腾着动了几下，一切就归于沉寂。

　　月志把母猪埋葬在了烧火棍旁边，这片崖下已经有了两座坟茔。

　　月志伤心，神志凄迷。月志不再放牧老驴和克郎，也不再管鸭子和大鹅，月志整日里坐在崖下，对着两座坟茔出神。粗硬起来的秋风从月志脸庞擦过，月志的脸庞变得沧桑老态。

鸭子和大鹅去了湖里，它们再不回来，记不起它们有多少个日子没有回来了。克郎整日在林子里浪荡，晚上回树屋里睡觉，有时候就在窗外陪着老驴，趴在老驴身边睡。

无限悲愁的夜晚啊，这一晚，月志发现月亮老了，夜空也荒芜了，星星熟透了的样子，颗颗晶莹饱满，随时都有坠落的危险。周围植物叶子枯黄，被猛烈的秋风吹拂得簌簌作响。月志在崖下坐了很久，月志感到冷风入骨了，起身回树屋躺在树屋里，听着外面的风涛，月志发现整个树屋也摇晃了起来。

这个夜晚，月志是被猛烈的秋风摇晃着入睡的。

# 8

秋风吹得整座森林簌簌作响，世界摇晃起来，树屋也跟着雀跃起舞。树屋上长满的树叶已呈绀碧之色，荡荡光影之中，树屋摇晃得光影迷离。

一切都在老去，植物和虫子，云彩和天空，历经喧嚣之后形容枯槁，便也在安宁中衰朽。

直直睡到中午，月志是被克郎闹醒的。克郎围着月志转来转去，月志还是不醒，克郎只好用鼻子翻拱月志。月志睁开眼睛，怒视着克郎，随手抓起一把枯叶抛向克郎，那一把枯叶撒落在克郎脸上。克郎小眼睛也瞪着月志，克郎习惯了月志的脾气，也不生气，朝月志哼了一声，有事情要告诉月志那样子。月志和克郎对视半天，揉揉眼睛，起身到了门口，月志发现老驴它不在了。

月志四周围找老驴，克郎跟在月志身后。看着克郎急霍霍的样子，不用问，克郎一准知道老驴的去向。月志找遍了沟沟坎坎也没能找到老驴，月志就停下来问克郎，你知道老驴去哪儿了？

克郎小眼睛还是看着月志，不用问，它真的知道老驴的去向。可是，月志问不出来老驴到底去了哪儿。秋风浮荡，秋风里树木和庄禾草莽远近铺陈，月志脑子一转，月志知道了老驴的去向。

一根腐朽倒伏的枯树上坐下，月志抚摸着克郎，月志跟克郎温和起来。克郎任由月志抚摸，它满身鬃毛很是粗硬，这可能是累日里在林地混迹的结果。月志跟克郎絮叨，月志说秋天来了，你这头臭猪不知道什么是秋天，可老驴它知道秋天，老驴是为了秋天才失踪的，一准是回李桥去秋收了。月志又说，你去找吃的吧，你去耍吧，你别管我。

月志起身，在落叶纷纷的林地里无精打采地走着，月志脚步蔫塌塌地往树屋走。克郎安安静静地跟在月志身后，就像一个称职的家丁那样，它忽然变得无限忠诚。月志到了树屋门前开始生火准备炊事，克郎在火堆旁边趴下，望着月志。月志一边把干果和松茸放在火上烧烤，一边跟克郎磨叨。月志说你别急了，急也没用，驴这种东西认准了干活，秋天来了，它回去秋收了，你也放心，驴这种东西脚力好认识路，三十里乡路用不了半日老驴就到家了。月志说，烧火棍死了，母猪也死了，老驴回去秋收了，咱俩怎么办？要不我带着你去梨树吧，我把你卖了，我卖出钱来我要找个女人睡觉，我不找个女人睡一觉我就真是白活了，你是一头聪明猪，懂事猪，你能让我白活么？我活了一世男人我不能碰不到女人，你成全了我行不行？猪就是让人杀了吃肉的，你早晚也得让人杀了吃，早一天晚一天有多大差别呢。等过两天你就跟着我进城，再走三五十里路就到梨树了，梨树是个县城，是个花花世界，我带着你到了花花世界我先不急着把你卖给杀猪的，我卖你之前我带着你四外走走，好好看看人世间的热闹，让你看个够。等你把人世间的热闹看够了，我就跟猪贩子一手钱一手货，我拿了钱去找女人睡觉，等你挨了一刀就赶紧赶去投胎，下辈子别再做猪了，下辈子托生你就托生成月芒那样的人吧。

克郎听着月志絮叨，看着月志把烤好的榛子和松茸从火堆里挑拣出来，一颗颗地吃着。克郎侧过头去，朝林中张望。秋风在林间窜动，每棵树木都拼命地摇晃，每棵树木都要把身上枯黄的树叶摇尽那个样子。林地里铺满了厚厚的落叶，金黄的落叶，飘移旋转着的落叶。

月志吃了一些干果，抹了抹嘴巴，嘴巴上的炭黑接连月志的胡须，月志的胡须已经很长。月志站起身，喊克郎跟着他去湖边找鸭子和大鹅，月志说我带着你们去梨树，到了梨树县城就都一了百了了。落叶已经覆盖了细小的林间小路，月志的脚板能透过落叶寻到那小路，月志沿着小路朝湖边走去。月志走了一截，发觉克郎没有跟上来，月志回身去看克郎，克郎它仍旧趴在原地，克郎它朝月志张望着。月志喊克郎跟着走，克郎不情愿跟着月志走，它趴着不动。月志懒得跟克郎磨叽，一个人朝湖边走去。

湖面被猛烈的秋风吹得发抖，湖水摇碎了天光云影，青碧喧闹着向远处推波。波浪闹出巨大水声，这一方世界忽然变得阴森恐怖。月志四外遥望，湖面上没有鸭子和大鹅，月志查看了每一道波浪的褶皱也没有看见鸭子和大鹅，顷刻间月志大感孤独。月志坐在了湖堤上，月志他面对着小湖，看着小湖对岸苍茫的大地，月志看见一条小溪连接着小湖，它就像一条遥远的蚯蚓从小湖西北角悄悄地溜走。月志猜想鸭子和大鹅可能顺着小溪逐浪去了，这么想着，月志忽然大感悲伤，月志心情苍凉起来。月志被李桥淘汰出来又遭到畜生们遗弃，这是一个甚样世界，这个世界上人和动物难道都要背弃月志么？难道除了朝月志面孔扑打而来的落叶，就没有愿意和月志共度时光的了么？

月志在湖堤上坐到黄昏，坐到午夜，坐到了第二日早晨。月志继续枯坐，就像一座浮雕，月志不知道到底在湖边坐了多久，坐了几日。时光对月志而言已毫无意义。月志望着湖面，听着水声，月志觉得月志在湖边坐了有一万年那么久。月志看累了就闭上眼睛，月志在梦境中看见许多春天的藤蔓从地下钻出来，许多藤蔓朝着月志爬过来，缠绕过来，把月志的身子捆绑得动弹不得。月志胸口还有一丝热度，月志听见自己的心跳，梦醒时分，月志看见一个大好的晴天，这个大好的晴天已经结满了初冬的霜花。

真是一个很好的晴天，一丝风尘也没有，天空蓝得不能再蓝，天空空得不能再空。湖面上再无波澜，那湖水往深暗处清澈下去，眼力好的，可以看见遥远的湖底。

月志仰起头，目光抚摸着这样好的蓝天。几只喜鹊在林间叽叽喳喳，喜鹊们飞来飞去，只在林间低飞。蓝天上一声高叫，月志仰头看去，极大的翅膀划过高天上的蓝雾，那是雄鹰的翅膀。雄鹰俯冲下来，到了湖面，翅膀忽然又拉起高飞。月志看着雄鹰的飞翔，月志的目光被雄鹰的翅膀拉向远方，拉得很高，拉得很细，直到那雄鹰和它的翅膀在天际变成一个黑点，月志的目光才疲乏下来，低垂在眼前，看着自己的一双脚。

初冬的晌午，阳光也还很暖，晒得月志脑顶很舒服。月志就像一颗种子埋在黑土里，月志被温暖的阳光照晒得想要发芽。月志挣扎着想要站起来，才发现浑身已经没有了知觉。

月志的目光再次越过小湖，往西北方向怅望，大地上庄稼正被收割，很多茅草尽染枯黄。骡马瘦弱的身影拉着木车缓慢行走，也有机械的轰鸣声若远若近。这是比较往常也很一般的初冬，月志想到老驴回到李桥帮着爸他收拾庄稼的情形，月志也想起往年秋天往年初冬。往年秋天月志是收割主力，每日早晨，妈要早起生火做饭，爸他一边抽着粗壮辛辣的叶子烟，一边在磨刀石上磨镰刀。爸他是磨刀好手，爸他坐在凳子上，一方中间凹成月牙儿的磨刀石放在眼前，爸他手边放一碗清水，手指撩起清水让磨刀石润泽起来，然后爸他就一手握着刀柄，一手捏着刀尖，弯弯的镰刀在磨刀石上来回来去，就像一片月牙儿和另外一片月牙交欢，刀口就那么一下一下地变得锋利。爸他磨刀磨得仔细，中间要用手指肚儿试试刀锋，破棉絮擦去刀口上的石浆，锃亮的刀锋裸露出来。接下来很多日子，这锐利的刀锋朝向一个秋天，朝向秋天的大地，也要伸向初冬天日。月志手中的镰刀从老秋收割到初冬，庄稼和初冬白霜都从月志刀口上倒向季节另外一边。

回想起来，这是多么朴素雄厚的岁月。可是现在，月志离开了家园，离开一个成熟饱满的秋天，在这样一个寂寞的林中休闲。

月志的心空荡起来，一如这蓝得不能再蓝的天空，那么空荡。

# 9

第一场雪很是轻小，雪花儿就像梦中飞絮，纷扬着落在月志肩头。

月志站在树屋窗前，扯着脖子朝林中望去，满眼都是苍黄。树木的叶子落在地上，大地一派苍黄，树木枝干也褪尽了绿色，黄得斑驳。还是喜鹊的飞腾和蹦跳，让这座寂寞林中有些活泛的生气。

灶火被月志烧得很旺，不只是烤熟榛子、松塔和野核桃，也还要取暖。

月志打算吃过之后四外找找克郎，夜里月志听到了野狼嚎叫，听到了野猪嚎叫，也听到野猪嚎叫声中夹带着克郎的嚎叫。月志担心克郎被野猪保护不好，担心野猪把克郎出卖给野狼，担心克郎被野狼害死。

吃过了烧熟的干果，月志又往火堆上添加了木枝，让灶火在纷扬的落雪中燃烧得更旺。

月志起身，踩着枯叶上的浮雪往林中走去，月志的背影就像一头笨拙的棕熊。林中正被落雪漂白，白得十分肃静。桦树赤裸的枝干睁着奇怪的眼睛，松树挺拔着，嶙峋苍翠，柞树弯曲着身子勾勒着林中线条之美。这真是一座很美的森林，这是一座在沉寂中繁育着喧嚣的森林。月志脚下枯叶绵软着发出窸窣碎响，月志心里也发生着这样的响动。

　　李桥冬日正午是休闲时刻，门户里飘出煮饭的热气，也飘出熬菜爆锅的葱油香，接下来就是吃那热气腾腾的午饭。乐意喝上一口烧酒的就烫上一壶，一口一口抿着。月志看惯了爸他抿烧酒，爸他端起酒盅抿上一口，品咂着，嘴唇子扯来扯去，露出一口龅牙，筷子朝菜碗里摸去，夹起一箸子送到嘴里细嚼慢咽，爸他真的很会享受他的日子。月志想，每年这个季节，李桥的日子都是缓慢的，悠闲的。粮食上了场，入了深冬，整个村庄就只等待着一个气氛祥和的大年。

　　雪继续下着，越下越大。林间遍地银白。白得不能再白，这白不是猪奶白，也不是白云白，这白是世界上最干净的白，干净得一尘不染，白得让人心头空茫。

　　月志已经走了很远，回身看去，月志留在雪地上的脚印正被雪花儿填满。月志怕在林中迷失方向不敢再往远走，屁股趴在一棵枯木上，月志给自己卷上一根烟抽。月志的目光在树木枝干中拐来拐去，看不见那克郎的踪迹。月志后悔跟克郎絮叨了那些话，后悔把心思泄密给了克郎，克郎这个鬼东西许是听明白了月志的话，怕月志把它带到梨树卖掉所以才离开了月志，所以才宁肯成为一头野猪。月志想，月志他不该和克郎说那些话，要是克郎还在，月志有克郎陪伴，这个冬天也许不这么寂寞，也许真的过得去。可是现在克郎不在了，母猪死了，烧火棍死了，老驴它回李桥沉迷农事去了，鸭子和大鹅被一条小溪引诱走了，这么大一片林中就只剩下月志一个，这样的日子哪里还是日子呢。

　　就算真迷失了方向也要找回克郎，月志把烟抽了一半就下了这样的决心，月志起身继续在林中寻找。

　　这一天月志走了不知道多少路，林中没路，月志不知道到底走了多远。脚底板酸疼，浑身冒了不知道多少热汗，也还是没有寻到克郎的蛛丝马迹。

　　太阳落下去了，林中黑暗下来，月志辨别不出东南西北。黑暗之中无边的大树排列开去，茁壮的树干变成大鬼，它们的身影在月志心头凝结成恐惧。月志蹲了下来，双手抱着脑袋，月志的脊背扛着偌大的夜空。这个夜晚阴郁着，并不是白日那样雪亮光芒，漫天黑云翻卷着，竟然裹挟着隐约而沉闷的雷声。雪越下越大。

　　月志想起了去年冬底的大雪，那场大雪弥天漫地，接连下了许多天，那场大雪蒙白了李桥也蒙白了世界。那场大雪让村民玉林眩晕在了磨盘地，玉林就那么眩晕死了。

　　一个天然的深坑挡住去路，月志筹集了很多枯叶，抱进深坑。深坑里，月志他用枯叶盖住自己，月志要在这个深坑里度过这个夜晚。

　　林间是个诡秘世界，说实话，月志从来没有听到过冬日雷声，也没见过冬雪也要雷声催动。月志躺在深坑里，在枯叶的间隙里埋伏下来，听闻着沉闷而遥远的雷声，听闻着雪花儿唰唰落在枯叶上的声音。就这样，月志用身子把自己焐热了，没有什么不满足的，这是个新异的夜晚。

　　月志忽然想起，树屋的屋门没有关好，它可能还敞开着。

　　这样的雪天，会有很多雪花儿从门口飘进树屋，树屋里也会有很多缭乱的雪花，安稳的雪花。可是，月志知道月志找不到树屋了，树屋的方向犹如家园的方向，月志再也找不到了。李桥房屋院舍的朝向是东面，可月志他的心没有了朝向，他找不到树屋，也找不到李桥，就连丢失的克郎月志也是难以找到了。

　　月志越是压抑对李桥的感念就越是想，要是月志冻死在这个深坑里也还好，免得劳烦人家埋葬了。月志他埋葬了烧火棍，埋葬了死于难产的母猪。可是，被他月志埋葬了的就不能起来埋葬月志了。月志是个没有人待见的人，月志是个没有人埋葬的人，要是在这个落雪的晚上死在这么好一个深坑里，一切麻烦也就免了。月志还想，坑这么深，又被自己焐得这么暖，身上又有那么多枯黄干燥的树叶，又在这么大这么安静的一片林中，这林地的上空又有那么高那么远一方天空，月志没有什么不满足的了。月志只想临死之前再做一个好梦，月志就只有这么想了。

正是做梦的好时刻，也正是做梦的好所在。月志还没开始做梦，月志就想起了李桂芬，李桂芬圆圆的脸蛋儿，大大的屁股，好看的腰身，还有李桂芬一头又黑又密的长发。月志还没有做成一场好梦，月志裤裆里的家伙就硬朗起来。

月志挣扎许久也没有做成一个好梦，好梦被自己的硬家伙给彻底搅黄了。月志不仅没了困意，还觉得自己忽然间变成了一个蛮力无边的钻头，月志想要钻破这个深坑，钻破这个暗夜，钻破缭乱飞舞的一场夜雪，想要用自己的身体去碰触夜云中藏着的闷雷和闪电，月志身体里积蓄了太多热量，太多无处倾泻的杂碎。

天快亮的时刻月志睡着了，月志是在挣扎过后的劳累中睡去的。睡眠中没有梦境，月志的脑袋里是空的，梦也是空的，空静得都没了梦境。

雪继续下着，越来越有了张致。大片的雪花儿从天空里缠绕下来，飘落在林间，银子的碎屑那样融入雪光的亮白之中，雪花儿让雪花儿变成了白光。

这是林木世界，也是雪花儿的世界。喜鹊们都已躲藏，松鼠和野兔们都已躲藏，许多动物都已蛰伏，这个世界上除了树木和雪花儿，就只有深坑里睡着的月志。

挨到中午时刻，月志如一头笨拙的棕熊那样从深坑里苏醒，他从深坑里蠢动、破壳，枯黄的树叶从白雪之中翻扬起来。月志是个独眼龙，月志是个嘴巴朝一边歪过去的人，月志的相貌照旧丑陋，月志朝林中哈了一口气，月志的嘴巴里喷出一团白雾。

棕熊那样从深坑里爬出来，月志把洁白雪地踩踏得瞬间脏乱，月志仰起头朝林地枝头张望，枝头外面天空仍然雪花儿纷飞，纷飞的雪花旋转着飘落下来，修补月志踩踏破烂的雪地。

　　月志像一只大蜘蛛在身后留下脚印的丝线，脚印歪斜着在林中朝林中蹒跚而去。月志的身影还是像一匹笨拙的棕熊，和月志笨拙的身影相比，林中的树干是那么呆傻痴愣。

　　大雪没有停歇，月志的脚步也没有停下。大雪在月志身后修补月志的脚印，最后抹平月志的脚印。

　　黄昏时候，月志看见了小湖，看见了一个封冻了很久的小湖。看见了小湖就等于找到了树屋。虽然是找到了树屋，月志没有欣喜，也没有不欣喜，一夜之间月志仿佛变成了一个心神平静的人。湖面上被白雪覆盖，白雪没有波澜和浪花儿，月志断定小湖已经冻结。月志沿着湖堤下到小湖的岸边。月志伸出细腿，用脚掌试探着踩踏湖面。小湖是硬的。

　　冰面被白雪一条大被子那样盖住，月志走在空荡的小湖上。月志想起昭苏太河这条漂流在李桥门口的河，这条河它是一条古怪的河，这条河它血脉倒流着朝西边流去，到了每年的寒冬，它照例会被冻僵，它也会留下一条光滑的脊背让孩童们溜冰戏耍。月志少年时代玩耍过这条大河，就是现在想想，昭苏太河确实是一条好玩的大河。有一年河下鱼多，春季开河，也不知道怎么就会有那么多大鱼，也有数不清的小鱼小虾。大鱼大得涨破河岸，它们长着粗壮胡须，发出呦呦鼻音，拥来挤去，它们把河水挤出河床。随着大鱼的动荡，河岸被一寸寸濡湿。李桥人站在河岸上看这百年不遇的鱼情水势，李桥人就有些傻眼。李桥人目光和过往的鱼们相对。面对李桥人的喧嚷鱼们可不说话，鱼们为了不被搁浅猛力冲过浅滩。有那么几日，大鱼们争先恐后难免要挤在一起，难免卡住身子，它们瞪着眼睛各不相让。这就便宜了李桥人，李桥人一下子变得勇猛起来，找来钩杆铁齿一应农事工具捕捉大鱼。那是个李桥人饱餐大鱼的年份，那一年，莽撞的月芒被一条大鱼吞在嘴里，不是月志死死拉住月芒一条腿月芒在那一年就成了鱼屎。那一年月志永远也忘不了，那一年玉林跟全村人发誓要把邻村的李桂芬搞到手。李桥人嘲笑玉林鱼吃多了说胡话，李桥人说李桂芬那模样的闺女怎么可能嫁给你这么丑的男人。玉林在一个晚上把李桂芬骗到河湾，二天早晨玉林就在磨盘地跟李桥人宣布，玉林站在高大的榆树下说，他已经把李桂芬"法办"了。法办的话是一句俏皮话，李桥人都明白，玉林把李桂芬法办了其实就是玉林把李桂芬的裤子脱了，玉林他自己的裤子也脱了，一个男的一个女的面对面脱了裤子，接下来的事，不只李桥人明白，月志明白，满天下人也都明白。李桂芬被玉林法办之后昭苏太河恢复了平静，大鱼们没了踪影，小鱼小虾也很少见了。月志心中，玉林和李桂芬的婚事关联着昭苏太河的鱼情水势，不是他们俩河湾里胡搞，说不定到了今日昭苏太河还有繁华的大鱼。

一阵冷风吹过，小湖上面的雪刺啦刺啦扬起飞沫，月志朝西北方向的小溪走去。

这条小溪像小湖这只胖猪的细尾巴，摇动着摆向远方。小溪是小湖走水的出口，也许是小湖来水的入口。月志从湖面上走来，月志走上小溪的冰面，月志看见丢失了很久的鸭子和大鹅，它们安静地趴在雪里。月志快步到了近前，鸭子和大鹅一动不动，见了月志也不欢叫。月志去除了它们周围的浮雪，鸭子和大鹅身子被溪水冰冻住了。月志猜到，许是它们停在小溪里睡觉，只一夜工夫小溪就结了冰，也只是这么一夜，流水就变成了坚冰，鸭子和大鹅半个身体镶嵌在溪水里，被冻成了琥珀。鸭子和大鹅死了，它们死得是那么不经意，又死了那么久，月志这才不怪它们背弃了月志，月志哀痛它们的死，可月志不想动它们，月志无法把它们完好地从冰里拔出，它们死得就像雕塑，它们死成了这个样子，月志觉得这样也没什么不好。用不着改变它们死去的姿势。月志知道，到了明年春月天气回暖冰雪融化，它们自有去处。

月志在鸭子和大鹅对面坐下，月志就坐在雪地上掏出烟和纸卷上，神伤地抽着。月志他念叨着说你们这几个呆子，睡觉也不找个安全地方睡，你们这是睡死的，你们跟着我出来都没得好下场，你们为什么非得跟着我出来。

五只鸭子死得姿态各异，两只大鹅死得相貌优雅，脖子弯曲着和不死相宜。大鹅眼睛望着远方，乳黄的额头还是乳黄。

月志看着它们月志就哭了，月志哭得并不伤心。哭对此刻的月志来说和唱一首长歌没什么两样，哭或者就是月志的本能促成的一个仪式，对五只鸭子和两只大鹅的死亡该有的一个态度。月志哭着说都怪我月志，我月志不该让你们跟着我，跟着我就只有死路一条，烧火棍死了，母猪死了，如今你们也死了，你们睡个觉都能睡死，我月志怎么还活着呀，我怎么不死呢。

雪越下越大，大片大片的雪花儿飞舞着，这冬日黄昏到处都在飞舞雪花儿。

月志不想活着了，月志也不想去县城梨树了，怨怼着李桂芬却也不对李桂芬有什么好感了。克郎乐意去哪儿就去哪儿吧，对一个不想活着的人来说，一头丢失的克郎再也激扬不起什么心气了。月志盘着腿坐在大鹅和鸭子对面，坐在这样的雕塑的对面，就这么让一夜寒冬的冷气把自己也冻成一尊雕塑吧。

月志端坐着，月志他闭上了眼睛，眼前竟然还是白茫茫一片。这个世界除了白茫茫的雪野和白茫茫的天空，还有白茫茫的月志。月志放下一切杂念，任由雪花儿朝月志脸上扑来，月志的心安闲在一片飞舞着的雪花儿的背上，月志就此老去了。

周围静悄悄的，这是个最为混沌的黄昏，这个世界的白雪正在褪色。

忽然一声大鹅的鸣叫，这大鹅的声音竟然如此明晰。月志猛然睁开眼睛去看大鹅，大鹅还只是栩栩如生的雕塑。月志伸手碰触了两只大鹅，确认大鹅死了很久。哪里来的鹅叫？月志朝四外望去，没有看见大鹅，月志却看到了老驴。

老驴它奔跑而来，老驴四个蹄碗欢快地跑在小湖的冰面上，老驴它就像一个从战场上凯旋的士兵，意气风发地朝着月志跑来。

月志忘记了要死的念头，从小溪的冰面上站起，从洁白的大雪里朝老驴张望。

一个穿着粉红色衬裤的人骑着老驴，老驴的脚步是那么健朗如飞，那穿着粉色衬裤的两条腿夹着老驴的肚皮，正催促着老驴朝月志奔来。

# 10

月志朝小湖望去，小湖就在月志的眼睛里白亮开去。月志眼睛里小湖的相貌却并不是小湖原本的面貌，月志眼睛里的小湖那是属于月志自己的小湖。

老驴飞奔而来，月志看见了老驴，看见了骑着老驴的李桂芬。月志只看见了李桂芬粉红色的大腿，那是李桂芬的粉红色衬裤。月志看不见李桂芬上身，李桂芬的上身被周围的雪光映照得就是一片虚妄的白。月志迎着老驴从小溪里跑出来，在小湖的冰面上跌了一跤，月志挣扎着爬起来，老驴就到了近前，两只前蹄交替着刨击冰面。月志看着老驴还有老驴那一脸喜色，月志这才发现李桂芬她没有来，来的只是骑着老驴的一条衬裤——李桂芬那一条粉红色衬裤。

月志有些失望，李桂芬的衬裤能骑着老驴来你李桂芬为什么就不骑着老驴来。月志把盘在老驴脖子上的缰绳抓在手里，上下打量着老驴，伸手去摸鼓胀胀的衬裤，就好像这是摸到了李桂芬鼓胀胀的大腿。

牵着老驴月志爬上了湖堤，穿过林地，月志带着老驴回到了林中树屋。

门居然是关着的，树屋里没有灌进大雪，树屋就那么静悄悄地等着月志和老驴。月志把老驴直接牵进树屋，把装满衬裤的黏豆包从驴背上卸下，搬到窗外，倾倒出来埋在雪里冻上。月志手里拿着一条软绵绵的粉艳的衬裤。树屋周围是洁白世界，忽然被这一条粉艳的衬裤妆点，这个世界刹那间变得明丽不俗。月志摆弄着这一条衬裤，想起了春季那个黄昏。那是个多么好的黄昏，那个黄昏里李桂芬蹲在屋地上在大洗衣盆里洗这一条衬裤，呱唧呱唧地洗，洗下来很多黑，因为那盆里的水很黑……月志把这条粉色衬裤揣入怀中，挨着胸口装上一团难言的柔软。

月志开始点燃灶火，月志要烧几个黏豆包吃。

火越烧越旺，木枝的火焰噼啪作响。月志把刚埋在雪里的黏豆包抠出几个，丢入火中把它们烧香。月志一边往灶上添加木枝，一边想着李桥。月志想李桂芬是不是回心转意了，不是回心转意她怎么会装这么多黏豆包让老驴驮来，不是回心转意怎么会用粉红的衬裤当了口袋。月志越想越是觉得李桂芬可能忽然觉得月志他好了，李桂芬她可能是真想做他月志的女人了。继续添柴，火越烧越旺。这一刻月志的心忽然就年轻了，月志想要是李桂芬真肯做成他月志的女人，那李桂芬的好日子也就来了，他月志的好日子也就跟着来了。

老驴从树屋里出来，趴在灶火一边，趴在月志对面。

月志打量着老驴，询问老驴，月志说老驴你告诉我李桂芬她是不是回心转意了，李桂芬她是不是打算做我的女人了，你告诉我李桂芬让你驮来这些黏豆包的时候让你给我捎来什么话没有。老驴就那么静静地看着月志，老驴的脸上满是喜气，可老驴就是不说话。月志也没怪老驴，月志知道老驴从来不说话的，老驴能回来月志就很是感动了。老驴驮着这么多黏豆包来月志就高兴，老驴还是用粉红色衬裤驮来的黏豆包，月志还能说什么呢，月志除了高兴月志的心也泛起无边的爱欲。李桂芬那眉眼，李桂芬那腰身，李桂芬的一颦一笑千丝万缕，月志脑子里都是李桂芬的皮影戏。

老驴转头朝崖下看去，崖下是银白的雪，白雪下面是烧火棍的坟、母猪的坟。月志顺着老驴的目光也朝崖下看，两座坟在白雪下面起伏着，起伏着两座坟的轮廓。老驴铺开前蹄站起来，慢悠悠地走到崖下，老驴站立在白雪覆盖的坟前，老驴好像是在静默。

雪继续下着，不知道要落到什么时候这雪才肯停。

月志吃了几个烤熟的黏豆包，夜晚跟着就来临了。这是真正的夜晚，天地之间严丝合缝的黑，林地之间是密不透风的黑。树屋里伸手不见五指，这是最好最好的黑夜。几声遥远的狼叫呦呦传来，月志想起了克郎，月志跟趴在黑暗中的老驴念叨克郎。老驴不应声，老驴在这个夜晚里没有反刍，嘴巴上也没有咀嚼的声音。月志跟老驴说，我之前想带着克郎去县城，我之前还说到了县城带着它游荡够了就把它卖给杀猪的。我让它来生转世就做月芒那样的人，别做一头猪也别做我月志这样的人。克郎好像听懂了我的话，克郎它怕死就离开了我，宁愿跟着一群野猪成为一头野猪。我找了克郎好多天也还是没找到克郎，我意外地看见了五只鸭子和两只大鹅，它们都死了，它们很久没回来我以为它们都跑了。它们没有跑，它们被冻在了小溪里，它们都变成了雕塑那样的鸭子和大鹅。本来我也不想活着了，我也想像鸭子和大鹅那样，让这个冬天的严寒冻死冻硬，我就死硬死硬地坐在雪里等死。

老驴打了一个喷嚏，老驴在黑暗中打完了这个喷嚏老驴就继续沉默。

月志问老驴家里的庄稼都收割完了吧，定然就是收割完了，粮食都上了场院，不用问也知道定然就是上了场院。月志停了停又问，我爸他还是那个德行吗他还是天天喝烧酒吧，我爸他喝完了烧酒就靠在窗台上架着二郎腿牛闪闪地神气吧。我妈呢，我妈她还是蔫塌塌地在我爸眼前做不成人吗。不用问，准还是原来的样子，准还是做不成人。月芒两口子呢，眼看就要过年了，月芒两口子也该回来了，月芒准是又赚到钱了吧，准是又给了我爸他一沓钱，我爸他准还是蘸着唾沫一张一张地数着来劲。你这头老驴怎么不说话，哪怕你就说一句也行啊，可你一句都不说，你是个天生的哑巴吗。

李桂芬她胖了还是瘦了，李桂芬胖了也好看瘦了也好看，就是脾气有些不饶人。是李桂芬给你装的黏豆包吗，反正不是我妈蒸的，我妈蒸的黏豆包我一口就能吃出来，不是我妈蒸的也不会是别人蒸的，一准就是李桂芬了，不是李桂芬还能是谁呢。

这是一个纯黑纯黑的夜晚，一个无比寂静的夜晚。除了落雪的声音并无别的声音，就仿佛除了雪是活着的别的都是死了的。

跟老驴絮叨了那么多，月志有些乏了。也算不得乏，月志把手伸入怀中去摸那衬裤去摸那粉红色，月志是想摸着粉红色衬裤想着李桂芬做上一个好梦。月志停止了絮叨，老驴在不远处的黑暗中陪伴着月志。月志觉得，这是一个再好不过的黑夜了，月志觉得这个黑夜里充满了光明。

# 11

二天早起，月志醒来的时候老驴早已醒来。老驴在树屋里静静地站立，老驴看着月志的睡相没有惊扰月志，一直到月志自己醒了，老驴也不吭气。

月志揉了揉眼睛，眼光平宁着去看老驴。月志在平宁中清理梦里哀肠，也许是一个很好的梦境养育了月志，月志看起老驴来目光是那么温和。

老驴扯起脖子朝月志叫了几声，老驴的叫声总是那么难听那么鬼魅。月志起身走到门口去推木枝编织的门，硬是推不开那门。月志发现门外壅塞了太多的白雪，是白雪把大门堵住了。月志转身去推窗子，窗外的雪淹得齐了窗口，月志见窗外的大雪已壅塞了整座森林，就是这样，那雪还在纷纷扬扬地抛洒。

土崖之下再看不见两座坟茔，大雪盖过了土崖，月志看不见土崖。林中树木被大雪掩没到半腰，一夜之间树木变得格外矮小。

月志转头对着老驴，说大雪封路了，咱们出不去屋了。

　　老驴好像有些着急，老驴它蹄碗儿咣咣刨地。老驴接连打了几个喷嚏，也只是一夜，老驴脸上喜色顿然全无。月志从窗子里探出身子，手掌在雪上试探了试探，雪尚且没被冻硬，雪是棉絮一样软的雪。月志怕陷在雪中赶紧缩了身子。月志说老驴啊老驴这回咱俩得死在林子里了，这么大的雪你见过么，这么大的雪比去年的雪还大，成心是不让咱俩活着出去了，我就说我是天下第一号倒霉蛋，谁跟了我谁就要倒霉谁跟了我谁就是死路一条。你个蠢驴你在李桥好好待着多好，你跑到这儿来找我就等于是找死。

　　月志没有惆怅，月志的絮叨也就是絮叨。月志坐回到躺着睡觉的角落，老驴开始在月志眼前打转。

　　这样大的雪是千年不遇的雪，月志没有见过这样大的雪。老驴也没有见过，整座林子里都灌满了雪，天下除了白雪没有别的，就只有这洁白的雪。

　　月志把粉色衬裤从怀中掏出来，在眼前摆弄，月志手指捏弄着李桂芬的衬裤，粉红色的衬裤在月志手指间缠缠绕绕。月志想李桂芬可能在等着月志回去过那种老日子，那种长长久久的老日子，可是李桂芬你跟一头牵着不走打一下倒退的蠢驴差不多，要是去年春月你答应了月志，你不用一条粉色的衬裤把月志抡出来，一直抡到大街上，月志早就跟你过上了好日子。现在大雪封了门，大雪不仅是封了树屋的门还封了整个一片森林，也许这一场大雪把整个世界也都封堵了，你让我怎么回去跟你过上那么好的日子呢。

　　到了中午时分，月志大感饥饿，肚腹里叽里咕噜地滚着风声。树屋里也早被寒气浸透，月志喘一口气眼前就生成一团白雾。老驴在树屋里盘旋打转，看样子也是饥饿难耐了。月志不能再等下去了，得赶紧想办法取暖充饥。月志猛然起身把树屋木门往里拉，因为编织得细密，也因为经了一夏一秋风雨，木枝编织的门越显坚固。月志拉不开门月志就猛烈地抬起那条细腿踹，月志的细腿特别灵活，眨眼间就踹了那木枝门几十下。木枝门哪里经得住月志这一番踹，它就散花了。木枝门散花那一刻，那么多洁白的雪倾泻进来。

月志手巧也会做活，很快就用木枝编造了一个铲子，月志就用这个铲子把雪一下下地铲了出去，挥扬到外面去。好大一会儿工夫，月志在老驴的注视下把门口的雪清除了，窗下的雪清除了，月志找到了昨日黄昏埋下的黏豆包，在树屋里挨着树洞坐下，用毁掉的门散落的木枝生起一堆火。有了火有了黏豆包，月志心里就有了底。月志把黏豆包埋入火中，起身四外寻看着试图给老驴也找些吃的，四外除了雪就没有了别的，就只有雪。月志折转了几圈回到树洞跟前坐下，月志跟老驴念叨让老驴吃雪，月志说老驴你又不吃黏豆包黏豆包粘牙你吃不了，你要是能吃黏豆包就好了，你吃黏豆包不仅能把你的牙粘住还能把你嗓子糊住，你吃几口雪充饥吧。

老驴停下转动看着月志吃黏豆包，老驴也不言声。老驴在门口朝外面张望，忽然就来了驴脾气，忽然就冲入了大雪的汪洋奋命狂奔，大雪被老驴庞大的身体冲击得雪光四溅。老驴一气冲出了好远。月志站在门口看呆了眼睛，月志见老驴用它的身体犁开了林中雪野，老驴身后是一条杀开的雪路。这一条粗糙的雪路两旁依旧是平静的雪，雪的崖壁，雪的波纹和雪的气韵。天空中还是飒飒纷纷的雪，没头没脑地抛洒。

老驴就这么跑了吗。月志惊讶地看着老驴，看着被老驴犁开的雪路，担心老驴就这么跑掉。二百米之外老驴停住了狂奔，老驴回过脖子看树屋檐下的月志，老驴走了回来，老驴到了月志跟前匍匐着趴下。月志以为老驴这是累了，月志看见老驴的鼻孔喷着粗气，月志就以为老驴这是累了要趴下歇息一会儿。

老驴的喘息平复了许多，老驴又弯回脖子看月志，尾巴横扫了月志。月志也还是不明白老驴的意图，月志蹲身抚摸老驴的脑袋，抓老驴的耳朵。老驴最不乐意谁碰它的耳朵，一个摆动挣脱月志，驴脸上有些怒气。月志说老驴你可真行你怎么这么大力气，这么大的雪你也敢这么跑，要是落在深坑里你就完蛋了。老驴起身，有些急躁，围着月志转了两圈，又在月志眼前趴下，还是回过脖子看着月志。

月志总算是明白了老驴，老驴是让月志骑到它的背上去。

黏豆包还没有吃完，月志手里拿着咬了一口的黏豆包，抬起那条细腿跨上去。

老驴猛然站起，沿着老驴之前蹚开的雪路往前走，到了尽头，老驴憋了一口气，猛然朝着白雪的汪洋奋力狂奔。老驴的周身飞溅着雪末子，大雪的汪洋中骑着老驴，月志受不住飞溅起来的大雪，月志只能闭上眼睛任由老驴驮着月志一路狂奔。

老驴驮着月志，飞奔出了森林，路过了小湖，然后是无边的雪野。老驴就这么驮着月志朝着李桥的方向，沿着昭苏太河狂奔上了公路。

## 12

公路上到处是褴褛的雪，被车轮碾压的雪。

这一条两端没有尽头的公路上到处停泊着汽车，汽车们堵塞了瘫痪了。有些泄气的司机和乘客下车张望，前面仍然拥堵得没有尽头。

老驴驮着月志一路走来，老驴的脚步有板有眼，鼻孔里噗噗地喷着白雾。老驴和月志沿着路边行走，倒让很多人羡慕。

雪花儿继续纷扬，可是雪花儿稀稀落落地少了许多，雪小了。天边开始放晴，西边天际撕开了一条缝隙，金色夕阳从云彩边缘透射过来，那一方天空云彩就变成了火烧云。火烧云是最美的云彩，变幻着形状制造着魔幻。老驴朝着夕阳明艳的方向行走，老驴知道回李桥的路途，这样拥堵着车辆的公路上停留着那么多无奈的人，老驴的脚步是那么高傲。一辆公共汽车上的乘客散布在路上，有的跑去田野，他们四处寻找大便小便的掩体。老驴和月志路过的时候，月芒和月芒的老婆没有认出月志也没有认出老驴。

月志和老驴一路走来，夕阳最是浓艳的时候。老驴和月志到了昭苏太河南岸，沿着漫长的河坡老驴和月志下了河道。昭苏太河早被冬季的冷风冻硬，冰面上到处敷着厚厚的白雪。老驴四蹄踩得白雪咯吱咯吱响，踩得河面发出了冰裂的声音。

过了河，老驴还要爬上一道漫长河坡。陈列在昭苏太河北岸的村庄就是李桥，李桥是个有着一棵高大榆树的村庄。沿着缓坡走上高高的嶙峋的北岸，月志就能看见高大的榆树，大榆树下是一块巨大磨盘，磨盘是一片废弃多年的磨盘，是许多年不再转动的磨盘。李桥还是有着数不清的窗眼儿的村庄，家家户户院墙接连成片，李桥是个北中国的大村落。

月志被老驴颠得屁股生疼，许久不骑驴了，老驴的脊背铲屁股，月志就更是不骑它。月志屁股疼可月志顾不了屁股，月志想月志一进门准会遭爸他一顿恶骂，爸他准会说你怎么回来了？你走了就别回来，你死在外面我跟你妈少操多少心。月志想好了，月志打算再不回家，直接就骑着老驴去李桂芬的院子，直接进李桂芬的屋，把李桂芬的衬裤拿给李桂芬看，把那粉红色衬裤在李桂芬眼前一晃，然后就跟李桂芬安心过日子。月志想好了要跟李桂芬过那种长长久久的老日子。

老驴爬上了昭苏太河嶙峋的北岸，老驴傻眼了，月志也傻眼了。月志没有看见那高大的榆树，老驴也没有看见高大的榆树，沿着田野起伏的曲线月志看见了一团浓烟往高处升腾。月志看见了火光，老驴也看见了火光和浓烟。老驴它愣怔了，它停下了脚步。月志朝李桥眺望，李桥这么大一个村落正被熊熊的烈火燃烧着，浓烟蒸腾，火光熏天，这是怎样一场天火啊。月志催动老驴老驴却再不前行，驴蹄子急躁着刨地，丧失家园的老驴一脸茫然。月志从老驴的脊背上翻身下来，发疯地朝李桥跑去。

月志靠不近李桥，李桥变成了一团炙热的火。月志只能把脚步停在村口，大火的光焰逼住月志不让月志靠近。李桥变成一片火海，李桥的窗眼儿在火海中变形破碎，李桥的人们在火海里往外冲突却被火焰温柔的大手拉回火海。李桥的人们在火海里被焚烧得变成具具白骨，白骨们又被火舌舔得散了架子，具具白骨坍塌下去，情状颓然。

黄昏很暖，绚烂的黄昏把这一片火海映照得更加绚烂。李桥燃烧着冲天的火光，火光摇曳着火光的姿彩，这是李桥最后的酣然欢畅。

雪不知道什么时候停了，天空蒸腾着浓烟。大火过后，李桥只剩下一块坚实的磨盘，磨盘地那棵高大的榆树和整个李桥一样，都被大火裹挟着飞升天宇成为正在飘散的黑烟。

月志昏厥在村头路口，村头路口望去，李桥是遍野银白中间一片黑。一场大火后，李桥变成了炭黑的颜色，李桥除了尚有颜色就连形状也没有了。月志知道，李桥不存在了，李桥这个天理不容的鬼地方遭了天谴。狗日的村街，恼人的风闻，还有越来越不讲人伦的那些李桥人，一切都飞升了，变成了浓烟在高天上等待一场大风吹散。

老驴到了月志身边，老驴舔了舔月志的脸，月志还是昏迷不醒。老驴拉起嗓门儿呜嘎呜嘎地大叫一气，月志还是昏迷不醒。老驴有些急躁，围着月志不停地转着圈。

月志睁开眼睛看已经并不存在的李桥，月志他看见了李桂芬。

李桂芬在李桥的废墟上走走寻寻，李桂芬她好像在寻找什么，她哈腰捡起一根熏黑的腿骨，继续低着头寻找，走了几步李桂芬她再次哈腰捡起了一块烧伤的盆骨……空旷的废墟上，李桂芬身影越发清晰。月志看见了李桂芬的腰身，看见了李桂芬的眉眼，也看清了她睫毛下的眼神。李桂芬的眼神中并没有哀伤惆怅，李桂芬她正在欢喜地寻找。月志赶紧翻身坐起，赶紧从怀中掏出粉红色衬裤像挥舞一面旗帜那样朝李桂芬挥舞。李桂芬没看见月志，也没看见粉红色的衬裤，她根本就没有看见挥舞着一条粉红色衬裤的月志。

月志起身朝着废墟跑去，月志他朝着李桂芬靠近。到了近前月志要拦腰抱住李桂芬。月志抱住的却是磨盘旁边大榆树残留的一截树桩，一截乌黑的树桩。月志揉了揉眼睛四外环望，李桥除了剩下一截大榆树的残肢就只有巨大的青石磨盘。月志正痴呆着发愣，月志胸怀里翻腾着难以言表的心情。月志看了一眼跟上来的老驴，哇啦一声开始号啕。

外出务工的人们回来了，看了一眼就磨身走了。月芒和月芒老婆在家园的废墟上看了一眼，也走了。李桥的废墟上就只剩下一个巨大的磨盘和一个号啕着的月志。

月志不知道哭了多久，不知道老驴还有多少耐心陪伴着他哭号。许多天过去了，月志哭干了眼泪哭哑了嗓子。

一个明亮的早晨，万道霞光俯照了李桥。

李桥乌黑的废墟上站着不哭不闹的月志，月志身边站着一头老驴。周围是浩荡的田野，田野被洁白的大雪覆盖。忽然一声鹅叫入耳，月志从大鹅的叫声里醒悟，月志转动着身体四外寻找。月志没有看见一只高傲的大鹅，月志只见大地上的白雪掀起白雪的波涛，从四外狂卷而来，裹挟着明丽的霞光，那白雪的波浪簇拥着扑到月志和老驴眼前，就是这满世界的白雪忽然凝结成了一只大鹅——雪白的大鹅。田野再次裸露出苍黄色调，大地波流深远，无边无涯。眼前的大鹅，洁白的雪凝结成的大鹅，它对着月志和老驴嘎嘎地叫个不休。

大鹅叫了一气，开始围绕着月志飞跑，扇动着翅膀跳舞。

月志跟在大鹅身后，扎撒起两只胳膊飞跑。月志他也变成了一只大鹅，一只飞翔的大鹅。飞翔了一会儿，又变成了一只高贵行走着的大鹅。月志他的身后身前，是等待着春播的大地。

老驴一声长鸣，唤醒了昭苏太河哗哗喧响的春冰。

# 我们李桥人

## 一

入秋头场浓霜染白了我们李桥。月亮出来那会儿就开始染，月光下一片清凉的白。

早起是个大晴天，村庄、树林、四外的田野白了，什么都白，天底下一派灰白。日爷儿很是光亮，朝霞很是明艳，东边天上，红得有些发暗。不知道打什么时候起，我们李桥没有了田园味，乡村再也不是静谧优美的世界，处处显出"鬼怪"。

厚重的木门从里面推开，嘎嘎叫了两声。了尘师太和心仪在门口站了站，眼睛往河口眺了眺。太阳底下，灰白变成了晶莹的白。河口上的李桥横着，桥上也是一片白。浩荡的河水是一条清流，消逝得有些急。因为没有一丝风，炊烟直直升腾，到半空里弥散，村子像在画中，田野也像在画中。这画不是我们通常看到的画，有点儿鬼画符的意味儿。

李桥若干年前是个石头桥，桥身图案和字迹虽然模糊，看上去古老，也古朴。从县志记载看，我们李桥是南宋时代建造的，徽钦二帝押往黄龙府途中，路过此地，坐桥头上小憩过，朝村里人找过凉水喝，还留了几句诗忧怀古国："路迢桥短日偏西，北地民风秋水急；国破山摧河峁断，魂飞魄窘命徐徐……"我们李桥人脑袋"笨",记不全,所以这些句子只能在古书里藏着,民间没传下来。浮雕都是"四旧","文革"中间被北京知青刨掉了,上海知青感觉不过瘾,说这桥本身也有历史遗臭,干脆用炸药炸掉算了。找社长许大烂要了 30 公斤炸药,结果就炸掉了。"四旧"被炸成了石块和烟尘,四外飞腾、溅落。桥不在了,河还在,悠悠流逝,不似那种古板的、木刻一样的姿势,变幻着水花儿,纠结着无数小漩涡,映着天光,放浪又拘谨,一个中年妇女的样子,向西边的邻村走去。这条河,这条河两岸的风景,不再是徽钦二帝感叹的那样山摧河崩断了。

了尘师太领着心仪徐徐地走到了桥头。

如今,河面上横着的李桥是土木结构,许多年过去了,有些垂老的征兆。马车走上去,桥身有些打战,人走在上面也尤其小心。

李桥不仅是这桥的名,也是村子的名。村里百十来户人家,村庄不算小,总是啥人都有,啥事儿都出。桥跟河水是一对古老冤家,河水要拦腰兜住庄稼人,桥却给了人起外心的方便。过了桥,是一条大道,大道两旁是茂密的榆树林,过了榆树林,就是外边白光光的世界。桥头有个汽车站点,起先每天一班,现在每天两班,经乡过县。这条从桥上开始的路,到了县上,就通往整个"人间"。

了尘师太停了脚步,眼睛望着心仪。了尘师太眼睛会说话似的,要说的话心仪明了。了尘师太是告诉心仪,到了还俗的时候就还俗吧。了尘师太读经意文章,是个有心胸的人,可她才不拘泥那些。一般来说,入了佛门,就是个空肠人,活着的时候简慢平常,死了就在村后的庵堂法地下葬,无论生死,和尘俗人两般境界。给我们的感觉,了尘师太不是一般尼姑,她比较看重红尘。

心仪从我们李桥离开了,她在这个霜晨痕月的早晨离开了我们李桥,在桥对面的榆树坡上了去往县城的汽车。桥面上的霜留下她浅浅的鞋印,因为太阳越来越大,那鞋印很快就蒸成了空中的水汽。

　　没有人知道了尘师太为什么让心仪还俗，问了尘师太，了尘师太不说。人们的好奇心又痒痒又难受，师太这是成心抓人们脚心呢。许多天日下，我们李桥人无论是闲谈还是做活计，都要猜，猜了尘师太为什么要让心仪还俗，猜心仪到底去了哪里。去年秋天，心仪来我们李桥就透着玄，如今去了也没个明确的去处。我们李桥人好奇心大，可脑子少，猜总是猜不到的，我们李桥人也知道自己猜不到，就是忍不住要猜。

## 二

　　夏天的尾巴上，宫国蕃回来了。他一路走来，惊动了县上、乡上的领导，村上的小沙弥、领导更不用说了，围前围后本来就是那帮人的本领。也难怪，谁让宫国蕃是外交部上班的干部呢，这一趟回来是探家，探完家，转头就要到国外当大使。我们李桥人老少辈没见过这样的人物，这人物还是我们李桥土生土长。就像土豆上了国宴，而且这个土豆还是我们李桥的黑土里长出来的，我们李桥人在一种非常好奇的心态下，想那土豆怎么就上了国宴，也就是说，宫二爷的孙子怎么就出息成这个样子了，我们李桥人琢磨不透。

　　宫国蕃回来的当天，宫二爷打发人赶驴车去了趟八面城，买回来一车喜席菜。八面城是个有名的古镇，离我们李桥有30多里路，除非是办大席面才套车去一趟。菜买回来了，卸了一地。院子里架两口大铁锅。我们李桥有义务厨子，有横吃竖喝的嘴，有幸灾乐祸和凑热闹的心，总之是热热闹闹了一整天。宫国蕃在家待了几天就走了，他走了之后，我们李桥人开始兴奋地谈论宫国蕃当大使这个事，兴奋了几天，转而又是猜，猜宫国蕃的前程，猜大使到底是个什么官，因为没有人能说清楚，不猜又放不下，所以就得猜。

猜是一门学问，可我们李桥人学问做得不深，就像李桥下的昭苏太河，风总是在水皮上吹，风吹不破水皮，水皮以下的景观，风是无法窥视的。我们李桥人的想法和念头总是门前屋后那片光景，往深处想不了。人家宫国蕃从上小学到大学毕业，这一路走来，让我们李桥人眼花缭乱。上小学就是好学生，考试总是第一，上了中学也是，一直到了外国语学院，毕业之后就上了外交部。根据宫二爷的话，二孙子宫国蕃了不起得没法说。有一天我们李桥人不猜了，开始回忆了。

回忆也是打宫二爷那儿来的，他可不是个正经庄稼人。宫二爷年轻时想做手艺人，学过几天木匠，嫌苦，不学了，学过几天做豆腐，豆腐匠也是俏皮人，可他起不了那个早。自古以来，豆腐匠要在半夜起来牵驴拉磨，天蒙蒙亮就得把豆腐车推出门，满屯子里走，边走边吆喝："豆腐——热乎大豆腐——"乡村的早晨在豆腐匠的吆喝声里弥漫着豆腐的醇香气。不能起早的人，咋能做得来。后来宫二爷做了井匠，井匠不用自己干活，旁边支应着就行。打井的时候，十几个粗身劲大的男劳力分成两组或三组，抱着一捆竹钎子吭哧吭哧，在井匠指定的位置往下钎，这就是笨法打井。我们李桥人每逢打井的时候，对宫二爷不怎么信奉，因为按照宫二爷那只破脚点下去的位置开始，经常打不出水来，打不出水来怎么办？过两天再打，两天打不出来呢？再过三天再打，有时候要在人家院子里凿下三四个地眼才能找到水。所以，每逢要动手的时候，就有人问宫二爷："有水吗？"这时候宫二爷就横瞪人家一眼，"少废话，有没有水我哪儿知道。"

方圆几十里除了宫二爷再没个井匠，不管宫二爷手艺再咋差劲，也还是得听他的。所以，不仅我们李桥的井是宫二爷打的，附近的井也都是宫二爷打的。虽然是个力气活，可不是天天都要打井，我们李桥几十户人家，家家窗前都有了洋水井，周围的村落也家家有了井，打井这个营生只能告一段落。在我们李桥人印象中，宫二爷这辈子是个闲人，庄稼地里的活计也拿不起来，眼皮抬都不抬一下，远些年去看，当年的宫二爷是我们李桥唯一那么一个游手好闲的人。没有井打了，闲得难受，就惹是生非，偷过庄稼，调戏过妇女，静水庵里的尼姑当然也没少被他羁绊。据说，宫二爷年轻时候静水庵香火比现在好，那时候尼姑也多，最多有 20 多个。

宫国蕃奶奶就是静水庵里还俗的小尼姑。那时候，小尼姑和宫二爷犯了风月戒，原来的师太除了会说罪过呀罪过，竟然不知如何应付，到底是了尘帮着她出了个主意，让小尼姑还了俗。其实，这个俗不还也是不行了，在我们李桥人看来，肚子要是大了，尼姑咋还能做得成。现在，那还俗的小尼姑已经是宫国蕃的奶奶了，了尘呢，已经是这静水庵的师太了。

往后的好多年里，就算是现在，我们李桥人都这么想，尼姑生的孩子聪明，不是小尼姑的骨血，宫二爷咋会有这么给祖宗争气的孙子。虽然是这么想，可我们李桥人厚道，除了宫二爷，没谁惦记静水庵里的尼姑（就算是想惦记，毕竟也只有俩垂暮的尼姑）。

头年秋天里一个傍晚，李寒梅从北京领回来一个女的，是个多愁多病之身，哑巴一样，跟村里人一句话也不说，可发起疯来，就在庵里唱，不分白天黑夜，半个村都能听到。李寒梅把她托付给了了尘师太，转身回了北京。静水庵忽然多了心仪这么个尼姑，多个尼姑可不是个小事，这年月谁还愿意当尼姑呢，心仪这么漂亮的姑娘出家做了尼姑，可惜得让人吧嗒嘴。本来静水庵里就剩下了尘师太和一个比了尘师太更老的尼姑，心仪来了，我们李桥人的好奇心可不能不使，问这问那，了尘师太就是不告诉。

后来李大仙说："北京的，来的时候可不是个尼姑，一脑袋长头发，乌黑乌黑的，拖到屁股，是个俊姑娘。我们家寒梅带回来的，她来了，转天静水庵里就多了个秃脑瓢。"人们便问他："这个知道，为啥来，你知道吗？"

李大仙长了个驴耳朵，消息总是那么灵通，说心仪是宫国蕃在北京搞的对象，宫国蕃把人家甩了，人家姑娘不甘心，跑我们李桥来找宫二爷说理。宫二爷平生最会应付这种事，跟人家没一句好话，反而数落了人家一顿，理全拉到孙子这一边，把个含悲忍愤的姑娘说得哑口无言，一气之下在静水庵中出家了。李大仙这话是寒梅说的？许就是寒梅说的。

李大仙的话，我们李桥人向来是信一半疑一半，为了求证是真是假，人们你问问，他问问，都去问了尘师太，可无论是谁，了尘师太都不给答案，怪打听的人好事，末了还要横瞪一眼，十分看不起的样子。人们又转着弯跟宫二爷打听，宫二爷更没好气，说孙子在北京外交部当干部，盼望将来发个大展，媳妇还都没娶，咋能玩人家大姑娘。末了，宫二爷还要用手里的拐棍横扫那些好信的。好信的被宫二爷一句话堵回去，差点儿还挨了棒子，赶紧闪开，可是好奇心得不到满足，脚心又让宫二爷给抓了似的。还是去找李大仙，非让李大仙说详细了。李大仙本也是捕风捉影这么一个人，就把事情说得云山雾罩，一去千里。李大仙这一派胡说，听的人也不敢信，可就是愿意听。

## 三

静水庵在一片麻地里，是一座相对独立的院落，三进房舍的规制。院子里有一棵不知道几百年的大榆树，泼下的树影很大一片，墙里一半，墙外一半。青砖墙外是一片麻地。现在谁还种麻呢，庄稼那么值钱，我们李桥的女人早就不用麻线搓绳纳鞋底了，除了粮食，哪家都不种麻。静水庵周围的麻也不是了尘师太种的，其实是自己长的。每年秋后割了麻去，麻籽会掉在地上，第二年春起，小麻苗会自己长出来，等到了五月，这片麻林就把静水庵围住，年复一年，年年如是。了尘师太把麻收去，做不了别的，只能搓绳子。村里哪家缺了绳子都来庵里找，多少给了尘师太几个小钱，就能从庵里得一条粗壮的绳子。绳子是每年秋后往家拉柴火必不可少的，所以家家还是用得上，对静水庵来说，搓绳子也是个进项。

小孩子们经常在麻地里玩，用笔直的麻秆折手枪，编蝈蝈笼子装蝈蝈，都挺好玩。把巴掌大的麻叶一片片铺在地上，当炕睡觉……麻地里可以藏住许多孩子的童年，还可以藏下多情男女的好事，最让我们李桥人难忘的，是七仙在这片麻地里还捉过一回奸。

我们李桥是老李家先人开荒占地的，我们李桥这村名也是这么得来的。李大仙他爹生了多少儿女没谁记得清，活下来的就有8个儿子3个女儿，大儿子叫大仙，八儿子叫八仙，中间的自然也都是仙。女儿们早年都出嫁了，爹妈也早就死了，剩下一帮仙们在我们李桥生儿育女，如今，大仙年过60了，就连最小的八仙也是40岁往上的人了。

七仙把老婆和宫国清按到了麻地里。当时是大热的晌午，麻地里都是干土面子，宫国清性急，没铺麻叶子，把七仙媳妇抓过来就压住。那天有三级风，吹得麻地呼呼响，也是七仙媳妇大意了，酣畅地叫了起来，事后人们议论起来说，七仙媳妇偷嘴吃还嚷嚷。七仙媳妇这一酣畅，让路过麻地的七仙听到了，结果就按在了当场。七仙媳妇当时翻脸了，反咬了宫国清强奸。

事情犯下了，宫国清让老李家的八个仙五花大绑，送到村上去。这个时候的许大烂已经是村长了，七仙黑着一张脸让许大烂做主，要把宫国清往乡里、县里送。许大烂瞪了宫国清一眼，说："你这个宫国清，好哪口不好，偏好这一口，丢人了可，你随你爷爷，跟你弟弟不一样。"说完，他一挥手，连同七仙在内，一起出来，把个五花大绑的宫国清往乡上送。宫二爷早得了消息，在桥头等着，把他们拦住。宫二爷拉了七仙到麻地边，说了一些话，到底说的啥，远处听不到。

七仙把宫国清放了，宫国清回家杀了一口猪，请全村人吃了一场肉，这个破事就算是过去了。当年年底，七仙当上了村长，这个时候我们李桥人就起了议论。我们李桥人脑袋笨，起先没把事情联系起来想，还是大仙聪明一些，他断定这里面有猫腻，断定他们家七仙这个村长是宫国蕃从北京捎来话了，给从乡上要来的。起先大仙不想说，毕竟七仙是自家弟兄，这种隐秘就算猜到了，也不能往外说。可是那天大仙喝了酒，嘴上没把住，到底还是把这个话说了。别的话，乡亲们信一半疑一半，这个话，乡亲们全信了。

# 四

麻地边头有个废弃的磨盘，磨盘四外是片干燥的空场地。要是天气晴好，晚饭后、黄昏里，人们就来这里坐着扯闲话。大人们张家长李家短，小孩子和狗在旁边玩，去拍静水庵的门，被了尘师太吼了，就撤回来。有时候了尘师太也和颜悦色的，拎一筐黄瓜出来，让孩子们提到大人们跟前去吃。大人们就吃，满嘴都是黄瓜的清香，要是了尘师太拎出来的是一筐西红柿，嘴丫子上噗噗冒出西红柿的汁液来。孩子们也吃，跑着吃，一会儿钻了麻地，一会儿又从麻地里钻出来，直到天上有了星星，大人孩子才回屋。

年前的时候，李大仙是这么说的——

"宫国蕃其实根本不是外交部的干部，你们别听宫二爷那张破嘴乱喷，还中国，还北京，还中国北京外交部，打开他们老宫家家谱看看，祖上都是些啥人，能生出在外交部上班的子孙吗？不信你们去北沟子坟地上看看，看看他们家祖坟上有没有一棵高草。"李大仙这个话一出口，我们李桥人都说李大仙这是眼气人家，说的是酸话。

有人说："你这是嫉妒，你们老李家一窝（家门口）光棍，腿比蛤蟆腿还短，除了七仙，你家族连上过乡里的人都没有，七仙也就是当了村长才上过乡里，你们老李家人也就方圆30里地乱转悠，去过八面城的有几个？见过啥是世面吗？"

李大仙不服，因为李大仙有救命稻草，这个稻草是八仙的闺女李寒梅。李寒梅初中毕业就去县里打工，干了半年就上了沈阳，干了一年又去了深圳，在深圳待了3年，又转脚去了北京。现在北京有生意，是个理发屋，理发屋的名字叫"青春加油站"。李寒梅把自己的名字也改了，说是改成一个跟北京对味儿的名字，叫啥我们李桥人没记住，她每次回来，我们李桥人还叫她寒梅。李大仙说："谁说我们老李家人都是家门口光棍，我们家寒梅在外头挣大钱你们又不是不知道。"

说老李家人没见过世面、腿比蛤蟆腿短的是许姓人，是许二烂。许大烂当了社长当村长，许多年里，许大烂是我们李桥最有权势的人，平白无故让乡上给撸了，换上了七仙，许姓人家心气跟李姓人家顺不起来。许二烂说："我还忘了你侄女了，那孩子在外头凭啥给你们家八仙挣那些钱，八仙两口子也不问问，就知道拿闺女享受，房子盖了四五间，院套也修得比驴高，就不问问闺女咋挣的那个钱。"李大仙说："这个你管不着，北京是首都，钱好挣。"许二烂说："好挣你咋不去挣，哦，对了，你去不了，因为你没长那个模样，你还不是个女的，你去了也白去。"许二烂这个话李大仙打心里不爱听，朝地上吐一口唾沫，转身走了。许二烂在后面喊："你咋不说了？还没听够呢，你继续说呀。"李大仙头都不回，直着脖子骂一句。

转过两天，李大仙又坐在磨盘上说："宫国蕃其实就是在北京瞎胡混，没个正当职业。"他又说，"北京好混，有点儿文化就能混成人模狗样。"

李大仙这话没人信，可都乐意听。

许二烂不是想替宫国蕃和宫二爷不平，他想，要是让他们两家干起来就好了，于是，李大仙云山雾罩的工夫，他转身去了宫二爷家，进了门跟宫二爷说："李大仙埋汰你和你孙子呢。"

宫二爷刚吃了晚饭，正躺在行李上剔牙，吃的是小鸡炖蘑菇，瘦肉丝在牙缝里咋也抠不出来。宫二奶看他难受，起身帮他抠。老两口正对付牙缝里的瘦肉呢，许二烂进屋就说："老李家哪有一个正经人，你宫二爷帮虎吃食，把我哥撸下来，让老李家人上去，上就上吧，我们许姓人不当这个破村长也没啥了不起，可倒好，李大仙又埋汰你们家国蕃呢。"

春天的时候，老李家人就满世界传扬，说宫国蕃不是啥外交部干部，宫二爷气不打一处来，找到老李家门上去，问人家为啥扯这闲话。人家老李家人气焰很高，说这不是扯闲话，他们家宫国蕃大学毕业一直就在北京闲溜达，没个正当职业，本来就是个二流子。宫二爷急得跳起脚来骂："你们老李家人没一个好东西。"李大仙说："宫国蕃要真是外交部干部，就让他跟县上说说，帮着咱李桥办点儿实际事。"二仙是个哑巴，手指着宫二爷，哇啦哇啦一阵叫，看架势要跟宫二爷伸手。这一窝人宫二爷也没辙。平常闹矛盾，能张嘴说话的仙多，七嘴八舌乱呛呛，要是理不在他们那儿，他们就把哑巴二仙使出来，哑巴是残疾人，打死人不负法律责任。宫二爷没找出个里表来，只能气哼哼地回了家。进了家，跟宫国清说："赶紧给你弟弟打电话。"宫国清也跟老李家人生气，也想和弟弟商量商量，怎么让全村人看看能耐，于是他就给宫国蕃打了电话。

几天之后，乡里组织泥瓦匠，把静水庵里外翻修了一回，顺便把宫家祖茔地也砌了石树了碑。翻修静水庵那天，宫二爷坐在磨盘上，用手里的拐棍指着老李家的那些仙骂道："你们看到了？

这是我孙子跟上头说的,不是我孙子有话,这静水庵塌了也没人管。"村里人都在这儿看热闹,老李家那帮仙也都在看热闹,个个心说,宫国蕃还真能耐,在上头说个话,就让乡上把庵翻修了,祖坟也装修了。可李大仙是个嘴上不服输的,他把宫二爷的拐棍扒拉到一边,故意要气气宫二爷。他说:"二叔,这算啥,你孙子要是真在中国北京外交部当官,就让他跟县上说说,把村里的公路修成油漆马路,你孙子要是能让门口的沙石路变成油漆马路我就信。"

许二烂听老李家人这么说,就在旁边起哄:"你们老李家人这不是难为人嘛,修路是县上统筹一部分,下边集资一部分,你们家七仙是村长,这个事应该他张罗,咋能张嘴让人家宫国蕃给你修?"

老李家人也满身是理,在他们看来,许大烂当村长的时候收不上集资款,这种得罪人的事老李家人也不干。

"你哥在位的时候咋不集资?"

许二烂气不忿:"我哥在上面的时候县里、乡里还没这个号召。"

许二烂说的也是实情,农村修柏油马路是最近两年来的事。四乡八邻都在修。我们李桥地面上有将近 10 公里沙石路,路面已经破损,石头尖朝上,人走在上头硌脚,车走上去也一瘸一拐,其实早就该修了。可家家都放出话来,路就应该是国家修,修路钱咱可不能拿。七仙一直没收上来集资款,路就一直没修成。现在大仙跟宫二爷叫这个号,其实也是想帮他们家七仙一把。

要是别人,可能就不跟老李家人较这个劲了,宫二爷是谁?宫二爷是宫二爷,从来就没在啥事情上堆过,何况有个在外交部当干部的孙子,不可能让老李家人在这种事情上给较死。四外看看,见宫国清骑在静水庵的墙上,指挥着乡里的工程队这么干那么干的。宫二爷朝他喊,"国清你下来,回家往北京给你弟弟打个电话。"

　　让我们李桥人吃惊的是，一个月后，县上公路段的人真来修路了，把我们李桥的所有沙石路都铺成了油漆路，一条油滚滚的油漆路从远处"飘"过来，搭在了河岸上，游蛇一样，一口咬住了李桥。修路那些天，宫二爷整天在路边走，见了人就说："这是我孙子国蕃的功劳，这是我孙子国蕃跟上头过了话，不是我孙子的脸面再过 20 年也铺不上油漆路……这个孙子我算是没白供，我这个孙子书算是没白念……乡亲们都跟着沾了光，我这孙子成人没忘了家乡……"

　　修路那些天，除了七仙在现场，其余的仙们都恋家，待在家里不出来。宫二爷问七仙："这回信不信了？没我孙子，你能当上村长？静水庵有人给修？这条平溜溜、油光光的马路猴年马月李桥人也走不上。"七仙没话说，想走开。宫二爷跟在七仙身后，继续说："人得知道盐打哪咸醋打哪酸，吃水别忘挖井人，到现在许大烂、许二烂还嫉恨我，说我孙子在上面捣鬼，把他从村长的位子上拉下来，把你硬推上去的，都不是瞎子，老许家人说的不错，不是我跟国蕃说，不是国蕃跟乡上说，就凭你这猴样咋能当上村长。"七仙实在不乐意听宫二爷这些破话，站住脚，螃蟹眼探出来，盯着宫二爷说："老不死的，你再不住嘴，这个破村长我宁可不当，送你们家宫国清进大狱！你信不信？"

　　宫二爷也停住脚，眼睛也盯着七仙看。宫二爷把拐棍往天上指，想说啥，想想不说了，朝七仙哼了一声，转身走开了。第二次再碰上七仙，宫二爷问七仙："你这个当村长的，有啥困难你就说，我给国蕃打电话，让国蕃从上头往下撇话。"七仙不搭茬，七仙心里生气，晚上跟另外几个仙们说宫二爷太猖狂，太气人，都快把他给气死了。另外几个仙们就问他，姓宫的到底咋猖狂了，七仙就说了个详细。大仙说这好办，反正姓宫的能耐，再问你，你就让他在河上修一座大桥。

　　路修完那天，乡里、县里领导来剪彩，宫二爷跟乡上领导打了招呼又跟县上领导打了招呼，无论是乡上领导还是县上领导都恭敬他，都说您老人家是有功之臣呀，您老人家有个好孙子，您老人家要好好养着您的身子骨呀，等等，都是一些在宫二爷心坎上撒蜜的好话。宫二爷这个时候就变得谦虚了，说他孙子是个好孙子不假，他们也都是好领导，没有他们这些好领导照应着，他孙子也做不了啥贡献。领导们说："哪里哪里，还是您老人家养了个好孙子。"宫二爷说："是李桥这块土好，这样的好土地养了他这样的好孙子，我感谢你们这些领导，也感谢这块土地……"领导们上台剪彩了，宫二爷就走到七仙近前，跟七仙说："村长你有啥困难就跟我说，我给国蕃打电话，让他从上头往下撒话。"七仙笑了笑，明知道宫二爷不抽香烟，偏偏递给他一支，宫二爷说："今天是喜庆日子，我抽，这个烟我得抽。"七仙把烟给他点上，说："二叔，你给国蕃侄子再打个电话，让他跟县上领导再说上一说，把河上的破桥换成水泥桥就行。"宫二爷愣了一下，嘴虚张着，刚吸进去的烟慢慢地飘了出来。七仙问："二叔，咋？有难度？"宫二爷转过神来，"没，没难度，哪能有难度，再说，土桥也配不上油漆马路，应该修，早就应该修了，电话我打，等会儿回去我就让国清往北京给他弟弟打。"

电话打过去没几天，就是夏天了。夏天一到，宫国蕃就回来了，在家待了几天，喝酒的时候跟乡亲们说，他要到国外当大使去了，往后村里的事就管不了了。当时李大仙还说，北京待得好好的，为啥去外国？宫国蕃微笑着，不说为啥。村里人就七嘴八舌替宫国蕃说："外国好呗，还用问？"李大仙说："外国有啥好，有你在北京给往县里、乡里撒话，咱李桥不受欺负。"宫国蕃还是不回应李大仙，还是微笑着，他不看李大仙，他看着别的乡亲们。李大仙又说："国蕃侄子，你到外国当大使也行，临走前你再跟上头说句话，把桥给修上，咱家乡就这一个事情了，你给办了再出国。"宫国蕃还是不说话，他站起身，端了酒杯到别的桌子上给别的乡亲们敬酒去了。

宫国蕃走了许多日子，上头也没来修桥。

# 五

李寒梅从北京回来了。李寒梅不是在榆树坡下的车，她是坐飞机到的省城，之后从省城打车回李桥的，出租车直接就开到了磨盘地。一帮人围过来，人们夸寒梅可是李桥最有能耐、最厉害的闺女了，跟寒梅年一、年二的姐妹们围着她看，看她的穿戴，看她的发式，满心满意地羡慕。

宫二爷从磨盘石上下来，拄着拐棍到了寒梅跟前，把个李寒梅左看右看。

宫二爷说："丫头你跟我说实话，说我们家国蕃在北京闲溜达、瞎胡混的，是不是你？"没等寒梅说啥，宫二爷又问："是不是因为我们家国蕃看不上你，对象搞不上，你就生气，你就扯他闲话？"

寒梅愣了一下，很快明白了宫二爷为什么这么问，就说："二爷你怎么这么说，北京那么大，我都没见过你们家国蕃，你们家国蕃不是在外交部当干部嘛，人家官大，不理咱乡下丫头，不理我我也不理他，见都没见过他，所有的闲话都跟我不沾边。"

宫二爷把拐棍举起来，指着天，人们顺着拐棍往天上看，天上除了一片云，啥也没有。宫二爷跺了一下脚，塌陷的眼窝罩下所有人，然后声音很大地说："你们都听见了？寒梅证明我们家国蕃在外交部当干部，往后谁再造谣扯淡，可别怪我骂他家八辈祖宗。"说完，宫二爷又坐回磨盘上去了。

有看不出脸色的还问寒梅，"寒梅你仔细说说，宫国蕃到底是在北京瞎混呢，还是真在外交部当干部呢？"寒梅瞥了那问的人一眼，"我方才不是说了嘛，我不知道，北京那么大，我又没去过外交部，我哪知道去。"寒梅又说，"你们这些人没良心，你们没看见静水庵都翻修了？你们脚丫子走的油漆马路是天上掉下来的？"寒梅说这些话的时候，眼光扫了所有人，所有人都把眼光蔫下来，好像从这丫头的话茬里听明白了，翻修静水庵，还有从村头直直走出去的油漆马路，可还真是宫国蕃的功劳了，不是这样的话，上头能平白为李桥做这么多好事？可乡亲们还想问问修桥的事，看看寒梅的神色，也就没有问。

这时候，八仙早把闺女带回来的包包裹裹都背在肩上，喊闺女回家。八仙说："走吧闺女，跟这些人说不清楚。"

李寒梅跟着八仙回家了。一路上，八仙问这问那，寒梅怪她爸话多，八仙说："别的我不问了，我就想知道你跟宫国蕃咋样了。"寒梅跟八仙说："能咋样，上个礼拜还找我借钱呢。"八仙问："你借他了？"寒梅实话实说："不借不行。"八仙又问："他大衙门口上班的，咋还能找你借钱？"寒梅说："咱们县里的书记县长都去北京了，投奔他去的，他得招待呀。"八仙说："在外交部当干部，还用得着他掏钱请客？再说，请客的钱他也没有？"寒梅说："请家乡县上的领导吃饭不可能上一般饭店，他在北京又不认识谁，钱不够，不找我找谁。"八仙想了想，"我要问的不是这个。"寒梅知道八仙问的啥，可寒梅故意打岔，说别的她不知道。八仙说："我是问你们俩咋样了？"

寒梅说："你别问了不行吗？"

八仙又问，寒梅不耐烦，说："没戏，你别管了。"

八仙说："你们俩小时候一块长大，上学也在一起，他考上大学走那一年，你们俩还……咋能没戏。"

寒梅说："你还有脸提上学，你就供我念到初中毕业，说啥也不再供了，人家宫二爷一直把宫国蕃供到大学毕业，初中毕业和大学毕业差多大距离？人家哪能看得上我。"

八仙在闺女身上有短处，当初寒梅跟宫国蕃比着学，成绩也差不了多少，可因为他家里困难，硬是让闺女下来了。为这个，寒梅不知道哭了多少场，一气之下出去打工了。几年下来，寒梅挣了不少钱，可在我们李桥人眼里，有钱人指定让人羡慕，羡慕是羡慕，我们李桥人更看重当官的，李寒梅虽然是有了钱，跟人家宫国蕃本就不能比，何况李寒梅那个钱是咋挣来的？李桥人心中都猜到了，就是嘴上不说。八仙叹了一声，"宫国蕃有啥了不起的，当了干部能咋地，还不是得找你借钱，这年头，有钱就行。"他这么说，是安慰闺女，也是安慰他自己。

寒梅不想再接八仙的话，咯噔咯噔往前走。寒梅不说话，八仙就讨好寒梅："闺女，宫国蕃看不上咱，咱也不能一棵树上吊死，天底下……"寒梅说："我不用你管。"八仙继续讨好闺女，"看你说的这话，我不管谁管？"寒梅说："房子是不是我拿钱盖的？院套是不是我拿钱修的？你跟我妈吃的穿的是不是我花钱支应的？往后这个家长你就别当了，我当，家长的事家庭成员别乱管。"八仙把肩头上的包袱往上掂了掂，紧走几步赶到闺女头前，仰起脸问闺女："这个家长你真不让爸当了？"寒梅眨了眨眼，点了点头，"嗯，能者上庸者下，咱家我是能者你是庸者，我上你下，正常。"八仙拿俩螃蟹眼睛看着闺女，闺女也看着他。八仙说："行行行，我让贤，家长你当。"八仙这么说，寒梅就笑了，寒梅说："爸你可真行，家长往后还是你应名，我的事你别管就行。"说着，寒梅往家走，八仙把肩头的包裹又往上掂了掂，紧跟在闺女身后走。两人说着话，进了家门。

寒梅妈把饺子包好了，水也烧开了，正要下饺子。见闺女回来了，脸上笑得像开了朵大菊花似的。寒梅把包包裹裹都打开了，一炕的花红柳绿，除了穿的就是吃的。寒梅妈一件一件拎着看，嘴上抱怨闺女乱花钱。八仙说："你这是嘴不对心，心里盼着闺女往回带东西，嘴上还这么说。"寒梅妈因为高兴，爷们儿揭了她的短，她也不生气，把一件羊毛衫套在了身上，忽一下走到镜子前头，左照右照，腰转来转去的，屁股跟不上转数。寒梅妈说，霜降了，正好穿这个。

吃饭的工夫，八仙问寒梅回来待几天？

寒梅说："待不了几天，她是来接王月月的。"

八仙说："心仪那个小尼姑？今天早晨坐车走了。"

寒梅有些着急，"走了？怎么就走了？"

八仙说："谁知道，吃了饭你去问问了尘师太吧，她送她走的。"

寒梅心说："这可坏了。"饺子也没心思吃了，放下筷子，着急忙慌往静水庵跑。

# 六

又是一个黄昏，麻地被小秋风吹得哗啦哗啦响，仿佛一个婆娑世界。

磨盘上方才还坐了一帮人，小风一起，都回家了。静水庵的木门因为夏天漆过，红得耀眼，远处看着，像我们李桥村永远无法愈合的伤口。炊烟如常升起，日头徐徐下坠，西边天际一抹橘黄。

宫国清气喘吁吁地跑过来，狠劲拍静水庵的门，一边拍一边朝里面喊师太。

静水庵笨重的木门被了尘师太从里面推开，嘎嘎叫了两声。了尘师太问宫国清："你奶奶病了？"宫国清伸了伸脖子说："眼看、眼看就咽气了，我还得找六仙给打棺材呢。"师太说："棺材不用打，你奶奶死不了。"宫国清吃惊地看着了尘师太，"眼看快咽气了，你咋说死不了？"了尘师太平静地说："凡事都有定数，你奶奶她的命数在《玉阶胜志》里写得清清楚楚。"宫国清说："爷爷喊你过去呢。"师太不紧不慢地说："不用我去，你奶奶真死不了，回去跟你爷爷说，你奶奶得走在他后头。"宫国清不信，心说，爷爷一顿吃三碗大米饭，身子骨那么好，怎么能死在我奶奶后头呢。可是，在我们李桥，师太说的话不能不信，因为静水庵里有一本《玉阶胜志》。据说，这本古集里把我们李桥人的生生死死都记得很详细，师太因为有这个学问，她的话没有不应验的。师太转身回去了，把木门嘎嘎关上。宫国清愣了一会儿，一边想着师太说的话，一边往回跑。

吃晚饭的时候还好好的，吃了晚饭，宫国清奶奶说身子乏，说着就躺下了，躺下就睡着了。过了一会儿，宫国清媳妇说："奶奶今天这是咋了，脸咋脱相了。"她这么一说，宫国清和宫二爷都围过来看，老太太嘴歪眼斜的，口水也淌下来了。宫二爷用手背在她鼻子底下试试，气息细得像游丝一样。宫二爷说："要没气了，赶紧张罗吧。"宫二爷跟宫国清说："把了尘师太喊来，把村长喊来，把木匠六仙喊来，再到四仙家订个大豆腐。"宫国清赶忙跑出来，想不到了尘师太这么说，说他奶奶得死在他爷爷后头。

宫国清跑回家，他想看看奶奶到底咋样了。他媳妇正给老太太找装老衣裳，宫二爷坐在炕上没动，他是等宫国清喊人来。宫国清往炕上看看他奶奶，真是死了的样子。宫二爷问宫国清："人都喊了？"宫国清就把了尘师太的话都说了，宫二爷听了，把手里的拐棍举起来，照着宫国清就劈下来，骂他没有用，人都没气了，还说死不了。宫国清脑袋上顶着了一个包，转身往外跑。这工夫，他媳妇惊叫了一声，说你们看，快来看，奶奶醒了。宫二爷探眼去看，老太太睁开了眼睛，忽地坐了起来，揉了揉眼睛，问孙媳妇："你们这是干啥呢？"

老太太说："我做了个梦，我梦见国蕃掉冰窟窿里了。"

宫二爷从惊慌里安静下来，撇了撇嘴，"啥梦不能做，做国蕃掉冰窟窿这个梦，你还不如不醒呢。"

老太太说："我乐意做这个梦？国蕃要到外国去，我死的时候他也赶不回来看一眼。"说着，老太太哭了起来。

宫二爷说："看你这点儿出息，孙子到外国是当官，是给祖宗增光添彩。"说着，宫二爷朝宫国清横了一眼，"给你弟弟打个电话，问问他，走之前能不能再回来一趟。"宫国清揉着脑袋上的包，站着没动。宫国清媳妇也站着没动，她心里有气，跟宫二爷叫喊："都是一样的孙子，咋两样看待？北京的一年也见不到个影儿，当了干部，一分钱也没往家邮，你指望上一根头发丝了吗？整天伺候你的，不是挨骂就是挨打。"宫二爷又把拐棍举起来，到底还是放下了。宫二爷嘴一撇，"一样的孙子？哪儿一样？国蕃给祖宗争了光，国清给祖宗丢了脸，还敢说一样的孙子。"宫国清媳妇是想给男人争一句，忽然想起他跟七仙媳妇那件事，也就住了嘴，气不打一处来，转身出来，串门子去了。宫国清还是站着不动，揉脑袋上的包。宫二爷更气，朝他喊："我让你给你弟弟打电话，你听见没有？"

宫国清给宫国蕃打了电话，他在电话里跟宫国蕃说："奶奶想你，问你能不能回来一趟。"宫国清放下电话，跟宫二爷说："国蕃说回不来了，下星期就出国。"宫二爷叹息了一声，情绪马上又欢快起来，"得了，孙子当大使去了，回不回来的，不打紧，给祖宗争光去了。"

老太太抹起眼泪，说八成再看不到孙子了。

宫二爷说："你哭啥？了尘师太说你走我后头呢，你死不了。"

老太太问宫国清："了尘师太真是这么说的？"

宫国清跟老太太点点头，没再说啥，转身出来。他想去找寒梅，他想问问寒梅啥时候走，把他带上，他想在兄弟去国外当大使之前看看兄弟，他想跟兄弟当面说说修桥的事。他知道，爷爷这些日子心里不顺，原因就是桥没修上。自从他打电话给宫国蕃说了修桥这个事之后，爷爷天天盼着上头来给修桥，可是一天一天过去了，修桥的一直没有来。宫国清没出过远门，不敢一个人上北京，他想，要是李寒梅领着他，正好去一趟北京。他这么想着，就往八仙家那边走。

# 七

寒梅正在收拾东西，准备连夜动身回北京。八仙两口子围前围后，问闺女咋这么着急，刚回来就火烧屁股要走，到底为啥。八仙念叨着，不是说待几天再走吗，待几天再走吧。寒梅心里着急，不想说话。

寒梅找过了尘师太，问了尘师太："王月月呢？"了尘师太跟寒梅说，她走了。师太又说："这一年来，她就像个哑巴，发病的时候，连佛祖都能吓出一身汗。"寒梅说："不是有病，人家能来这里吗，你咋能让她走呢。"师太知道寒梅是怪她。师太说："不是我让她走，她不想在这里待了，她自己要走，她说她再待下去就要死了。"师太又说，"本来就是城里大户人家的小姐，爹妈都当了那么大的官，从小娇惯到大，静水庵的日子哪是她能过得下去的。"

寒梅问："她的病到底好没好？"

师太说："时好时不好的，不过，比来的时候可强多了。"

寒梅心急，怪师太，"她这样你就放心让她走？要是走丢了，我咋跟黄厅长交代？"

师太说："丢不了，就算她犯病了，也就是心闷，别的病我都给调理好了。"

师太这么说，寒梅一颗悬着的心放下了。

王月月是黄厅长的女儿，黄厅长的丈夫是个副部长，黄厅长经常来"青春加油站"收拾她的头发，时间长了，寒梅就跟黄厅长有了交情，交情深了，黄厅长就让寒梅去家里玩，寒梅去了才认识王月月。寒梅认识王月月的时候，王月月得了一种怪病，任何医院都看不了的病。北京医院看不了的病，基本上就是邪病，邪病得邪治。寒梅也是为了帮黄厅长，这种情况下，寒梅就跟黄厅长说了了尘师太，说了尘师太对这种怪病有办法。

对黄厅长和她的丈夫来说，最挠头的事就是宝贝女儿王月月的病，本来好好的，平白就得了这么个病，犯起来神魂颠倒，语无伦次，有两次还拿着小刀在胳膊上划，眼看着胳膊上的血流出来，也不知道疼。黄厅长两口子带着女儿访遍了天下名医，问过了各路神灵，就是不见起色。本来也绝望了，好歹养着吧。也是好心有好报，黄厅长见寒梅跟王月月一般年龄，人又机灵又漂亮，虽然说是个东北农村姑娘，模样长得倒有几分娇巧，性情也大方。不是别的，看上一眼就喜欢。黄厅长是个直性子，喜欢就说喜欢，问寒梅："乐不乐意给我当干闺女？"寒梅当然乐意，在北京一个人打拼，有个厅长当干妈当然好了。寒梅说她乐意。黄厅长让寒梅关门，带着她回家。黄厅长说："来家里吃饭，认识一下你干爹。"

寒梅进了黄厅长家，见到了王月月。她跟着黄厅长进门那会儿，王月月正在沙发上睡觉，王月月就像个睡美人那样躺在沙发上，手里拿着一把晶亮的水果刀，胳膊上一道鲜红的血口子。王月月这个样子让寒梅吃了一惊，黄厅长也吓了一跳，大声责怪保姆。保姆慌忙从一个房间里出来，一边揉眼睛一边跟黄厅长解释，说自己不小心睡着了。黄厅长把王月月手里的水果刀拿过来，咣当一声丢在保姆脚下，"你看看，告诉你看紧点儿，又让她伤到了。"保姆一脸哭相，"我昨天照顾她一晚上，一个晚上我都没合眼。"黄厅长说："算了算了，你睡去吧。"保姆没去睡，着急找医疗袋去了。黄厅长蹲下身来，一边抚摸着女儿一边叹息。

那天晚上寒梅在黄厅长家吃的饭，黄厅长的丈夫没有回来，干爹没见到。吃饭的时候，王月月醒了，保姆搀扶着她坐在桌边。仿佛是吓破了胆，王月月什么都怕的样子，坐在那儿，拎心拎肺的，偷眼看了寒梅一下。寒梅不知道怎么应承，黄厅长又叹息了一声，接着，就说起了女儿的病。黄厅长说："凭空来的，一切都是凭空来的。"她带着她走遍了世界，看不好了。说着，又一声轻叹。

寒梅也是随便这么一说，她说："我们老家有个静水庵，静水庵里有个了尘师太，别的我不敢说，方圆几十里地，谁有个怪病都找她，没有治不好的。"

就这样，去年秋天黄厅长来过李桥，在静水庵住了一夜。了尘师太和黄厅长商量，让王月月在静水庵里出家。黄厅长当然不同意女儿出家，了尘师太的意思是，只有出家了，这种病才能好起来。黄厅长还是不同意，就回了北京。回了北京之后，眼看着王月月一天不如一天，黄厅长没了主张，找寒梅商量，让她跟了尘师太再联系一下，同意王月月出家了。

寒梅把王月月带回来交给了尘师太，了尘师太收留了王月月，送了法号"心仪"，又让寒梅转告黄厅长，如果机缘凑巧，心仪会有还俗的那一天。

上一次，宫国蕃回来，了尘师太让他转告寒梅，就说心仪的病一天比一天好了。

宫国蕃回到北京就把这个事告诉了寒梅，那个时候，黄厅长和她的副部长丈夫成了寒梅的干爹干妈，干妈陪同干爹去欧洲考察了，一去几个月。寒梅实在等不了了，她想把这个好消息让黄厅长两口子尽早知道，于是就给黄厅长打了个电话，告诉她，月月的病快好了，被了尘师太治好了。黄厅长听到这个消息，激动的声音从欧洲传过来，听上去有些哽咽，她跟寒梅说："我们要两个月之后才能回来，我们回来之前你把月月接回来，我们一到北京就要看到她。"她又跟寒梅说，"多亏了你，我跟你干爹一定好好报答你。"

月月一个人走了，她来的时候生着病，路途都不记得，现在一个人走了，走丢了怎么办呢。

寒梅急得不行，急着往出走，八仙两口子跟到大门口，万般不想让闺女走，可他们又不知道怎么能留住姑娘。

宫国清正走到大门口，问寒梅："寒梅你这是？"寒梅说她回北京。宫国清就把自己的想法跟寒梅说了，寒梅一听他要去北京，赶紧说不行，他不用去北京，有什么话她给他带到。宫国清说，也没别的，就是想看看他兄弟，就是想跟他说说修桥的事，就是想看看他到底有没有工夫回来一趟，他奶奶想弟弟想得差一点儿就过去了。寒梅说："还说没有别的，这些主张呢，好吧，我回到北京就找他，跟他说，奶奶想他了，让他有工夫回来看看，我还会跟他说，让他和县上领导打个招呼，想法把河上的桥给修上。"宫国清抓了下脑袋，不好意思地说："我还没去过北京，也想看看我弟弟上班的地方。"寒梅说："你不用去，我也带不了你，我还有别的事要办。"

夜色降临了，寒梅事先从县城喊来的出租车已经等在桥头了，寒梅在桥头上了出租车，很快就消失在了夜色中。

# 八

大仙吃了晚饭到八仙家看侄女，寒梅走了，他在炕边上坐下问八仙："寒梅回来有事？咋这么急就走了？"怕寒梅妈实话实说，一点儿隐瞒也没有。八仙赶紧说："回家送钱来了，本来打算待上几天，可饭还没吃完，北京就来电话，说有事让她抓紧回去，这不，火燎屁股就走了。"大仙说："寒梅这丫头算是得济了，北京买卖越来越大了吧？将来在北京找了婆家，你们两口子也去享享福。"八仙的神色美气起来。八仙说："那都是将来的事。"

大仙说："寒梅没说说宫国蕃？"

八仙说："没说，也没来得及说。"

大仙说："按说宫国蕃那孩子不错，就是宫德本这老家伙，太高傲，自从孙子考上大学脖子就拔起来了，恨不得脚丫子朝天走道，看着就来气。"

八仙说："寒梅说宫国蕃不理她。"

大仙想了想，叹了一声，"也是，人家现在是国家干部，而且还是外交部的干部，而且还要到国外当大使去，咋能看得上咱家寒梅。"大仙又说："不能跟当初比了，当初是他配不上咱们寒梅，说实话，现在是咱们寒梅配不上人家。"

八仙说："配不上咱就不配，天底下两条腿活人多的是。"

大仙说："那是，凭寒梅的能耐和长相，在北京找个婆家没问题。"

两个人正说着，其他那些仙们也都来了，都是看寒梅来的。寒梅每次回来，每个人都有点儿纪念品，没有纪念品的时候，寒梅也会给每个伯伯丢两百块酒钱。这一次，寒梅走得这么急，拉拉家常的机会都没给，你问他问的，都是问寒梅咋走这么急。

寒梅妈把八仙跟大仙说的话又说一遍。

大仙说："有几天没见宫德本出来了，碰见他我得问问，桥啥时候修。"三仙、四仙、五仙、六仙也都跟着起哄说："宫德本一而再给孙子添麻烦，有再一再二，没再三再四，静水庵翻修了，油漆路也修了，再让人家修个桥，也是太贪婪了。"

大仙说："不是咱们贪婪，反正宫德本牛气，也不能让他白在村子里牛气，不给他出点儿难题，他不知道自己到底有几斤几两。"

七仙说："要是宫国蕃再听他爷爷一句话，真把桥修上，宫德本往后更牛气了。"

大仙说："牛气好啊，新农村建设还有很多难题，我都给他预备下了，完成一样还有一样，都让他往北京打电话解决。"

八仙笑，其他仙也跟着笑，所有的仙都笑了。

八仙媳妇问大仙："大哥你消息灵通，小尼姑咋走了？"

八仙狠劲给了媳妇一个眼色，不让她问。八仙媳妇这才想起来，寒梅嘱咐过，关于王月月的话别乱说。

大仙说："我还想问问你们呢，当初是寒梅领回来的，走了也没跟你们家打个招呼？"

八仙说："招呼个啥。"

大仙见八仙故意不说，就把话拐弯了，"等秋后我去趟北京，让寒梅领我看看天安门，爬趟长城，主要是看看故宫，看看皇帝们待的地方到底是个啥样。"大仙这么说的时候，其他仙们都张着嘴，好像大仙真上了北京，让他们眼馋得不行。大仙又说："我还要看看人民大会堂，再去一趟毛主席纪念堂……"七仙说："得了吧，老八还没去呢，又不是你闺女，你别见便宜就上。"大仙说："侄女和闺女一样。"八仙说："一样了？当初寒梅没钱念书，你们腰里别着钱的，哪个也没搭把手。"仙们又一阵嚷嚷，说那时候不光他老八没钱，大伙不是都没钱嘛。

正说着，外头有人喊，说有人掉河里头了，淹死了。仙们放下话，都跑出来，到河边。

一阵风从河面吹过，河水悠悠流淌。宫二爷平躺在河边，衣襟上沾了几叶水芹菜。他的肚子鼓胀着。许二烂的衣服也是湿的。许大烂说："赶紧牵毛驴子。"河边上拯救落水的，通常都是把人放在毛驴儿背上，这样水就能吐出来。大伙七手八脚把宫二爷往毛驴儿背上抬。大伙正折腾，这时候，了尘师太走了过来，说："不用了，预备吧。"

# 九

县上一直没来修桥，这成了宫二爷的心病。宫二爷本来还想让宫国清给宫国蕃往北京打个电话，他是想让宫国蕃出国之前把这个事给办了，左思右想，又没让宫国清再打这个电话。他心里也明白，二孙子求过乡上领导和县上领导，接连给家乡办了几件事，短短几个月工夫，村长换了人，静水庵翻修了，油漆马路也铺上了，虽然是在高处往低处说话，也不能太频繁了。可这个桥修不上，李大仙那边就不好交代。宫二爷挺讨厌李大仙那张破嘴，四外乱说，好事都能说成坏事。他盼望着县上早来修桥，只要这个桥修上了，李大仙那些人的嘴就堵上了，到时候再看看，看看李大仙那张破嘴还怎么翻。

宫二爷有些忧愁，这几天也怕去磨盘地，他怕李大仙那些人嬉皮笑脸地问他，"二叔，县上啥时候来修桥啊？"吃了晚饭，他就朝河边走来，河边上原来有一棵柳树，柳树下有一块捶衣石，现在家家有洗衣机了，没谁到河边洗衣服了，柳树和捶衣石就成了我们李桥一道风景。二孙子国蕃原来总是坐在捶衣石上头看书，那样子就像戏文里说的秀才。宫二爷心里想着孙子，想到捶衣石上去坐坐。走到了河边，宫二爷发现这棵柳树不见了，只剩下块捶衣石。宫二爷在捶衣石上坐下来，心里纳闷，柳树哪儿去了呢？要是谁砍了去，也得有个茬口，茬口也没有，仿佛原来就没有过一棵柳树似的。

河水从宫二爷脚下悠悠流走，宫二爷看着河对岸，一条油滚滚的马路从桥头跑出去，两边的榆树林开始飘零着落叶。宫二爷想，孙子念书的时候是多么下力，每天放了学，吃上一口，就跑河边来看书……宫二爷看着油漆马路，心里感叹孙子能耐，回头再看一眼村中央的静水庵，心里也感叹孙子能耐。宫二爷叹息了一声，要是能把河上的土桥换成石头桥，宫家的名声就千秋万代了，李桥村叫着叫着，人们想明白了，说不定就叫宫家桥了……

黄昏降临了，一弯浅浅的月亮升起在榆树林的豁口上，高高的，淡淡的。宫二爷有些累了，起身从河湾里上来，他又走到桥上，看桥下的河水，他跟河水说话，国蕃准是有难处了，不是为难，早让县上来修桥了。这么想着，宫二爷就朝村里吐了一口吐沫，眼光里全是鄙视，他骂了一句："李大仙你个狗娘养的，有再一再二，哪有再三再四的？这个桥我不管了，我不能让我孙子跟着为难，你乐意说啥就说啥，破嘴长在你脸上，你乐意说，就随便说。"这么想着，宫二爷心宽了，他想伸个懒腰，一个懒腰没伸完就失足掉到了河里。

谁都没想到，宫二爷在河边活了一辈子，竟让一条河呛死了。

昭苏太河是辽河的支流，这些年，本来辽河都快干了，这支流居然还是鳞波徐徐、风浪急急，水很多，赶上夏天雨季，还要出潮。淹死人的事早些年有过，现在的孩子都精了，不到下水的年龄不下水，河总不能爬到村里来抓小孩。至于大人嘛，昭苏太河实在又没有深到可以淹死一个大人的份上，所以，好多年都没淹死过人。宫二爷毕竟年纪大了，腿脚有些不好，又是从桥上摔下去的，是摔死的还是淹死的很难说，说他是淹死的，也许就屈赖了这条"温纯"的河了。

大伙七手八脚把湿漉漉的宫二爷抬起来，横搭在驴背上。许二烂牵着驴在河边上来回走，浑浊的河水从宫二爷的衣服上淋漓下来，把河岸也淋湿了一大片。

了尘师太说："死透了，抓紧操办吧。"

大伙把宫二爷的尸体从河口抬了回来，放在磨盘地。横死的不能进宅院，丧事就在磨盘地操办起来了。这时候麻地还没有收割，麻已经成熟，在一片秋风中吹得簌簌作响。

十

大仙张罗着给宫二爷办丧事。

以往这种事都是许大烂张罗，现在许大烂不是村长了，待在家里不出来，村里的事再也不闻不问了。七仙原的样子，别看乡村里的事简单而且约定俗成，但也不是谁都能支应得了的。大仙让六仙带着一帮人打棺材，让四仙回家做豆腐，让七仙领几个人去八面城买菜，让宫国清再给他弟弟打个电话报个丧，让许二烂领几个人去坟地里挖墓坑，等等，大仙安排得井井有条。

安排完了，大仙蹲下身，给宫二爷烧纸钱。因为棺材还在制作过程中，宫二爷尸首只能暂时停在门板上。大仙一边烧纸一边抹起眼泪来，一边抹着眼泪一边跟宫二爷念叨："二叔啊，你咋走得这么急，你咋这么个走法，你这一走，可是咱李桥的巨大损失，你这一走，桥是修不上了。"大仙念叨着，宫二爷的尸首沉默着，丧盆里的烧纸热烈地燃烧着，宫二爷头前的长明灯一明一灭，好像在替宫二爷回应大仙的唠叨。

宫国清给弟弟打完电话，回到宫二爷的尸首前头，双膝跪地，一副六神无主的样子。大仙问他："电话打过去了？"他点头，说打过去了。大仙问："国蕃能回来？"他说能。大仙说能就好，他应该回来，爷爷对他最好，把他供成了大学生，供成了外交部干部。这个时候，来吊唁的一个接着一个，都给宫二爷磕了头，都叹息宫二爷死得不值。宫国清挨个给人家还礼，脑门子要磕紫了。

大仙围着磨盘转了几圈，然后走到静水庵的台阶上，粗声大嗓地嚷嚷，让六仙他们手脚快着点儿，让忙着搭灶台的也快着点儿，又吩咐电工抓紧支起 500 瓦大灯泡，预备晚上用。

了尘师太脚步轻轻地走到宫二爷头前站住，闭起眼睛默念着什么，半晌才睁开眼睛，说："该着井里死的河里死不了，该着河里死的井里死不了，万事都有个根由，一路走好吧。"说完，了尘师太往宫二爷家走去，去安慰宫二奶奶。

大仙在磨盘地来回走动着，眼看着灶台搭起来了，棺材也要完工了，500 瓦灯泡也架起来了，大仙在墙角蹲下来，卷一根烟抽。

宫二爷的灵柩在院子里停了 3 天，宫国蕃也没回来。大仙问宫国清："国蕃能不能回来了？再不回来，你爷爷可就搁臭了。"宫国清哭着说，国蕃刚来电话，说他回不来了。大仙眼睛张得老大，吃惊加怪罪，"不回来了？你爷爷对他那么好，他不回来了？你爷爷把他供成了大学生，他不回来了？"宫国清说："国蕃说上面临时定的，让他马上出国，他回不来了。"大仙哼了一声，"不回来拉倒，明天出殡。"

<h1 style="text-align:center">十一</h1>

　　寒梅回到北京，王月月已经康复了，抑郁症完全好了，皆大欢喜。

　　黄厅长跟丈夫商量，很快就把寒梅的工作问题解决了。

　　有了工作寒梅给宫国蕃打电话，让他在黄昏里来一趟朝阳区，在京广中心附近地铁口等她。宫国蕃来了，他骑着一辆三轮车，从呼家楼废品收购站出来，脚下用了力气，很快就到了小庄地铁口见到了寒梅。

　　那个黄昏里四外都是晚秋的风，每个人都被温暖的秋风吹拂着，每个人看上去都有点儿斜。

　　寒梅问宫国蕃："听说你爷爷死了，你没回去？"宫国蕃低着头，他不想听寒梅说这个，他问寒梅："你找我来有啥事？电话里不能说吗？"寒梅知道宫国蕃不想听这个，她犹豫了一下，坐在宫国蕃的小三轮上，说："走，找个地方吃点儿东西去。"宫国蕃没动，他说他不想吃。寒梅见他不动，有些生气，吆喝牲口一样吆喝他，让他快着点儿。宫国蕃把三轮车蹬到一家火锅店门口，车还没停稳，寒梅就蹦了下来，拉着宫国蕃进来，找个位置坐下。寒梅把服务员打发走，在等菜的工夫，她跟宫国蕃说："你不能总是这样。"宫国蕃什么也不想说，他低着头，寒梅看见宫国蕃的眼泪一串一串往下掉。寒梅说："你不能总这样。"宫国蕃仍然不说话，眼泪继续一串一串往下掉。寒梅叹息了一声说："国蕃哥，我从小就喜欢你，现在仍然喜欢你，我爱你国蕃哥，我现在要上班，生意也照顾不了，我今天来就是跟你商量这个的，你别再收废品了，你把理发屋照顾上，也算个事业，要是你愿意，我们现在就登记结婚。"

那天寒梅跟宫国蕃打开了心扉，说了好多好多话，宫国蕃什么都没说，就是掉眼泪，寒梅不知道宫国蕃怎么有那么多眼泪。

宫国蕃没动筷子，宫国蕃不吃，寒梅也没了心思，领着他出来，两个人骑着三轮车在北京的夜色里漫无边际地走着。宫国蕃一下一下蹬着车子，寒梅坐在后面，她望着星空，看着天上的月亮。晚秋的月亮很亮、很圆。寒梅的心里有些酸，转眼去看宫国蕃的背影，寒梅的眼泪也掉了下来。

宫国蕃没有到"青春加油站"理发屋照顾生意，他仍然骑着三轮车到各处去收废旧报纸，每天早晨出发，黄昏时分骑着三轮车，把一天收来的废品送到呼家楼废品收购站。

寒梅每天上班，后勤处的工作很忙。黄厅长跟寒梅说："你好好干，年轻人别怕辛苦，年轻时候累点儿不怕，前途是大事。"黄厅长又说，"我跟你干爹都当你是自己的女儿。"

忽然有一天，月月跟寒梅说，想去李桥看看了尘师太。寒梅说不上什么时候开始，已经喜欢上了月月这个妹妹，因为她大病初愈，黄厅长和副部长还是唯女儿之命是从，寒梅当然也是处处关心着月月。寒梅知道月月是让她陪着回一趟李桥，黄厅长和副部长听女儿这么说，也表示要去李桥走一趟，去看望一下妙手回春的了尘师太。

在一个阳光明媚的日子里，寒梅带着黄厅长一家在省城下了飞机。

然后就上了小轿车，小轿车飞快地驶离了机场，上了高速路。

车队到达我们李桥的时候，七仙正领着一帮人在修补李桥。大仙抱着一根杨木，说要是宫二爷不死，我早晚逼着他把这个桥修上，反正他有个好孙子。许二烂说："人家国蕃侄子去外国当大使了，就是宫二爷不死，也不会再让国蕃跟县上说修桥的事了。"接着，大伙你说这个，他说那个，都是宫国蕃到外国当大使的话，都是乱猜。

了尘师太走到桥头，朝河对面的榆树坡张望。七仙说："师太你老人家不好好待着，张望个啥?"了尘师太还是张望，了尘师太说："我看看修桥的来没来。"大仙说："拉倒吧，宫二爷不死，兴许修桥的能来。"了尘师太说："你们看，修桥的来了。"大伙都直起腰板往榆树坡那边看，远远的，一个车队飞奔而来。

# 十二

王月月要在静水庵过这个秋天，黄厅长和副部长起先不同意，可王月月坚持要在我们李桥过这个秋天。黄厅长和副部长拗不过女儿，就跟寒梅商量，让寒梅陪着王月月，黄厅长跟寒梅说："照顾好你妹妹，她什么时候想回北京，你就领她回。"黄厅长和副部长在我们李桥住了一晚，第二天早起，市、县、乡三级领导早早跑了过来，在桥头上等候的时候，就商量了修建我们李桥的事，领导们都在，决议很快就形成了。

黄厅长和副部长回了北京，寒梅陪着王月月在李桥过这个清风徐徐的秋天，也就眼看着一座崭新的李桥在河面上架了起来。因为有了气派的李桥，昭苏太河更像一条河了，河水欢腾地流淌着，两岸的庄稼也香熟了，被收割了去，我们李桥的天底下便显出一派凌乱的苍黄。大雁南飞了，徐徐的河水缠绕住李桥，她要拦腰兜住我们李桥人，可我们李桥人终于有了崭新的石灰桥，这石灰桥连着柏油马路，柏油马路经乡过县，直接通往北京。

李桥建成剪彩那天，市、县、乡三级领导都来了，我们李桥的大人、孩子都聚拢在桥头，了尘师太也来了，寒梅领着王月月站在她身边。一头乌黑秀发的王月月看上去就像电影里的明星，是个娇俏的小妞，那小模样让我们李桥人看着很舒服，在我们李桥人眼里，王月月跟当初那个叫心仪的小尼姑，根本就不是一个人似的。

七仙让宫国清去小商店买些炮仗，要多买。宫国清很快就跑了回来，把炮仗挂满了桥栏杆。大仙赶紧点上一根烟叼在嘴上，随时要把那些炮仗点燃。

领导们分别讲了话，然后开始剪彩。鼓乐声响起来，炮仗也让大仙和宫国清他们点燃了。在晚秋光晕下，我们李桥好一派热闹景象。

乡邮递员骑着摩托赶来了，一个死亡通知到了宫国清手里。

通知上说，宫国蕃晚上捡垃圾掉进了下水井里摔死了。宫国清一下子蒙了，他不知道这是咋回事，他从人群里把寒梅拉了出来，把死亡通知给寒梅看，他问寒梅这到底是咋回事。他问寒梅说："国蕃不是去外国当大使了吗？咋？这到底是咋回事？"

寒梅的眼睛从死亡通知上抬起来，越过了李桥，向远处看去，向北京看去。她的目光虚幻起来……村庄也虚幻了起来，一条从远处滚来的大路，搭在桥头上，去了村子，又从村子里游滚出去……眼泪默默地从寒梅的腮边流了下来，她大声地朝北京的方向喊："宫国蕃你个浑蛋，你个撒谎的浑蛋，你个虚伪的家伙！活该你是个捡破烂的，你爷爷是个井匠，活该你死在井里——"